DIE TÄUSCHUNG

Astrid Korten

AF235407

ASTRID KORTEN

DIE TÄUSCHUNG

Lügen und andere kleine Monster

Psychothriller

IMPRESSUM

Bibliografische Information der Deutschen Nationalbibliothek: Die Deutsche Nationalbibliothek verzeichnet diese Publikation in der Deutschen Nationalbibliografie; detaillierte bibliografische Daten sind im Internet über http://dnb.dnb.de abrufbar.

© 2021 Astrid Korten
Umschlaggestaltung: Kristin Pang
Umschlagabbildung: © Marta Orlowska / Trevillion Images
Korrektorat: Angelika Hörner und Susanne Paraquin
Herstellung und Verlag: BoD - Books on Demand, Norderstedt
ISBN: 978-3-755716099

Tom Heuser
ein wunderbarer Schauspieler
und
Uwe Donner
donnerTV / MEDIA TV- & Filmproduktion

Zwei wunderbare Menschen, die ich sehr schätze.

ÜBER DAS BUCH

**Zu glauben,
dass du die Kontrolle über dein Leben hast,
ist eine Utopie.**

Victor Adams, dem unter dem Künstlernamen *Horus* der internationale Durchbruch als Illusionist gelungen ist, steigt nach einer Zahnwurzelbehandlung in die falsche Straßenbahn. An der nächsten Haltestelle entdeckt er seltsame Treppenhäuser, die ihn magisch anziehen. Er steigt aus.

In darauffolgenden Nächten wird Victor von Albträumen heimgesucht. Als er wissen will, was es mit den Treppenhäusern auf sich hat, nimmt sein Leben eine dramatische Wendung. Seine Assistentin Julia verschwindet auf mysteriöse Weise während einer Illusion. Die Polizei verdächtigt Victor, Julia getötet zu haben, da er sich von ihr trennen wollte. Victor bleibt ungerührt, ihm beschäftigt nur eine einzige Frage: Wie konnte Julia verschwinden und seine Illusion überlisten?

Eines Tages taucht Inspektor Percy Banks von der Kripo Canterbury bei ihm auf und bittet Victor, eine grausam zugerichtete Frauenleiche zu identifizieren …

Ein fesselnder Thriller, mitreißend und verstörend mit psychologischem Tiefgang und einer Auflösung, die selbst den geübten Thriller-Leser überraschen wird.

PROLOG

Rochester, Süd-England
Anfang Oktober 2020

Nach meiner Zahnwurzelbehandlung stieg ich in die falsche Straßenbahn und gab damit meinem Leben eine völlig andere Richtung, obwohl ich das erst Monate später realisieren sollte.

„Fahren Sie bitte nicht selbst, Mr. Adams", warnte mich die Zahnarzthelferin. „Sie werden womöglich noch ein wenig benommen sein von der Betäubungsspritze."

Zum Glück gab es in der Straßenbahn einen Sitzplatz. Ich schloss sofort die Augen. Fünf Minuten später öffnete ich sie wieder, weil ich befürchtete, meine Haltestelle zu verpassen. War ich schon zu weit gefahren? Aber nein, der Park und die Bäume waren mir vertraut. Und da war auch der Spielplatz. Mit meiner linken Hand am pochenden Kiefer stieg ich aus.

Vorsicht!, warnte mich eine innere Stimme. *An der Bordsteinkante innehalten! Nicht zu schnell gehen, Mini! Schau nach links, nach rechts!*

Mein Finger dirigierte mich. Ich überquerte die Straße und ging auf die Häuser mit den Treppenstufen zu. Die Zweige eines am Straßenrand stehenden Baumes waren so niedrig, dass ich mich bücken musste. Meine Haut war jetzt hell und glänzte wie weißes Folienpapier, meine Nägel sahen aus wie Krallen, sie waren zu grotesker Länge gewachsen und drehten sich ein, wie die Nägel der Toten, die angeblich in der Abgeschiedenheit des Grabes wuchsen.

Aus einem offenen Fenster drang der Geruch von Essen in meine Nase. *Curry, widerlich.*

Der Geruch brachte mich dazu, schneller laufen zu wollen, aber meine Beine kooperierten nicht. Die Treppe war eng und steil, die Stufen schienen geschrumpft. Die Füße hoben sich jedes Mal um einige Zentimeter zu viel.

Eine einzige Glühbirne beleuchtete die Eingangstür, schmucklos wie die Sonne und ebenso schmerzhaft für die Augen. Auch die Tür schien kleiner zu sein. Ich musste mich bücken, um an der Schnur im Briefkasten zu ziehen. Da war aber keine Schnur. Mich erwartete sicher eine Ohrfeige, weil ich zu lange fortgeblieben war.

Mein Kiefer schmerzte schon, als die Tür von einer Frau geöffnet wurde, die überrascht schien, dass jemand vor ihr stand, dann ein schöner Blick voll gequälter Erwartung.

„Tut mir leid." Ich kicherte. „Hab mich wohl in der Hausnummer geirrt."

Ich machte zwei Schritte rückwärts. Gerade noch rechtzeitig drehte ich mich um. Meine Beine schlotterten, dennoch nahm ich die Treppe mit jeweils zwei Stufen. Die Frau rief mir etwas zu, aber ich konnte nicht hören, was sie sagte, denn da hatte ich schon die Straße überquert, weiter über die Gleise, zurück zur Haltestelle, zur Bank. Das Einzige, was in dem wogenden Meer aus Asphalt und Pflastersteinen Bewegungslosigkeit zeigte.

Minutenlang blieb ich dort völlig irritiert sitzen. Eine Straßenbahn hielt an, mit Lärm und Fenstern, in denen sich die Sonne grell spiegelte. Ich starrte auf den Boden. Die Leute stiegen aus, drängten sich zu meinen Füßen und gingen weiter. Die Türen der Bahn zogen sich wieder zu. Langsam glitt sie an mir vorbei. Hinter dem letzten Wagen wurden die Häuser mit den Treppen auf der gegenüberliegenden Straßenseite wieder sichtbar. Häuser, die ich kennen sollte, in einer Straße, deren Namen ich aber nicht kannte.

Erst jetzt sah ich in den Fenstern die riesigen Posaunen. Ihr Klang wurde über die Straßenbahnschienen hinweg getragen und ließ meinen Bauch erzittern, bis er sich hohl anfühlte. Ich war fast froh über den Schmerz in meinem Kiefer. Eine halbe Stunde, hatte der Zahnarzt gesagt, dann sollte die Wirkung des Betäubungsmittels abgeklungen sein. Ich ließ eine weitere

Straßenbahn vorbeifahren, hörte die Trompetenstöße, ihr schriller Ruf im Einklang mit einem Signal, das die Abfahrt einer weiteren Straßenbahn ankündigte. Als diese weiterfuhr, sahen die Giebel auf der anderen Straßenseite nicht mehr wie alte Bekannte aus. Ich war einfach den falschen Weg gegangen, war an der falschen Haltestelle ausgestiegen. Inzwischen hatte ich auch meinen Zug am Bahnhof verpasst, aber es gab viele, die nach Canterbury fuhren. Ich könnte den nächsten nehmen.

Jetzt, wo ich mich entschieden hatte, schien es länger zu dauern, bis die nächste Straßenbahn kam. Ich starrte auf die Giebel der „Treppenhäuser" auf der anderen Straßenseite, plötzlich bekamen sie finstere Augen. Ein Vorhang bewegte sich hinter einem der Fenster und wurde geöffnet.

Da ... zwei Körper. Ich spürte die Unaufrichtigkeit sofort, die Schreie, die in mein Gehirn drangen, die mit einer gänzlich anderen Bedeutung befrachtet waren, in diesem Fall das finstere Gegenteil. Ich konnte es nicht leugnen, obwohl ich verstand, dass es von größter Wichtigkeit gewesen wäre, die Anziehungskraft eines Aktes zu leugnen und sich abzuwenden. Doch ich konnte mich dem nicht entziehen, weil der bloße Blick auf die Körper den schrecklichen Aufruhr verstehen ließ und der mich bis in die Haarwurzeln elektrisierte.

Ich sah zum ersten Mal einen verstörenden Geschlechtsakt, ein sexueller Raubzug in übelster Vollkommenheit, eine fremdartige, wechselnde Gemeinschaft des Fleisches, die mich von einem Augenblick auf den anderen veränderte, die mich zwang, mich auf diesen Akt und die fiebernde Gefahr zu fixieren. Ich hatte das neue Feuer entdeckt, das alle anderen aufzehrte und nichts als Asche in seiner Spur zurückließ.

Gekreische ...

Die Stimmen von Kindern. „Ich war zuerst da!"

Ein Motorroller raste an mir vorbei. Im Sog der Benzindämpfe verblasste der Geruch von Zwiebeln, Knoblauch und Curry. Ich blickte noch einmal zum Fenster. Der Vorhang war zugezogen.

Die Posaunen waren verschwunden. Ich wusste mit einem Mal, dass das Böse all die Jahre auf der Lauer gelegen, dass das Feuer in der hintersten Hirnwindung gelodert hatte. Ich hatte es nicht selbst gewählt, sondern ich wurde auserwählt.

Wieder einmal verbarg eine Straßenbahn die Sicht auf die Straße. Quietschende Bremsen vertrieben die Stimmen von herunterzählenden Kindern, die ein Versteckspiel an kündigten.

„Zehn ... Neun ... Acht ...“

Ich stieg ein und blickte nicht zurück.

TEIL 1

Wie alles begann

Trenne dich nicht von deinen Illusionen! Wenn sie verschwunden sind, wirst du weiter existieren, aber aufgehört haben zu leben.

(Mark Twain)

Das Unmögliche wollen, das Undenkbare denken und das Unsägliche sagen, haben stets gleiche Früchte getragen.

(Franz Grillparzer)

DIE TÄUSCHUNG

Canterbury - Oktober 2020

Vor einem Jahr beschloss ich in Cannes, mich von Julia zu verabschieden, der Frau, die fünfundzwanzig Jahre lang meine Assistentin gewesen war. Wir saßen im Le Grand Café, warteten auf das Taxi, das uns zum Flughafen bringen sollte, und schauten auf den menschenleeren Strand hinaus. Vor mir stand ein Espresso, Julia hatte einen Café au lait mit extra Milch und viel Zucker. Zwei Kellner aus dem benachbarten Etablissement schrubbten unbeeindruckt die Terrasse, der Bäcker las vor der Boulangerie seine Zeitung, ein Jogger schlenderte vorbei und der Manager des Le Grand Café polierte an der Bar Weingläser. Der Morgen brachte eine Ruhe, die nicht vorhanden war, so wie ich meinem Publikum seit Jahren eine Realität präsentierte, die es nicht gab. Ich nippte an meinem Espresso, schaute Julia an und wusste ganz genau: Der Abschied stand unmittelbar bevor.

Als ob Julia meinen Gedanken eingefangen hätte, hob sie den Kopf und starrte mich mit zusammengekniffenen Augen an, die ihre Augenfältchen verstärkten. Für eine Frau von fünfzig Jahren sah Julia Willow großartig aus. Ich war weder blind noch unsensibel. Sie hatte immer noch den Bauch einer Frau in den Zwanzigern, eine volle Oberweite, kurvige Hüften und eine wunderbar gebräunte Haut, sie trug immer noch die Stretchkleider, die eine Näherin vor fünfzehn Jahren für eine Show angefertigt hatte. Ihr dunkelblondes Haar glänzte immer noch seiden, und wenn sie im Sommer zwischen den Proben durch die Stadt spazierte, bemerkte ich oft, dass viel zu junge Männer einen Blick auf ihre sehnigen Unterschenkel warfen, die wie Geschenke unter ihrem Rock hervorlugten. Doch die sich vertiefenden Krähenfüße machten allmählich deutlich, dass auch Julia den Naturgewalten nicht entkommen konnte.

Mit einer anmutigen Bewegung steckte sie sich eine Haarsträhne hinter ihr linkes Ohr und lehnte sich zurück.

„Worüber denkst du nach, Victor?", fragte sie.

Ich stellte die Kaffeetasse auf den Tisch, nahm eine Serviette vom Ständer, tupfte mir langsam die Lippen ab und atmete tief ein. *Bedeutungsvolles braucht Zeit*, hatte mir einst Noah Adams, mein Onkel, gelehrt, und alles, was er mir beigebracht hatte, würde ich niemals vergessen.

Ich entfaltete die Serviette, legte sie auf meinen Schoß, als würde ich eine Mahlzeit beginnen und warf Julia einen flüchtigen Blick zu.

„Dass es vorbei ist", antwortete ich und sah zur Seite, knäuelte unter dem Tisch die Serviette zusammen und glättete sie wieder. Meine Finger klebten vor Schweiß.

Julia nickte. „Es ist tatsächlich vorbei. Es war so eine schöne Woche, aber es ist okay, Victor. In fünf Stunden sind wir wieder in England. Ist das nicht schön? Nach sieben Tage habe ich die Nase voll von Cannes, um ehrlich zu sein." Sie beugte sich wieder über ihren Milchkaffee und rührte ihn zum x-ten Mal um.

Natürlich hätte ich in diesem Moment sagen müssen: Du missverstehst mich, Julia. Es geht nicht um die vergangene Woche, es geht um uns. All das, die Art und Weise, wie wir uns gemeinsam von Theater zu Theater bewegen, du und ich. Es tut mir leid, aber ich suche mir eine neue Assistentin und du wirst das tun, was du schon immer tun wolltest. Unsere Zeit, oder besser gesagt deine Zeit ist vorbei, der Vorhang ist gefallen.

Vielleicht hätte ich ihr zum Dank für fünfundzwanzig Jahre Mitarbeit einen Händedruck geben sollen, aufstehen, um sie auf der leeren Terrasse des Le Grand Café zu verlassen. Aber ich blieb ruhig und trank einen bitteren Espresso.

Im Flugzeug, das uns von Cannes zurück nach London brachte, hatte ich ein zweites Mal die Gelegenheit, Julia mitzuteilen, dass die Zusammenarbeit zu Ende sei. Das Flugzeug hatte seine Höhe erreicht, das Signal zum Lösen der Gurte war gerade erloschen, und die Flugbegleiterinnen rollten die Trolleys durch die Gänge und verteilten englische Tageszeitungen.

Ich nahm die Tageszeitung in die Hand und schlug aus Gewohnheit sofort die Kulturseite auf. Wir wurden darin mit keinem Wort erwähnt. Wie auch. Die Zeilen, in denen unser Privatleben und unsere Shows Flüsternachrichten waren, waren längst vorbei. Seit wir die glitzernden Dekors gegen eine nüchterne und minimalistischere Bühnendekoration ausgetauscht hatten, wurde unser Kommen und Gehen auf den Kulturseiten der seriöseren Zeitungen besprochen, und obwohl dies ein Kompliment für den künstlerischen Gehalt unserer Show sein sollte, störte mich diese Tatsache. Wir verschwanden langsam aus dem Blickfeld des *wahren* Publikums.

Nach fünfzehn Minuten fragte Julia aus heiterem Himmel und ohne mich anzusehen, ob mich auch manchmal die Erkenntnis traf, dass alles endlich war.

Ich war ziemlich schockiert über ihre direkte Frage. Wollte sie mir zu verstehen geben, dass sie ahnte, was ich ihr auf der Terrasse zu sagen versucht hatte?

„Dass man plötzlich die Einsicht bekommt, dass es völlig egal ist, was man mit seinem Leben macht", fuhr sie fort. „Ob du nun hart arbeitest oder gerade mal nichts tust, wir alle werden irgendwann sterben, der Tod bedeutet das Ende und nach dem Tod spielt nichts mehr eine Rolle",

Julia blickte kurz auf, schien aber keine Reaktion von mir zu erwarten. Sie nahm ihren Timer aus der Handtasche, schlug ihn am Monatsanfang auf und tippte mit dem Finger auf die aufgeschlagene Seite.

„Was sollte uns noch Sorgen bereiten? Die Vorbereitungen für eine neue Show, die Termine, Fotoshootings, Interviews, all die verschwitzten Umkleidekabinen mit den konfrontierenden Spiegeln, die Autogrammstunden im Foyer, und das Abend für Abend?"

Julia schloss den Timer, lehnte den Kopf leicht nach vorne gegen das Fenster und machte einen betrübten Eindruck.

„Versteh mich bitte nicht falsch, Victor, ich liebe unsere Arbeit, sie ist fantastisch, aber manchmal denke ich... Schau dir das an." Sie tippte mit dem Zeigefinger auf die Alpenlandschaft. „Diese Berggipfel da unten, sie sind die Ewigkeit, sie werden bestenfalls nach dem Winter durch den Regen und das Schmelzwasser etwas glatter, aber wir Menschen werden alle sterben. Wir gehen und alles, was wir zurücklassen, sind die Erinnerungen, die genauso vergänglich sind wie wir selbst. Alles ist endlich und sinnlos. Verstehst du, was ich damit sagen will?"

Das hätte mein Stichwort sein sollen, um die Vergänglichkeit ihrer Rolle als meine Assistentin zu kommentieren, aber ich war so überwältigt von der Wahrheit ihrer Worte, dass ich erst zehn Minuten später erkannte, welche Chance Julia mir geboten hatte. Und dann war der Moment auch schon wieder vorbei.

Zurückblickend war es ein Wortspiel. Ich mochte keine Wortspiele. Was ihren Unterhaltungswert anging, würde ich sie irgendwo zwischen einer tiefen Schnittwunde und einem Essen im Familienkreis einordnen.

Julia schlief ein. Auch ich schloss meine Augen, aber ihre Worte gingen mir immer wieder durch den Kopf. Als ich zehn Minuten später die Augen wieder öffnete, stand ein etwa zwölfjähriger Junge neben meinem Sitz.

„Mein Dad sagt, dass Sie Horus, der große Zauberer sind", sagte der Junge schüchtern und drehte sich kurz zu dem Mann um, der offenbar sein Vater war.

„Was hast du gesagt?" Ich versuchte, höflich zu lächeln.

Natürlich hatte ich den Knirps verstanden. Ich hatte jedes Wort gehört, besonders *Zauberer*. Das Wort rief eine spontane Müdigkeit in mir hervor. Meine Augenlider wurden schwer, mein Kopf schmerzte, als hätte mich jemand in einen Schraubstock gelegt. In meinen Ohren rauschte der Blutfluss, die Muskeln um meinen Mund zuckten.

Ich schloss die Augen, atmete tief ein und aus, ein und aus, und noch einmal, und als ich die Augen wieder öffnete, stand ich neben meinem Vater in der Tür des Gemeindezentrums in Rochester ...

Herbst 1987

„Wir können uns immer noch registrieren, nehme ich an?", fragt mein Vater und legt die schwarze Ledertasche mit den Trickutensilien auf den Tisch. „Mein Sohn möchte bei der Talentshow mitmachen."

Der Mann am Anmeldeschalter wirft uns einen kurzen, nicht besonders freundlichen Blick zu, nimmt aber einen Kugelschreiber in die Hand.

„Name des Jungen?" Die Stimme klingt barsch.

„Victor Adams", antwortet mein Vater.

„Alter?"

„Dreizehn."

„Akt?"

„Mein Sohn ist ein Zauberer."

„Stimmt das?" Der Mann sieht mich an.

Ich schüttele den Kopf.

„Was bist du denn dann?"

„Ein Illusionist", antworte ich und schenke meinem Vater einen vernichtenden Blick, während ich das Wort artikuliere.

Der Mann nickt, beugt sich über die Teilnehmerliste und schreibt hinter meinen Namen Zauberer.

Ich koche vor Wut.

Als wir die Halle betreten, packe ich meinen Vater am Ärmel seiner Jacke. „Sag das nie wieder, Dad!"

„Was soll ich nicht sagen, Victor?"

„Du darfst nie wieder sagen, ich sei Zauberer."

„Aber du zeigst doch Zaubertricks?"

„Es geht nicht darum, was ich mache, sondern darum, wie ich es nenne, Dad!"

„Ich verstehe den Unterschied nicht, Junge."

„Das ist das eigentliche Problem, Dad", zische ich unverblümt und lasse meinen Vater einfach stehen...

„Mr. Horus?"
Der Junge bewegte sich unruhig hin und her, blickte schnell zu seinem Vater und zuckte mit den Schultern.

Ich hatte ihn vermutlich ein paar Minuten lang apathisch angestarrt und es dauerte eine Weile, bis ich mich daran erinnerte, was mich der Junge gefragt hatte.

Ich schaute direkt in die Augen des Jungen und sah mich in dem klaren Blau reflektiert. *Ist das ein glücklicher Mann, der dich da anschaut, Mini?*, fragte mich die innere Stimme.

Ich legte meine Hand auf den Kopf des Jungen, streichelte sein Haar und zog eine Zwei-Euro-Münze hinter seinem rechten Ohr hervor. „Ich bin in der Tat der Zauberer", sagte ich traurig.

Ein Jahr später hatte ich Julia immer noch nicht gesagt, dass die Ära von Victor Horus und seiner reizenden Hekate, wie die New York Times Julia einmal genannt hatte, nach der laufenden Saison zu Ende gehen würde. Es gab immer etwas, das mich davon abhielt, es ihr zu sagen: Buchungen für Fernsehshows und Galaabende in europäischen Hauptstädten, ich erhielt den *International Magic Society Award*, und wir bekamen eine bescheidene Rolle in einer BBC-Fernseh-produktion: Eine Familiengeschichte, die sich um die Weihnachtszeit als echter Kassenschlager entpuppte und uns auch jede Menge Publicity bescherte.

Natürlich gab es Zeiten, in denen ich es Julia hätte sagen können, zum Beispiel während einer der langen Autofahrten zu den Theatern auf dem Land. Aber diese täglichen Momente waren so leer, dass kein noch so großes Gespräch die Stille füllen konnte. Im Laufe der Jahre waren unsere enthusiastischen Unterhaltungen während der Fahrten zur stillen Routine geworden. Ich folgte den Rücklichtern des Last-wagens, in dem meine Tricks und Illusionen verstaut waren, Julia hörte ihrem mp3-Player zu, las eines ihrer

Lieblingsbücher, schrieb manchmal Briefe oder Einträge in ihr Tagebuch. Sie unterbrach ihre Aktivitäten nur, um mir ein Sandwich, einen Kaugummi oder ein Red Bull zu reichen. Und selbst dann waren Worte überflüssig. Ein dankbares Nicken, ein Lächeln, ein Augenzwinkern konnten nach all den Jahren der Zusammenarbeit ganze Gespräche ersetzen.

Nur am letzten Tag der Theatersaison war der Moment unweigerlich da. Ein Aufschieben war nicht mehr möglich. Nach der Vorstellung würde ich mich von Julia verabschieden, in ehrlicher und offener Aussprache: Sie war fünfundzwanzig Jahre lang eine vorbildliche Assistentin gewesen, die Beste, die sich ein Illusionist wünschen konnte, aber sie wurde sichtlich älter und damit auch das Publikum. Und ein alterndes Publikum war eine aussterbende Rasse.

Julia wusste, dass die Assistentin des Illusionisten das Aussehen einer ungebundenen Dreißigjährigen haben musste. Darauf basierte das Gesetz der Verführung: Die Assistentin lockte die Männer mit ihren geschwungenen Wimpern, falschen Nägeln, glitzernden Lippen, knackigem Po und festen Brüsten; der Illusionist betörte die Frauen, indem er ihnen vorgaukelte, er hätte Macht über die Kräfte des Alltags.

„Ein Illusionist ist ein Marketender, der Mogelpackungen verkauft. Die Assistentin ist seine Hure, die die Opfer in dem Moment ablenkt, in dem der Betrug stattfindet", hatte Noah einmal gesagt. Genau darin lag das Problem: Julia war ein Schatz, aber ihr charmantes und reifes Auftreten bedeutete, dass sie als Assistentin nicht mehr glaubwürdig sein konnte.

Das nötige Handwerkszeug, die Geheimnisse hinter der Illusion und die perfekte Assistentin garantierten meinen Erfolg. Alles wurde durchdacht, jede Sekunde geplant. Das war harte Arbeit. Genau das hatte ich an der neuen Generation von Illusionisten auszusetzen. Sie waren nicht gewillt, wirklich zu arbeiten, sich ihrer Kunst vollständig zu verschreiben. Sie schäkerten mit ihrem Personal und verbanden privates mit geschäftlichem. Und das wiederum bedeutete, sie würden nie mehr als Dilettanten sein. Ich opferte meiner Karriere und meiner Kunst alles. Ich hatte neuerdings den Eindruck, dass Julia nicht mehr ganz bei der Sache war. Sie zeigte eindeutig Ermüdungserscheinungen vom Business.

Als ich gegen vier Uhr nachmittags mit Julia für einen Durchlauf der Show auf die Bühne ging, kam mir plötzlich der Gedanke, dass ich sie am besten in einem Brief über meinen Entschluss informieren sollte, den ich per Einschreiben verschicken würde. Ein feiger, aber effektiver Weg: Ich vermied die Chance auf ungeschickte Formulierungen und Julia konnte mich nicht unterbrechen.

An diesem Nachmittag führte Julia die Tricks wie auf Autopilot aus, während ich versuchte, den Inhalt des Briefes in Gedanken zu formulieren.

„Geht es dir gut?", fragte ich Julia später. „Du warst so abwesend während der Probe."

„Alles gut", antwortete sie knapp.

Ich verließ das Marlowe-Theatre, kaufte in einem Laden einen Stift und Papier und ging ins Restaurant *The Veg Box Cafe*. An einem Tisch am Fenster schrieb ich den Brief an Julia. Ich verfasste mehrere Versionen, bevor ich mit dem Inhalt zufrieden war. Danach lief ich ein Stück am Great Stour entlang. Im *Greyfriars Garden* pickten Elstern am Gras. Als ich an ihnen vorbeikam, schoss einer der Vögel kreischend hoch, andere Elstern flatterten ebenfalls einen halben Meter nach oben, als wollten sie mir eine Ehre zukommen lassen: Victor Horus, auch im Tierreich weltberühmt.

Um sieben Uhr betrat ich wieder die Umkleidekabine.

„Du bist spät dran", sagte Julia und warf irritiert einen Blick auf ihre Uhr.

„Ich musste mich um etwas kümmern", erwiderte ich knapp und tastete nach dem Brief in meiner Jackentasche.

Julia betrachtete sich im Spiegel. Das weiße Licht der Neonröhren machte die dunkle Haut unter ihren Augen gnadenlos sichtbar, trotz des Make-ups. Umkleidekabinen waren brutal, sie erzählten einem, wie das Leben war: wie einsam das Reisen von Stadt zu Stadt, wie trist die Routine des

Umherziehens nach ein paar Wochen sein konnte, wie unglamourös sich der Glamour letztendlich erwies.

Sie sah mich an und ihre Fassade der Unverletzbarkeit bröckelte. Ich wusste es, weil ich auf ihre Hände schaute. Ich schaute immer auf die Hände, denn sie verrieten viel mehr als das Gesicht. Julia hielt sie unter ihrem süßen runden Hintern, ein instinktiver Versuch, sie ruhig zu halten, das wachsende Verlangen zu stillen, ihre Arme, ihren Körper zu umklammern, vielleicht sogar mich wegen der Verspätung zu packen.

„Sieht dir gar nicht ähnlich, so spät zu kommen." Julia öffnete ihre Puderdose.

Wortlos setzte ich mich an den Schminktisch.

Der Vorhang öffnete sich, die Musik erklang. Julia kam mit fünf Sekunden Verspätung auf die Bühne, so dass ich, als Matador gekleidet und mein rotes Tuch anmutig schwenkend, eine zusätzliche Drehung um die eigene Achse machen musste, um unsere Schritte in Einklang zu bringen und die Choreografie wieder dem Paso doble anzupassen.

Sie lief verführerisch um mich herum, bettelte mit den Armen um Körperkontakt, ließ mit den Hüften den dunkelroten Flamenco-Rock aufreizend aufwallen.

Zu hart kam Julia gegen mich zum Stehen und stellte ungeschickt ihren Fuß auf meinen. Sofort schoss der Ärger durch meinen Körper.

Während wir uns progressiv trotzig im Kreis drehten, jeder mit dem linken Arm um die Taille des Anderen und den anderen in die Luft erhoben, sah ich sie durchdringend an. Hunderte Seifenblasen entsprangen mit jeder Drehung aus dem Nichts und umfingen uns. Sie nickte mir schuldbewusst und etwas unterwürfig zu und mimte perfekt den roten Schatten des Toreros.

Julia wusste, dass sie die verlorene Zeit irgendwo während der Schritte zum Käfig aufholen musste, damit die Illusion des Verschwindens zur Musik passte. Jede Bewegung, die Anzahl der Sekunden, die man das Publikum ansah, die Tanzschritte, die Geschwindigkeit, mit der ein Käfig geöffnet und geschlossen und die Art und Weise, wie der Vorhang über einen Käfig drapiert wurde, alles war sekundengenau durchdacht, die Choreografie und die Musik darauf abgestimmt. Die Tatsache, dass Julia schlampig wurde, bestärkte mich in meinem Entschluss, mich von ihr zu verabschieden.

Der Rest der Show verlief wie gewohnt. Ich war so vertieft in die Vorstellung, dass ich den Brief vergaß. Erst als Carmina Burana über das Publikum hallte und der letzte Akt – *The Vanishing*, das Verschwinden – begann, erinnerte ich mich an den Brief. Ich hatte ihn in Julias Handtasche versteckt und es war nur eine Frage der Zeit, bis Julia ihn finden würde. Auf der Autofahrt nach Canterbury hätten wir dann Zeit, über den Inhalt zu sprechen. Dann würde ich Julia vor ihrer Wohnung absetzen und das war's dann.

Ich rollte den Stahlkäfig in die Mitte der Bühne und öffnete die vergitterte Tür. Julia betrat die Bühne und trug einen riesigen Umhang. Sie ging einmal um den Käfig herum, warf den Umhang ab, nahm die Hand, die ich ihr hinhielt, und kroch mit einer anmutigen Bewegung in den Stahlkäfig. Ich verriegelte die Tür mit einem Vorhängeschloss, kletterte auf die Stahlkonstruktion und drapierte zum Klang der Musik das schwarze Tuch über den Käfig. In diesem Moment winkte sie mir kurz und kühl zu, eine kleine Handbewegung in der Luft, mit einer weichen zuversichtlichen, leicht ironischen Hand, die besagte: bis gleich. Dann öffnete sie die Heckklappe, rollte in Richtung Freiheit und verschwand. Allerdings zwei Sekunden zu spät.

Ich sprang vom Käfig, zog den Vorhang zurück und nahm meinen Applaus mit gemischten Gefühlen entgegen. Plötzlich tat der bevorstehende Abschied ein wenig weh. Ich riss mich zusammen und ging zurück zum Käfig, drapierte das Tuch wieder darüber und lief um den Käfig herum, bereit, Julia zurückzunehmen. Dies war nicht das Ende dieser Serie, sondern das einer Ära. Ich schaute in den Saal und lächelte kurz. Dann fuhr ich langsam mit der linken Hand über die glänzende Seide und wartete die vereinbarten Sekunden, bevor ich Julia wieder aus dem Käfig ziehen konnte.

Mit einem festen Ruck zog ich den Vorhang vom Käfig und ging an den Rand der Bühne, um den Applaus entgegenzunehmen. Der Applaus setzte ein, verebbte aber sofort wieder und plötzlich gab es Gelächter aus dem Publikum, der Applaus schwoll wieder an, jetzt aber klang er verhallten.

Ich hatte immer Angst, dass mir irgendwann etwas Schreckliches zustoßen könnte, denn während so viele Menschen in ihrem Leben mit allen möglichen Rückschlägen zu kämpfen haben, war mein Leben bisher fast perfekt verlaufen.

Früher oder später läuft aber etwas Entscheidendes aus dem Ruder. Und dieses eine schreckliche Ereignis würde alles ins Gleichgewicht bringen, denn schließlich erreichte kein Mensch unbeschadet die Ziellinie.

Am Ende geschah es dann auch. Zu einem Zeitpunkt, als ich am wenigsten darauf vorbereitet war: in diesem Moment.

Ich drehte mich entsetzt um. Der Käfig war leer.

DIE SCHWARZE SCHLAMPE

Rochester, England - 1987

An meinem dreizehnten Geburtstag schenkte mir mein Vater eine schwarze Arzttasche aus Rindsleder. Sie hatte ursprünglich meinem Großvater gehört, aber die Tasche sah nach all den Jahren immer noch unbenutzt aus.

„Um darin all deine Trickutensilien unterzubringen", erklärte er, als er den enttäuschten Blick in meinen Augen sah. „Die Ringe, die Tücher und die Karten, alles ordentlich sortiert." Er nickte kurz, als würde er seinen eigenen Worten in meinem Namen zustimmen.

Ich stand ein wenig verloren in der Mitte des Wohnzimmers und dachte an die Achtmillimeter-Kamera, die ich mir zum Geburtstag gewünscht hatte. Damit wollte ich meine Tricks filmen und die Fotos minutiös studieren, meine Finger beim Tanzen mit den Münzen beobachten, mich bei allzu offensichtlichen „double lifts" während eines Kartentricks ertappen und raffinierte Schiebetechniken auf ihre Unsichtbarkeit hin beurteilen. Ich hatte meinen Eltern sogar angeboten, meine Ersparnisse zu investieren. Sie haben es nicht einmal erwogen.

Mein Vater hatte sich nicht einmal die Mühe gemacht, das Geschenk einzupacken, aber immerhin glänzte die Außenseite und es roch eindeutig nach Schuhcreme. Ich legte die Tasche auf den Couchtisch, klappte sie auf und starrte hinein. Das Innenleder hatte einen gräulichen Farbton, der Boden war mit einer weißen Kunststoffplatte ausgelegt, die Initialen meines Großvaters mit schwarzer Tinte auf das Leder geschrieben.

Eine eisige Stille fiel ein. Nur das Atmen meines Vaters durchbrach sie.

„Und?" Seine Stimme klang leicht verärgert.

Ich schaute ihn kurz an, dann meine Mutter, die sich die Hände an der Schürze abwischte. Sie hatte bereits die Kartoffeln für das Abendessen geschält, obwohl es erst halb acht Uhr frühmorgens war.

„Gefällt sie dir, Victor?" Offenbar reagierte ich wieder nicht schnell genug, denn sie fuhr blitzschnell fort: „Die Tasche ist ein Erbstück. Sie gehörte deinem Großvater, dann deinem Dad und jetzt dir. Ein guter Magier braucht doch eine besondere Tasche, nicht wahr?"

„Zumindest sind wir davon ausgegangen", ergänzte mein Vater und nickte ostentativ.

Ich fuhr mit dem Zeigefinger über das schwarze Leder und zog dabei versehentlich eine stumpfe Linie. Ein Fehler. Meine Mutter drehte sich enttäuscht um.

„Hättest du die Tasche nicht vorher leeren müssen, Mum?", fragte ich schnell. Sie blieb stehen und drehte sich wieder um. Ein kaum wahrnehmbares Lächeln schlich sich auf ihre Lippen.

Ich steckte die rechte Hand in die Tasche. „Schau mal, was da drin ist." Mit einer schnellen Bewegung zog ich einen Fächer mit Spielkarten heraus, griff dann mit der linken Hand in die Tasche, und während ich den ersten Fächer mit einem anmutigen Schwung zu Boden fallen ließ, zauberte ich einen zweiten Halbkreis Spielkarten hervor, warf auch sie hin und grub einen dritten Fächer aus. Dabei zwinkerte ich meiner Mum zu.

Mein Vater klatschte fröhlich in die Hände, kam auf mich zu und fuhr mir mit der Hand durchs Haar. „Jetzt sind wir alle glücklich, so glücklich. So mag es Daddy."

Er ging grußlos an uns vorbei und verließ das Haus, um in die Firma zu gehen, eine Fabrik für Autozubehör. Erst als die Tür hinter ihm ins Schloss fiel, ging meine Mutter wieder in die Küche. Im Türrahmen drehte sie sich noch einmal um. Sie wollte mir etwas sagen, aber dann zuckte sie nur mit den Schultern und ließ mich im Wohnzimmer allein zurück.

Ich beugte mich über die Tasche, steckte mein Gesicht in die Öffnung, holte tief Luft und rümpfte die Nase. *Mief.*

Noah blickte entsetzt auf die schwarze Tasche. „Hat er dir tatsächlich die alte Schlampe geschenkt?"

Ich antwortete nicht, zuckte nur schüchtern mit den Schultern.

„Junge ..." Mein Onkel beugte sich herunter und tat so, als würde er mich mit einer Kamera fotografieren. Ich hatte ihm eine Woche zuvor von meinem Wunsch nach einer Kamera erzählt. Er bot mir begeistert an, Fotos von mir zu machen.

Wieder antwortete ich nicht, sondern schaute in Richtung Küche, um zu sehen, ob meine Mutter in der Tür stand und uns hören konnte.

„Gütiger Himmel. Wirklich?", fragte Noah im Flüsterton.

Ich schüttelte den Kopf und schubste verärgert gegen das Erbstück, so dass die Tasche über den Couchtisch glitt.

„Was machst du denn jetzt mit der Tasche von dem alten Quacksalber?" Noah legte seine Hand auf meine Schulter und drückte mich einen Moment lang.

Ich schaute zu ihm auf und zum ersten Mal fiel mir die Ähnlichkeit zwischen ihm und meinem Vater auf. Sie hatten beide volle, dunkle Augenbrauen, die fast aneinanderstießen, und einen Blick, der etwas Autoritäres oder zumindest eine offensichtliche Präsenz ausstrahlte. Dennoch wirkte Noah entspannter und selbstsicherer. Mein Vater war wie mein Großvater, der einst seine Arbeit als Arzt so ernst genommen hatte, dass er sich auf seinem Sterbebett gefragt hatte, wie die Menschen im Dorf ohne ihn überleben würden.

„Zeig Noah, was dein Vater dir geschenkt hat, Victor", sagte meine Mutter, als sie lächelnd das Wohnzimmer betrat. In den Händen trug sie ein Tablett mit Kaffee und Apfelkuchen. Der Rand des Tabletts war mit einer Girlande verziert.

„Was macht so ein Junge mit dieser alten Kuh?" Noah nahm die Tasche vom Tisch und hielt sie ihr vor die Nase. Das Lächeln verschwand aus dem Gesicht meiner Mum.

Sie stellte das Tablett auf den Tisch und nahm meinem Onkel die Tasche aus der Hand. „Victor hat inzwischen eine Menge

Trickutensilien gesammelt. Diese Arzttasche ist sehr praktisch, wenn man das alles mitnehmen muss." Sie klopfte mit der flachen Hand auf das Leder. „Außerdem hat der Junge sich sehr über das Geschenk gefreut. Nur darauf kommt es an."

„Ein Pappkarton wäre genauso praktisch gewesen", antwortete Noah, drehte sich um und schenkte mir ein hilfloses Lächeln. Ich erwiderte es nicht, weil ich den Blick meiner Mum spürte.

„Ende der Diskussion", erwiderte sie schroff. Sie sah mich flüchtig an und stellte die Tasche wieder auf den Tisch. Die Kaffeetassen zitterten und störten die beklemmende Stille.

Kurz nach dem Mittagessen kam mein Onkel zum zweiten Mal zu uns. Er radelte mit voller Geschwindigkeit den Gartenweg herauf, die rechte Hand am Lenker, mit dem linken Arm hielt er ein Paket umklammert. Er stieg vom Fahrrad, stellte es gegen den Schuppen und winkte meiner Mum am Küchenfenster zu.

„Mensch Noah, was hast du da nur getan?", sagte sie, als er die Küche betrat.

„Habt ihr überhaupt eine Ahnung davon, wie viel Talent Victor hat? Dieses Ding wird ihm helfen, den nächsten Schritt zu machen", antwortete mein Onkel.

„Und welchen Schritt machst *du*?", flüsterte sie.

Ich konnte ihre Worte dennoch hören.

Noah schwieg einen Moment. „Es geht hier nicht um mich, es geht nicht um meinen Bruder und es geht nicht um dich. Es geht nur um *Victor*."

Ich erschien im Türrahmen. Meine Mutter stand an der Spüle, die Arme ineinander verschränkt, und starrte nach draußen. Noah drehte sich zu mir um und lächelte mich an. „Ich schulde dir noch ein Geschenk. Komm her!"

Mein Herz klopfte vor Aufregung. Am Küchentisch riss ich das Geschenkpapier vom Karton. Noah legte mir die Hand auf die Schulter. „Ein echter Illusionist muss wissen, was die Leute sehen, die in seine Vorstellung kommen und ihn sehen wollen."

Ich sah zu ihm auf. „Illusionist?"

Noah nickte. „Ein Zauberer lässt sofort an Väter oder Großväter denken, die auf Geburtstagsfeiern die Kleinen mit aus dem Ärmel gezogenen Blumensträußen unterhalten. Illusionisten sind die Profis unter den Zauberern." Er zwinkert mir zu.

Ich spürte seine Wärme in meinem Körper durch die Hand, die auf meiner Schulter ruhte und dachte: *Warum kann Papa nicht wie Noah sein?*

Die Achtmillimeter-Kamera surrte wie eine Nähmaschine in Zeitlupe. Ich schaute in die Linse, lächelte, drehte mich um und nahm den Spazierstock vom Tisch. Mitten im Wohnzimmer stellte ich mich in meine Ausgangsposition und streckte die Arme vor mir aus, wobei ich den Stock in einer vertikalen Position hielt. Mein Herzschlag beschleunigte sich. Ich beugte meine Knie leicht, drückte meine Fersen fest auf den Boden und spannte die Muskeln in Armen und Beinen an. Mein Magen kribbelte bei der Aussicht, mich in ein paar Tagen auf einem Film zu sehen. Endlich würde ich sehen, wer ich bin, wenn ich als Illusionist ins Leben trete.

Langsam öffnete ich meine Hände. Der Stock schwebte dreißig Zentimeter von mir entfernt, hing in der Luft und folgte den anmutigen Bewegungen, die ich mit meinen Händen machte.

Ich bewegte mich nach links und rechts, nach oben und unten und drehte mich um die eigene Achse, der Spazierstock tanzte mit mir, schwebte durch die Luft und folgte meinen Bewegungen wie der Schwanz einem Fuchs.

Ich schloss die Augen und hörte in meinem Kopf die Klänge von Georgia, dem Lied, auf das ich die Kadenz des gesamten Tricks aufgebaut hatte.

Ich musste meine Augen nicht öffnen, um die Bewegungen zu machen und zu sehen, wie der Rohrstock mir gehorchte. Ich führte den Trick willig aus, als ob ich mich vom Boden gelöst hätte und der Stock meine Bewegungen lenkte, statt umgekehrt.

„Mach deine Schritte nicht zu groß", sagte meine Mutter. „Ich verliere dich sonst, die Kamera kann dich dann nicht erfassen." Der Ton ihrer Stimme verriet ihre Freude. Zuerst hatte sie sich geweigert, die Kamera zu halten, aber als sie die Begeisterung sah, mit der ich die Tricks vorführte, während Noah mich filmte, stimmte sie zu. „Okay, was soll's. Ich bin eure Kamerafrau."

Ich setzte meinen Auftritt unbeirrt fort.

„Es geht hauptsächlich um seine Hände, Ann", erklärte Noah ihr. „Achte darauf, dass die Kamera auf seine Hände gerichtet ist und alles einfängt."

Ich öffnete die Augen und ließ den Stock ein wenig auf und ab tanzen und herumwirbeln, fing ihn dann auf, schaute in die Kamera und lächelte selbstbewusst in die Mitte des Objektivs, als ob irgendwo hinter dieser Glasscheibe tatsächlich ein Publikum wäre, das mich beobachtete, und ich ihnen zeigen müsste, wie sehr ich an das Unmögliche glaubte. Mit der rechten Hand rutschte ich dicht an den Stock heran, von unten nach oben, so dass er durch meine linke Hand langsam nach oben glitt, bis er schließlich wieder frei in der Luft hing.

Genau in dem Moment, als ich mich wieder um die eigene Achse drehen wollte, fing ich den Stock aus der Luft und schaute überrascht an der Kamera vorbei, direkt in die Augen meines Vaters. Er stand auf der Schwelle und beobachtete uns. Meine Mutter drehte sich entsetzt um und vergaß, die Kamera auszuschalten. In der Stille, die eintrat, klang das Surren wie ein Trommelwirbel, der einen Höhepunkt ankündigte.

„Wo ist die Tasche?", fragte mein Vater ruhig. „Ich will meine Tasche zurück."

Es war meine Mutter, die zwei Tage später die Stille brach.

„Ich habe heute Morgen mit unserer Nachbarin gesprochen", sagte sie und stellte eine Schüssel mit dampfenden Kartoffeln auf den Tisch.

Mein Vater antwortete nicht, er schaufelte Kartoffeln auf seinen Teller. Die Stille kehrte sofort zurück. Mum drehte sich wortlos um und verschwand in der Küche.

Ich sah meinen Vater an, aber er wich mir aus, so wie er Mum seit dem Vorfall mit der Kamera aus dem Weg ging. Das Schweigen zwischen ihnen war aufgeladen wie ein drohendes Gewitter. Zwei Tage lang kreisten sie umeinander, und wenn sie zufällig zur gleichen Zeit im selben Raum waren, gingen sie aneinander vorbei, als wäre der Andere Luft. Sie feuerten leise Vorwürfe aufeinander ab wie die Kanonen zweier Kriegsschiffe in einer Seeschlacht.

Ich hatte mich in den vergangenen zwei Tagen in mein Zimmer zurückgezogen und stundenlang grundlegende Kartentricktechniken geübt. Es war mühselig, mich quälte die lähmende Stille im Haus. Die Karten glitten mir beim Mischen aus den Händen, die Fächer, die ich normalerweise mit einer geschmeidigen Handbewegung präsentierte, bildeten keinen perfekten Halbmond und die Schiebetechnik gelang mir auch nicht.

Mum kam mit einem Teller mit gut gewürzten Steaks aus der Küche zurück. „Sie hat einen Job."

„Einen Job?", fragte Dad entgeistert.

„Ein Bürojob. Telefonate entgegennehmen, Briefe tippen, Termine für den Direktor vereinbaren. So was in der Art."

Dad zuckte mit den Schultern. „Warum will sie einen Job?"

„Heutzutage ist es völlig normal, dass eine Frau arbeitet. Wir leben in den achtziger Jahren", antwortete Mum und verteilte die Steaks auf die Teller, ohne ihn anzusehen. „Sie hat sich fünfzehn Jahre lang um die Kinder gekümmert, jetzt ist sie an der Reihe."

Dad legte das Besteck zur Seite und verschränkte die Arme. „Und wer kümmert sich um die Kinder? Sollen sie sich ihr Essen demnächst selbst kochen?"

„Sie fängt morgens um neun Uhr an, wenn die Kinder zur Schule gegangen sind. Mittags kommt sie nach Hause, um mit den Kindern zu essen, und wenn alle wieder in der Schule sind, geht sie noch einmal für zwei Stunden ins Büro."

Ich nickte zustimmend, obwohl ich keine Ahnung hatte, was meine Mutter in Wahrheit sagen wollte.

Ich war nur froh, dass meine Eltern wieder miteinander sprachen. Aber es gefiel mir nicht. Ein Gespräch über eine dritte Person bedeutete einen heftigen Streit. Der Haussegen hing eindeutig schief.

„Brauchen sie denn das zusätzliche Einkommen?"

Mum seufzte einen Moment lang. „Die Nachbarin braucht ein Leben außerhalb der Familie."

Dad nahm das Besteck wieder in die Hand, schnitt ein Stück Fleisch ab, schob es sich in den Mund und zeigte dann mit der Gabel auf Mum. „Aber der Familienbetrieb läuft einfach weiter. Sie kann alles Mögliche wollen, aber sie hat einst die Entscheidung getroffen, Kinder zu bekommen. Wer wird dann die Hausarbeit erledigen?"

Mum beugte sich über ihren Teller und schnitt die Kartoffeln in zwei Hälften. Der Dampf kräuselte sich entlang ihres Gesichts. „Ihr Ehemann wird einen Teil der Aufgaben übernehmen. Sie haben es durchdacht."

„Ich frage mich, warum die Menschen immer das Bedürfnis haben, alles auf den Kopf stellen zu müssen." Mein Vater schüttelte den Kopf. „Wenn etwas gut läuft, sollte man es nicht zum Stillstand bringen."

„Frauen arbeiten auch in unserer Fabrik, nicht wahr?" Die Augen meiner Mutter sprühten Funken.

„Das tun sie in der Tat, Ann. Aber diese Frauen... Ich weiß nicht, ich habe sie nie als Mütter betrachtet. Die meisten Frauen hören auf zu arbeiten, wenn sie Kinder bekommen. Zumindest..."

„Ich denke, es ist eine emanzipierte Entscheidung von unserer Nachbarin. Und im Übrigen hat *ihr* Mann sich auch einmal für Kinder entschieden."

Mein Vater lächelte verächtlich, aber es wich aus seinem Gesicht, als er Mum ein paar Sekunden lang in die Augen sah. Das Gespräch oder was auch immer das gewesen war, war beendet.

Die Stille kehrte zurück und mit ihr kam die Erkenntnis, dass ich meine Kamera, die ich nach dem Vorfall an meinem

Geburtstag hinter einem Stapel Shirts in meinem Kleider-schrank versteckt hatte, dort auch vorerst besser lassen sollte.

Als ich am nächsten Morgen die Treppe herunterkam, lag die Ledertasche wieder auf dem Couchtisch.

Ich verabscheute die schwarze Schlampe.

ENTLARVT

Canterbury - Oktober 2020

Das schwarze Tuch glitt mir aus den Händen und ich schritt auf den leeren Käfig zu. Was war geschehen? Ich ging um ihn herum und öffnete die ‚geheime' Luke auf der Rückseite, spähte in den Hohlraum hinter der Säule, auf der der Käfig ruhte, und erst dann wurde mir klar, dass ich das Geheimnis des letzten Aktes lüftete.

Gelächter aus dem Publikum.

Julia hatte mich hereingelegt, sie hatte als meine Assistentin keineswegs abgedankt, lag nicht im Sterben, sondern hatte sich mir entzogen und war dadurch lebendiger denn je. Meine ganze Arbeit, mein Leben hatte sie in wenigen Sekunden zerstört. Das Publikum lachte verunsichert und der sichtbare Schrecken war im Moment die größte Offenbarung.

Ich schirmte das Licht der Scheinwerfer mit meinen Händen ab und spähte mit zusammengekniffenen Augen in den Saal. Sofort dachte ich an Steve Copper, den südafrikanischen Zauberkünstler, der es zu seinem Markenzeichen gemacht hatte, bei Tricks zu versagen. Auf dem Höhepunkt seiner Karriere brach er aber während einer Vorstellung wie ein Plumpudding zusammen, gefolgt vom Gelächter der Zuschauer, die nicht verstanden, dass der Zauberkünstler einen Herzinfarkt erlitten hatte.

Sie glauben, dass das Ganze hier auch zum Trick gehört, Mini. Mach was, verbeuge dich, winke zum Abschied und verpiss dich hinter die Kulissen.

Doch genau in diesem Moment zog der Wachmann den Vorhang zurück; es gab nichts mehr zu retten. Der rote Vorhang kräuselte sich noch ein wenig wie eine Welle. Auf der anderen Seite der samtenen Stoffbahnen herrschte für einen Moment Stille. Dann schwoll ein Stimmengemurmel an, gefolgt von einem schwachen Applaus, und das war's.

Ich rang um Luft und wurde plötzlich gequält von den Monstern, die ich in meinem Kopf losgelassen hatte, von den wilden Fantasiegebilden eines Wahns, den nur die tiefste Todesangst um meine Existenz erklären konnte. Meine Muskeln zogen sich so heftig zusammen, dass sie kurz davor waren, zu reißen.

Julia hatte die Magie meiner Illusion in die Luft gepustet, mich öffentlich als professionellen Trickbetrüger entlarvt, indem sie den Akt des Verschwindens absichtlich hatte scheitern lassen. Damit hatte sie dem Publikum das gegeben, was es seit fünfundzwanzig Jahren sehen wollte: den Beweis, dass das Unmögliche tatsächlich unmöglich war.

Wütend trat ich von der Bühne und rannte durch die Theaterflure zur Garderobe. Julia und ich waren seit fünfundzwanzig Jahren Partner, aber offenbar hatte sie das nicht davon abgehalten, mich öffentlich zu demütigen. Hatte sie meinen Brief gelesen? Hatte sie das ganze Jahr über gewusst, dass ich die Arbeitsbeziehung beenden würde? War das ihr Vergeltungsschlag?

Eine innere Kälte breitete sich in mir aus. Ein Schweißtropfen lief mir von der Schläfe über die Wange. Wütend ballte ich meine Hände zu Fäusten und biss die Zähne fest zusammen. Mit dem Wissen, dass ich zum ersten Mal in meinem Leben eine Frau schlagen würde, stieß ich die Tür der Umkleidekabine auf.

Ich starrte auf den Stuhl, auf dem Julia vor der Show gesessen hatte. Er war leer, der Beautycase offen, die Flasche mit dem Make-up-Entferner und der Beutel mit den Wattebäuschen unberührt. Ihre Kleidung lag in einem Haufen auf dem Boden, genau dort, wo sie sie beim Umziehen hatte fallen lassen, ihre Handtasche hing noch an der Stuhllehne.

Ich betrachtete mich im Spiegel. Meine Adern pochten an den Schläfen. Das Gesicht, das mir da entgegenblickte, kam mir in diesem Moment so fremd vor. Die Augenbrauen schienen zusammen gewachsen. *Das bin ich nicht.*

Wie konnte Julia mir das nur antun? Sie kannte die Zerbrechlichkeit des Illusionismus. Sie kannte die Lektion, die Noah mir beigebracht hatte: Entweder du bist der Magier oder du bist ein lausiger Trickbetrüger.

Aus lauter Frustration stieß ich gegen den Stuhl, die Rückenlehne schlug hart auf dem PVC-Boden auf. Dabei fiel der Brief ein, den ich vor der Show versteckt hatte, und nahm ihn aus Julias Handtasche. Der Umschlag war ungeöffnet. Julia konnte demnach nichts von ihrer bevorstehenden Entlassung gewusst haben. Mit dieser Erkenntnis eliminierte ich sofort die Möglichkeit, dass ihr Verschwinden ein Racheakt wäre. Außerdem hätte sie diesen Akt weit im Voraus planen müssen, um ihn so fließend und reibungslos zu vollziehen.

Ich steckte den Brief in meine schwarze Tasche und verließ die Umkleidekabine, und stieß vor der Tür mit Sally, einer der Tänzerinnen zusammen. Sie schrie auf und stieß mit dem Rücken gegen die Wand.

Ich umfasste ihren Oberarm. „Haben Sie Julia gesehen? Haben Sie sie gesehen, Sally?"

Sie sah mich erschrocken an, die Panik verschwand aus ihren Augen. „Sie tun mir weh, Mr. Horus", sagte sie entrüstet und rieb sich den Arm. „Wer ist denn hier der Illusionist? Wissen Sie nicht mehr, wie Ihre eigenen Tricks funktionieren?"

Ich warf einen Blick auf die roten Druckstellen an ihren Oberarm und wusste einen Moment lang nicht, was ich tun sollte. Sie hatte recht: Ich war der große Victor Horus, also sollte ich wissen, wie der Trick funktioniert.

„Entschuldigung." Ich fuhr mit meiner Hand über ihren Oberarm. „Ich *muss* wissen, wo Julia ist." Ohne die Antwort der Tänzerin abzuwarten, stürmte ich wieder auf die menschenleere Bühne und öffnete zum zweiten Mal an diesem Abend die Rückseite des Käfigs. Im Stillen hoffte ich, dass Julia nun in der Kammer war. Aber der Hohlraum hinter der Säule war leer.

Hätte Julia das Verschwinden tatsächlich im Voraus geplant, dann müsste sie etwas an den Attributen geändert haben.

Es war aber unmöglich, sich mit den Trickutensilien, mit denen wir jahrelang gearbeitet hatten, ungesehen von der Bühne zu entfernen. Ich steckte den Kopf in den leeren Raum, berührte die Wände und klopfte auf den Boden der Kammer. Zu meiner Überraschung klang es hohl. Ein Schauder ging durch meinen Körper. Sofort zog ich den Kopf zurück. Könnte ihr Verschwinden so einfach gewesen sein?

Ich schob den Käfig ein wenig zur Seite. Keine Luke im Boden der Bühne. Natürlich gab es keine. Wieso ist mir der Gedanke überhaupt gekommen? Soweit ich wusste, arbeitete kein Illusionist mit einem vorgetäuschten Verschwinden, bei dem der Assistent tatsächlich physisch von der Bühne verschwand. Eine solche Illusion zu entwickeln, erforderte immer eine Anpassung der Umgebung. Kein Theater würde für einen einmaligen Trick eine Öffnung im Boden zulassen.

War Julia wirklich so genial, dass sie Attribute ändern konnte, ohne dass ich davon etwas mitbekommen hatte? Das war unmöglich. Ihr kreatives Gehirn produzierte selten etwas Vorhersehbares, das wusste ich. Sie konnte eine Käfigkonstruktion nicht so verändern, dass ein neuer Trick dabei herauskam. Außerdem waren alle Requisiten, die in den Shows zum Einsatz kamen, für sie unzugänglich. Ich war der einzige, der einen Schlüssel zu unserem Lagerraum hatte.

Nachdenklich ging ich noch einmal um den Käfig herum und schlug schließlich die Luke auf der Rückseite zu. Ich suchte nach der Lösung der Täuschung, die aber offensichtlich nicht vorhanden war.

Meine Poren brachen auf, Schweiß überflutete meine Haut und durchnässte den Flaum auf meinen Armen, meinen Beinen und dem Bauch. Ich brannte vor Verlangen, die letzten Sekunden rückgängig machen zu können, aber genau das war nicht möglich.

Ich sah Julias Blick in den letzten Sekunden der Illusion, die rücksichtslose Gier, mit der sie kleine Mengen Luft aufgesaugt und mich angelächelt hatte.

Krämpfe durchliefen der Länge nach meinen gesamten Körper wie Funken, die an einem frei liegenden Leitungsdraht entlangrasten. Ich war überhitzt, mein Körper, mein Hirn, meine Lungen.

Julias Timing erwies sich als makellos: Es war einfach zu perfekt, was in einer Sekunde – höchstens zwei – geschehen war.

„Sie müssen jetzt wirklich gehen, Mr. Horus", sagte der Wachmann und zeigte auf das Treppenhaus. „Es ist niemand mehr im Theater, das haben Sie nun zum zweiten Mal überprüft." Er warf einen Blick auf seine Armbanduhr. „Außerdem ist meine Schicht schon seit Stunden vorbei. Ich habe Sie gerne durch das Gebäude geführt, aber jetzt reicht es mir. Im wörtlichen und übertragenen Sinne. Und wie ich vorausgesagt habe, war das Ganze ohnehin vertane Mühe. Die Dame hat Sie verarscht, das ist eine Tatsache, die sich nicht ändern lässt. Sie hätten gehen sollen, als Ihre Mitarbeiter nach Hause gingen. Das wäre besser gewesen."

Offenbar sah er, dass ich protestieren wollte, denn er fügte schnell hinzu: „Für mich jedenfalls."

„Ich muss nur wissen, wie sie es gemacht hat", sagte ich unwirsch.

Der Mann schüttelte verständnislos den Kopf. Sein Gesicht – regungslos, wie aus Stein gemeißelt und mit harten Linien. Die stumpfe Haut war so faltig, dass sie mich an ein Stück zerknülltes Papier erinnerte, das wieder geglättet worden war.

„Was Sie wissen müssen, ist, dass ich den Laden jetzt abschließen werde." Wieder zeigte er auf das Treppenhaus. „Wenn Sie dort die Treppe hinuntergehen, sehen Sie auf der linken Seite den Künstlereingang. Sind Sie mit dem Auto gekommen?"

Ich nickte.

„Dann müssen Sie links abbiegen, sobald Sie draußen sind."

Ich sah mich noch einmal um, in der Hoffnung, etwas zu entdecken, das meine Fragen beantworten würde. „Gibt es außer dem Wareneingang, dem Haupteingang und dem Künstlereingang wirklich keine andere Möglichkeit, das Gebäude zu verlassen?" Ich zeigte auf das Ende des langen Korridors.

Sein Seufzen kam aus der Tiefe. „Bitte, Mr. Horus. Es ist schon eine Stunde nach Mitternacht", antwortete der Wachmann und rieb sich die Augen. „Es wäre mir wirklich peinlich, wenn ich Sie jetzt persönlich rausschmeißen müsste." Er hielt inne, streckte den Rücken und hob das Kinn leicht an. „Aber wenn es sein muss, mache ich auch das – und ohne Probleme."

Wieder zeigte er auf die Treppe. Ich gab der gebieterischen Hand nach, schlenderte die Treppe hinunter und verließ das Theater.

Draußen setzte ich mich auf den Bürgersteig und schaute im Licht der Straßenlaterne auf meine Uhr. Es war Viertel nach eins. Die Lastwagen mit den Requisiten und Kulissen, den Tänzerinnen und den Technikern waren schon vor Stunden im Konvoi abgefahren. Vielleicht hatte der Wachmann recht und ich hätte einfach mit den anderen mitgehen sollen. Aber ich war geblieben und, selbst hier auf dem Bürgersteig, hatte ich nicht die Absicht zu gehen. Ich wusste nicht, worauf ich wartete und was ich erwartete. Ich saß einfach nur im Licht der Straßenlaternen da. Natürlich wusste ich, dass die Chance gleich null war, dass Julia doch noch auftauchen könnte, aber dennoch hielt mich das Wissen, dass ein Verschwinden nur dann geschätzt wird, wenn es von einem Wiederauftauchen gefolgt wird, davon ab, zu meinem Auto zu gehen und nach Hause zu fahren. Hatte Noah mich nicht gelehrt, immer das Unerwartete zu erwarten?

Neben mir auf dem Bürgersteig lag die schwarze Ledertasche mit dem Brief, den ich an diesem Nachmittag im Café geschrieben hatte und den Julia nie erhalten hatte.

Ich nahm den Brief aus der Tasche, riss den Umschlag auf und las ihn noch einmal. Die Botschaft war klar, aber die Worte hatten ihren Wert verloren. Ich fischte ein Feuerzeug aus der Tasche und zündete den Brief an.

Kurz nachdem der Wind einen großen Teil der Asche weggeblasen hatte, ging im Theater plötzlich das Licht aus.

Als der Wachmann die Tür zum Bühnenausgang schloss und zu seinem Wagen ging, sah er mich im Vorbeigehen kurz an. Er blieb stehen. Mir fiel auf, dass er nach Worten suchte.

„Was für eine Nacht, nicht wahr?", sagte er schließlich. „Ich bin noch nie so spät von der Arbeit nach Hause gekommen."

Ich antwortete nicht, nickte nur. Eine beklemmende Stille trat ein. Der Mann räusperte sich: „Sie sollten nicht mehr fahren, Mr. Horus. Es gibt ein Hotel in der Nähe des Bahnhofs. Sie haben fast immer freie Zimmer."

„Danke, aber nein", antwortete ich mürrisch.

„Ich weiß nicht, ob es ein Trost für Sie ist, aber wenn die Dame noch im Theater wäre, wüssten wir das schon. Dieses Gebäude ist sehr sicher, es gibt überall Sensoren. Gute Nacht, Mr. Horus." Er drehte sich um, ging kopfschüttelnd zu seinem Wagen und fuhr wenig später davon.

Ich saß eine weitere halbe Stunde auf dem Bürgersteig neben der Bühnentür. In diesen dreißig Minuten hörte ich, wie der alte Stadtkern von Canterbury immer tiefer in den Schlaf sank. Erst als es in der Dunkelheit zu nieseln begann, stand ich auf, schlug den Kragen meines Mantels hoch und schaute noch einmal zur Bühnentür. Neben der Tür hing ein weißes Schild auf dem *Marlowe-Theatre* in schwarzen Lettern stand.

Ich seufzte tief und entschied mich dann aber für die Heimfahrt.

Sally lag auf der Motorhaube meines Autos. Als sie meine Schritte hörte, sprang sie auf. Ertappt ließ sie sich vom Auto gleiten, ordnete schnell ihre Kleidung und Haare und wischte sich den Regen aus dem Gesicht.

„Ich war so müde", entschuldigte sie sich und lächelte schüchtern, „und habe nicht einmal bemerkt, dass es zu regnen angefangen hat."

Ich schaute die Tänzerin irritiert an. „Was machen Sie denn noch hier? Ist das Showballett nicht abgereist? Oder sind alle hiergeblieben?"

Sie schüttelte den Kopf. „Jemand muss Sie doch nach dieser verrückten Nacht unterstützen, dachte ich."

Ich starrte auf ihr hübsches, nasses Gesicht, die blauen Augen, über denen ihre Augenbrauen zwei gerade Linien bildeten, die ihr einen strengen, selbstbewussten Ausdruck verliehen. Ein Regentropfen fiel von ihrer Stirn und blieb zwei Sekunden lang an ihrem Augenlid hängen, bevor er in die Tiefe fiel. Die Haare klebten ihr im Gesicht. *Wie alt mochte sie wohl sein?*, fragte ich mich. *Höchstens fünfundzwanzig.*

„Und weiter?"

Es dauerte einen Moment, bis Sally zu mir aufsah. „Sie haben keine Assistentin und ..." Sie zögerte einen Moment. „...ich bin sehr gut darin, Geheimnisse zu hüten."

Ich öffnete die Autotür. „Ich wüsste nicht, wo ich anfangen sollte, aber ich habe ein Gästezimmer. Sie können bei mir übernachten.", erwiderte ich knapp, bevor ich einstieg, seufzte tief und dachte an all die Dinge, die vor allem Noah mir beigebracht hatte.

Und an Julia. Ihre Augen hatten geglitzert, als sie in den Käfig gestiegen war. Aber sie hatte genickt. Nur genickt. Nicht mehr als das.

Ich blickte in ihre Augen, als ich eine Sekunde die meine Augen schloss und Sekunden später müde aufblickte, sah ich Julia immer noch im Käfig. Eine Frage beschäftigte mich, bis ich zuhause ankam. War es Enttäuschung, was ich in ihrem Gesicht gelesen hatte? Oder Erleichterung?

„Vielleicht war sie auch nur froh, dich los zu sein, Mini", murmelte meine innere Stimme.

Ich seufzte. Beherrschung war alles.

EIN FREUND

Rochester - 1987

Eine Zeitlang hörte ich nichts von meinem Onkel und ich verstand das sehr gut. Die Konfrontation mit meinem Vater war unangenehm gewesen. Es war die Kälte, mit der er uns angesehen hatte, aber vor allem die Gelassenheit, mit der er an seinem Bruder vorbeigeschritten war und die schwarze Ledertasche vom Couchtisch genommen hatte. Selbst nachdem er mit der Tasche in der Hand verschwunden war, war der Raum immer noch von Unbehagen und eisiger Kälte erfüllt.

Als ich aber fünf Wochen später, an einem Nachmittag, die Schule verließ, sah ich meinen Onkel wieder. Noah saß auf dem Mäuerchen, das den Schulhof vom Bürgersteig trennte, und winkte mir zu, als wäre es ganz natürlich, dass er dort schon immer auf mich gewartet hätte.

„Onkel Noah!", rief ich fröhlich und hielt ihm meine Hand hin.

„Noah reicht, den Onkel kannst du weglassen." Er sprang vom Zaun, ignorierte die Hand, die ich ihm entgegenstreckte, und umarmte mich fest.

Ich empfing die Umarmung in der Erwartung, dass sie der Auftakt zu einem atemberaubenden Trick sein würde, den Noah stets benutzt hatte, um fast jede Begegnung mit einer kleinen Illusion zu beleben, seit ich sechs Jahre alt war, aber nichts geschah. Ich stand regungslos in seiner Umarmung, spürte die Hände, die meinen Körper fest gegen seinen drückten. In meiner Erinnerung standen wir mindestens zehn Sekunden lang in dieser Umarmung, aber in Wirklichkeit muss es viel kürzer gewesen sein.

Klassenkameraden liefen vorbei. Jemand pfiff und ein anderer brüllte lachend: „Schau mal, Victor hat einen Freund."

Ich wartete, denn ich hatte von Noah gelernt, dass man immer das Unvorhergesehene erwarten sollte, und ich war mir sicher, dass die Umarmung mich von dem ablenken sollte, was wirklich geschehen sollte.

So unerwartet, wie er mich an sich gezogen hatte, so überraschend ließ Noah mich wieder los. „Wir haben uns einige Wochen nicht mehr gesehen."

„Das letzte Mal war es so peinlich."

Noah winkte ab. „Dein Dad und ich sind Brüder, und Brüder prallen nun mal aufeinander. Ich war eine Zeitlang auf Einladung eines Kunden in Amerika."

„Amerika?"

Noah nickte. „Meine Produkte benötigen eine Einweisung, bevor sie mit Überzeugung eingesetzt werden können, und deshalb ist es manchmal notwendig, dass ich mich nach der Lieferung noch eine Weile in der Nähe aufhalte. Ich habe ein paar treue Kunden in den Vereinigten Staaten."

Noah legte seine Hand auf meine Schulter. „Ich bin froh, wieder hier zu sein. Wie gefällt dir die Kamera?"

„Schön", sagte ich schnell, schaute aber auf den Boden und trat einen Kieselstein vor mich her. „Ich hatte aber noch keine Zeit, sie zu benutzen."

Noah klopfte sanft auf meine Schulter. „Ich verstehe."

Wir gingen schweigend weiter, ich mit starrem Blick auf die Pflastersteine, Noahs Hand auf meiner Schulter. Vor meinem Elternhaus blieb mein Onkel stehen, zog ein Spielkartenpaket aus seiner Jackentasche und nahm die erste Karte aus dem Stapel.

„Ich habe meinem Kunden von dir erzählt, wie gut du bist. Er hat mir diesen Trick beigebracht und ich muss ihn dir zeigen. Also aufpassen!"

Noah zeigte mir die Pik-Ass-Karte und drehte die Karte um die eigene Achse. Innerhalb eines Augenblicks hatte sich das Ass in ein vierblättriges Kleeblatt verwandelt.

Ich rollte mit den Augen. „Noah! Wie hast du denn das gemacht?"

Mein Onkel sah mir tief in die Augen. „Zaubertricks erzeugen ihre eigene Frage und sie sind so lange wertvoll, wie diese

Frage in jedermanns Kopf ist und niemand die Antwort kennt. Ich könnte dir sagen, wie dieser Trick funktioniert, aber es ist besser, wenn du es selbst herausfindest. Ein guter Illusionist kommt aus dem Staunen nicht mehr heraus, wenn alles an jedem Trick klar und erklärbar ist. Glaube, was du siehst, nicht was du glaubst zu sehen."

Ich nahm die Spielkarte in die Hand und betrachtete sie von beiden Seiten. Es war nichts Außergewöhnliches an der Karte zu sehen: ein vierblättriges Kleeblatt, nicht mehr und nicht weniger.

„Mache es bitte noch einmal", bat ich ihn.

Noah schüttelte den Kopf. „Grundregel Nummer zwei für Illusionisten: Man macht jeden Trick nur einmal. Das menschliche Gehirn ist einfach zu schlau, um sich ein zweites Mal täuschen zu lassen. Wer das Geheimnis um einen Trick entdeckt, wird enttäuscht sein. Schätze also stets den Moment, wenn das Publikum dich fassungslos anschaut – um des Publikums willen. Mit einer zweiten Darbietung gibst du dem Publikum nichts, du nimmst ihm etwas."

Ich drehte die Karte in meiner Hand um, das Kleeblatt blieb ein Kleeblatt.

Noah schwieg einen Moment, dann lächelte er. „Man kann durchaus sagen, dass ein Illusionist zwei Personen in einem Körper vereint: die Person mit übernatürlichen Kräften und die Person, die mit Gummibändern, Klebebändern, dünnen Drähten oder präparierten Spielkarten vorgibt, übernatürliche Kräfte zu besitzen. Diese Person wird meist bemitleidet. Es gibt nur zwei Möglichkeiten: Entweder du bist ein Illusionist oder dieser erbärmliche Trickbetrüger."

„Demzufolge jeden Trick nur einmal zeigen", murmelte ich und schaute mir die Kleeblatt-Karte noch einmal genau an.

„Richtig. Das hängt mit Grundregel Nummer eins zusammen: Das Geheimnis existiert durch die Gnade der Geheimhaltung. Wen auch immer du vor dir hast, welchen Trick du auch immer zeigst, du darfst das Geheimnis niemals preisgeben, denn damit gewährst du nicht nur Einblick in den Trick, sondern auch in deine Absichten, nämlich deine Zuschauer zu täuschen. Das ist in der Tat das, was du tust. Für den Illusionisten liegt der Unterschied zwischen Täuschung und Magie in der Geheimhaltung."

Noah zog mir langsam die Spielkarte aus der Hand und legte sie zurück in den Stapel. „Ich habe heute Morgen mit deinem Dad gesprochen und ihn davon überzeugt, dass du ein außergewöhnliches Talent für Magie hast Es war ein schwieriges Gespräch, aber am Ende hat er eingesehen, dass eine Karriere in diesem Bereich für dich durchaus denkbar wäre, sofern du gut angeleitet wirst. Ich habe angeboten, dein Coach zu sein, wenn du das wirklich möchtest: eine Karriere als Illusionist." Er hielt mir das Kartenpaket hin.

Mein Herz purzelte vor Freude, ich lächelte ihn dankbar an.

„Das deute ich dann als ein Ja?", fragte Noah. „Ab heute kommst du jeden Nachmittag nach der Schule zum Üben zu mir nach Hause. Ich sehe dich dort in einer halben Stunde. Bring bitte die Kamera mit. Ich werde dich filmen, sobald ich mit der Arbeit fertig bin." Er strich mir über den Kopf. „Wusstest du, dass 1895 der französische Zauberkünstler Georges Meliès zum ersten Mal eine Vorführung des Kinematographen der Gebrüder Lumiere sah? Er erkannte sofort, dass dieses neue Medium eine großartige Möglichkeit bot, seine Illusionen einem größeren Publikum näher zu bringen. Der Rest ist Geschichte: Er besorgte sich sogleich eine Filmkamera und begann seine Tricks auf Zelluloid zu bannen. In der Folge drehte er über 500 Filme und gilt heute als Vater des modernen Kinos und Erfinder einiger grundlegender Techniken des Films."

Ich nickte wieder, drehte mich um und ging den Gartenweg hinauf. Kurz bevor ich die Hintertür öffnete, rief Noah mir zu: „Du solltest wissen, dass du die Kamera heute Morgen von deinem Dad geschenkt bekommen hast."

Es dauerte einen Moment, bis ich die eigentliche Botschaft hinter Noahs Worten verstand. Ich drehte mich um, aber Noah war bereits fort.

Noah zeigte mir seine leeren Hände, ballte sie zu einer Faust und hob den Zeigefinger seiner rechten Hand. „Pass gut auf."

Er führte die Hand an mein Ohr, fummelte an der Ohrmuschel. Dann zeigte er mir wieder seine Faust und öffnete sie Finger für Finger. „Das ist für dich."

„Oh ... Der Schlüssel zum Erfolg?"

Noah ballte sofort wieder die Faust. „Ein Schlüssel öffnet etwas, das außerhalb von einem selbst liegt. Du musst das Glück in dir selbst finden, Victor."

Er tippte mit dem Zeigefinger auf meine Brust und gab mir den Schlüssel. „Wenn du nach der Schule herkommst, arbeite ich noch in der Werkstatt. Ich möchte nicht unnötig gestört werden, also gebe ich dir den Schlüssel zu meinem Haus. Geh behutsam damit um." Noah ging zur Haustür. „Heute Nachmittag übst du und machst runde Fächer aus Spielkarten. Zuerst mit der linken Hand, dann mit der rechten Hand."

„Und danach?"

„Ich möchte, dass du so lange übst, bis die runden Fächer perfekt aussehen."

„Den ganzen Nachmittag?"

Noah nickte. „Wenn ich mit der Arbeit fertig bin, werde ich dich filmen."

Er ging nach draußen. Im Türrahmen drehte er sich plötzlich um. „Eine Bedingung habe ich allerdings. Es ist nicht erlaubt, die Werkstatt unaufgefordert zu betreten. Klopfe immer zuerst an und warte, bis ich dir die Tür öffne."

Obwohl ich schon oft im Haus meines Onkels gewesen war, fühlte ich mich plötzlich unwohl, jetzt wo er mich allein gelassen hatte. Ich nahm das Kartenspiel aus meiner Tasche, stellte mich in die Mitte des Wohnzimmers und ließ die Karten aus der Schachtel gleiten. Kurz bevor ich meine ersten Karten fächern wollte, fiel mir eines der vielen Fotos an der Wand ins Auge.

Noah hatte seinen Arm um die Schultern eines Jungen gelegt und sie lächelten beide in die Kamera. Der Junge lehnte seinen

Kopf gegen Noah. Ich hatte keine Ahnung, wer er war, aber die Präsenz seines Gesichts auf dem Foto war stärker als die anderen lächelnden Menschen. Ich stellte mich ganz nah vor das Foto, hielt einen Moment inne und legte dann meine Hand auf das Bild. Das Glas des Rahmens fühlte sich kalt an. Meine Finger glitten über das symmetrische Gesicht, die scharfe Kieferlinie und das blonde Haar, welches nach hinten gekämmt war, und das ganze Sonnenlicht zu absorbieren schien. Für einen Moment, nur einen Moment, wünschte ich mir, dass es meine Hand wäre, die auf dem Foto auf der Schulter des Jungen lag.

Ich ging zurück in die Mitte des Wohnzimmers, drehte einen Fächer mit der rechten Hand, aber die Karten fielen mir aus der Hand. Das war mir schon lange nicht mehr passiert. Ich hob die Karten auf und machte einen weiteren ordentlichen Stapel. Wieder wollte ich die Karten fächern, aber etwas hielt mich davon ab. Ich hatte das Gefühl, dass all diese Augen mich anstarrten und das Lächeln für mich bestimmt war. Ich drehte mich von der Bilderwand weg und präsentierte einen Fächer, der eher oval als rund war. Ich schob die Karten zurück und verließ den Raum.

Zwei Stunden später betrat Noah die Küche. „Du übst in der Küche?"

„Das Licht im Wohnzimmer ist zu grell. Die Sonne steht direkt vor der Fensterfront", antwortete ich schnell. „Schau mal." Mit der Geschwindigkeit eines Fingerschnippens drehte ich einen Fächer, der gelungen war und schob die Karten mit der gleichen Geschwindigkeit wieder zusammen.

„Sehr schön. Aber nicht perfekt." Noah verließ die Küche und kam eine Minute später mit der Kamera zurück.

„Ich werde dich filmen, dann kannst du dich nächste Woche selbst davon überzeugen, dass die Technik gut ist, aber das Ganze noch nicht überzeugt.

Alles, was du tust, muss faszinieren. Wenn du farblos leuchtest, kannst du nicht erwarten, dass das Publikum die Farbe sieht. Manchmal bringst du die Farbe mit Worten, manchmal mit einem kurzen Blick, aber meistens mit Überzeugung und dem Glauben an dich selbst. Das wird das Publikum spüren."

Noah schaltete die Kamera ein. „Ein Illusionist lässt sich niemals ablenken."

Ich dachte an das symmetrische Gesicht auf dem Foto und presste verärgert die Kiefer zusammen.

„Sehr gut, aber immer noch nicht perfekt", bedeutete Noah Monate später.

Ich starrte auf meine Hand. Der Fächer, den ich in der Hand hielt, war rund, der Abstand von Karte zu Karte war mehr oder weniger gleichmäßig. Nur der Pik-König, den ich mit dem kleinen Finger in die linke untere Ecke gezogen hatte, unterbrach die Kurve des Fächers.

Ich schleuderte die Karten durch die Küche. „Das wird nichts", stellte ich wütend fest und trat nach der Herzdame, die direkt vor meinem Fuß auf den Boden gefallen war.

Noah ging in die Knie und hob die Karten ruhig auf und reichte mir den Stapel. Ein spöttisches Lächeln umspielte seinen Mund.

Ich schluckte, zögerte einen Moment, schritt dann aber an Noah vorbei in den Flur. „Ich höre auf", zischte ich ihm im Vorbeigehen zu, griff meinen Mantel von der Garderobe und verließ sein Haus.

Ich radelte die Straße herunter, überzeugt davon, dass ich nie wieder zum Haus meines Onkels zurückkehren würde und nie wieder das Foto mit dem Jungen anstarren musste. Seit ich das Foto auf dem Kaminsims gesehen hatte, spukte mir der Junge im Kopf herum. Ich hätte ihn wahrscheinlich im Schlaf beschreiben können.

Ich *hatte ihn* vermutlich schon im Schlaf beschrieben.

In mancher Hinsicht hatte ich das Gefühl, den Jungen bereits zu kennen. Seltsam.

Es war ein wunderschöner Tag. Sie hatten Regen vorhergesagt, aber am Himmel war kein Wölkchen zu sehen.

Als ich den Jungen zum ersten Mal bewusst wahrgenommen hatte, waren die Rasenflächen und Bäume noch grün. Jetzt war es Herbst und Blätter so groß wie meine Handteller lagen überall auf dem Gehsteig. Plötzlich vermisste ich Noah. Ich war einen Moment nicht bei mir gewesen.

Zehn Minuten später saß ich wieder neben ihm, der in meiner Abwesenheit den Filmprojektor und die weiße Lein-wand in der Küche aufgebaut hatte. Er legte eine Filmrolle in den Projektor.

„Ich möchte, dass du ganz genau hinschaust, Victor. Du musst sehen, was andere nicht sehen dürfen."

Der Projektor brummte. Ich sah mich, wie ich mich über die Leinwand hin und her bewegte und wunderte mich über die Trägheit meiner Bewegungen und die Probleme meiner motorischen Fähigkeiten. Probleme, von denen ich zunächst annahm, dass sie vom Filmprojektor herrührten, die aber in Wirklichkeit das Defizit meiner Beherrschung offenbarten.

„Die Zuschauer sehen die Probleme, so als hättest du einen Schluckauf, und das nimmt ihnen jede Illusion." Noah stand halb vor dem Bildschirm und zeigte auf etwas, aber was er mir zeigen wollte, entging mir, denn ich sah plötzlich, wie sich meine linke Hand zitternd über sein weißes T-Shirt bewegte, als wollte ich ihn sanft streicheln.

LEBENSWEISHEITEN

Rochester - 1987

„Vielleicht wäre es eine gute Idee, dir einmal den Betrieb zu zeigen?", sagte Dad eines Tages.

An der Art, wie er seine Frage formulierte, konnte ich erkennen, dass er mir nicht wirklich eine Frage stellte. Ohne ihn anzuschauen, zuckte ich mit den Schultern, nahm eine Karte vom Stapel und ließ sie auf der Spitze meines Mittelfingers tanzen.

„Es muss nicht lange dauern, nur eine einstündige Besichtigung durch das Werk. Dann kannst du sehen, wo dein Vater arbeitet."

Ich gab der Karte auf meiner Fingerspitze einen Schubs, bis sie auf meinem Finger rotierte wie ein Ball. „In Ordnung, Dad."

„Einverstanden. Morgen früh, bevor du zur Schule gehst." Er gab mir einen freundlichen Klaps auf die Schulter, die rotierende Karte fiel von meinem Finger.

Ich nahm sie auf, legte sie wieder auf den Mittelfinger, ließ sie erneut rotieren und ignorierte Dad, der sich in seinen Sessel setzte und die Zeitung aufschlug.

Am nächsten Morgen fuhren wir zum Industriepark Rochester, wo er mich durch die Produktionsräume und die Verwaltung führte, und mich vielen Mitarbeitern vorstellte. Das Personal reagierte enthusiastisch und ich war überrascht, wie ungezwungen der Kontakt zwischen meinem Vater und den Mitarbeitern war. Ich kannte ihn nur als jemanden, der die Dinge stillschweigend akzeptierte oder sie ablehnte. Aber in den Gesprächen mit den Mitarbeitern strahlte er ein Selbstbewusstsein und eine Offenheit aus, die ich von ihm nicht kannte.

Während wir den Korridor hinuntergingen, wurde ich zunehmend gefragt, ob ich der große Magier sei. Ich war überrascht, dass mein Vater offenbar über mich sprach, dass selbst die Menschen hier von meiner Leidenschaft wussten.

Am Ende des Korridors zeigte er auf ein großes Büro. „Das ist mein Arbeitsbereich", erklärte er, öffnete die Tür und betrat vor mir den Raum.

Ich schaute auf das Namensschild, das neben der Tür hing: *John Adams, Geschäftsführer,* blieb stehen und sah Dad irritiert an.

„Komm, Junge. Sei nicht so schüchtern."

Das Büro war ein großer heller Raum, mit einer niedrig abgehängten Decke und dunklem Parkettboden. In der Mitte stand ein einladender Schreibtisch aus lackiertem Kirschholz, rechts davon ein ovaler Besprechungstisch mit sechs Stühlen, die linke Wand säumte ein massives Aktenregal.

„Du hast immer behauptet, dass du in dieser Fabrik *arbeitest,* Dad."

„Das stimmt doch, nicht wahr?" Er setzte sich an seinen Schreibtisch und begann die Post durchzusehen.

„Aber du bist der Boss. Das hast du mir nie gesagt."

„Du hast nie danach gefragt, Victor, aber du hättest es wissen können, wenn du den Gesprächen zwischen deiner Mum und mir zugehört hättest. Wir sprechen oft über meine Arbeit." Er musterte mich kurz. „Du hast dich schon immer für Zaubertricks interessiert, seit du mit neun Jahren den Zauberkasten von Noah bekommen hast. Die Welt hat dir aber mehr zu bieten als Kartentricks, Victor. Vielleicht ist es an der Zeit, deiner Umgebung mehr Aufmerksamkeit zu schenken. Du bist in einem Alter…" Er suchte nach Worten. „Für Kontakte."

Ich stutzte. „Kontakte?"

„Freundschaften, vielleicht ein Freund. Wer sind deine Freunde? Hattest du jemals eine Freundin?"

Ich ging zum Schreibtisch und ordnete die Umschläge zu einem ordentlichen kleinen Stapel. Dachte dabei an Magdalena, das hübscheste Mädchen in meiner Klasse. Neulich saß sie neben mir auf der Treppe, wo ich jede Pause damit verbrachte, Kartentricks zu üben oder Münzen verschwinden zu lassen. Im ersten Jahr war ich oft von Mitschülern umgeben, die ich damit verblüffen konnte, aber im Laufe der Jahre leerte sich der Platz auf der Treppe. Mir war es egal, ob jemand in der Nähe weilte oder ob ich alleine war. Ein Trick war ein Trick, auch ohne Zuschauer.

Magdalena setzte sich eines Tages so dicht neben mich, dass sich unsere Schultern und Knie berührten. „Ich habe gehört, du kannst Dinge verschwinden lassen", sagte sie, beugte ihren Körper leicht vor und betrachtete meine Hände.

Ich zeigte ihr eine Münze mit der linken Hand, nahm sie mit der rechten Faust auf und als ich diese wieder öffnete, war die Münze verschwunden. Magdalena schenkte mir einen kurzen, leisen Applaus.

„Wie genial, Victor."

Ich zuckte mit den Schultern. „Wenn du weißt, wie es funktioniert, ist es so einfach."

Sie sah mir direkt in die Augen, schenkte mir ein verführerisches Lächeln, neigte den Kopf leicht und strich sich eine Haarsträhne hinters Ohr. „Ist das der einzige Trick, den du kennst? Oder hast du noch mehr im Ärmel?" Wieder dieses Lächeln.

„Ich könnte dir auch einen Kartentrick zeigen." In Windeseile fischte ich ein Spielkartenpaket aus meiner Schultasche. Als ich mich ihr wieder zuwandte, war plötzlich alles anders. Sie stand jetzt vor mir. „Sorry, ich muss zum Unterricht."

Erst in meinem Zimmer begriff ich, dass es nicht meine Zauberkünste gewesen waren, die ihr Interesse geweckt hatten.

„Im Moment bin ich zu sehr mit mir beschäftigt, Papa", antwortete ich, ohne meinen Dad anzusehen.

„Jeder braucht die Wärme einer Freundschaft. Es wäre gut, jetzt welche zu knüpfen, damit du später Menschen um dich hast, die dir lieb sind. Aus Freundschaft wird Liebe geboren."

„Noah ist mein Freund."

Dad lehnte sich in seinem Stuhl zurück und verschränkte die Hände hinter seinem Kopf. „Deine Mutter und ich möchten, dass du dir Zeit für soziale Kontakte nimmst. Magie ist wichtig für dich, aber wir glauben, dass die Magie dich nach innen drängt und introvertiert macht, was du von Natur aus gar nicht bist."

Ich zuckte mit den Schultern, murmelte etwas, das wie *vielleicht* klang und ordnete den Stapel mit den Umschlägen noch einmal. „Warum sagst du nie: Ich bin der Eigentümer und der Geschäftsführer der Firma, Dad?"

Mein Vater nahm einen Umschlag in die Hand und streckte ihn mir entgegen, doch bevor ich ihn nehmen konnte, zog er ihn zurück.

„Es geht darum, was ich mache, nicht wie ich es benenne." Er warf den Umschlag auf den Stapel und stand auf. „Lass uns weitergehen."

Dad stellte mich seinem Kollegen Craig vor. „Das ist mein Sohn. Victor bastelt Holzpuppen. Heute ist er noch ein Puppenjunge, aber irgendwann wird er ein grandioser Illusionist sein, wie ich dir ja schon erzählt habe."

Mr. Craig kam auf mich zu, hielt mir die Hand hin. „Schön, endlich das Gesicht hinter dem Namen zu sehen. Jeden Montag schwärmt dein Vater von den Talentshows, an denen du teilnimmst. Ihm zufolge wirst du von Woche zu Woche besser."

„Halb so wild", antwortete ich und schüttelte die klamme Hand. *Von Woche zu Woche besser.* Worte, die mich hart trafen.

„Mach den Stifttrick", forderte Dad mich auf. Er schnappte sich einen Kugelschreiber vom Schreibtisch. „Pass auf, was der Junge damit macht, Sean."

Ich kämpfte gegen den Drang, das Büro auf der Stelle zu verlassen und zu Fuß zur Schule zu laufen. *Puppenjunge! Von Woche zu Woche besser!* Als ob das, was ich tat, nicht schon gut wäre.

Die Worte meines Vaters zeigten einmal mehr, wie wenig Verständnis er für mein Talent, mein Können, meine Leidenschaft hatte. Der Mann, der allem Anschein nach innerhalb der Firma mit den Preisen, die ich bei Talentshows gewonnen hatte, prahlte, hatte sich mit seinen Worten verraten.

Ich hielt den Stift an den Enden, schob meine Hände zusammen, bis sich die Fingerspitzen berührten und zeigte dann meine leeren Hände. Sekunden später schob ich den Stift wieder zwischen den Fingerspitzen heraus.

„Habe ich dir zu viel versprochen, Sean? Der Junge ist gut, nicht wahr?"

„Kannst du mir den Trick beibringen, Victor? Dann kann ich es meinem Sohn zeigen?"

Mr. Craig nahm den Stift aus meiner Hand und hielt ihn zwischen seinen Fingerspitzen.

Noahs Worte sprudelten in mir hoch: Jemand, der das Geheimnis eines Tricks entdeckt, wird enttäuscht sein. Mein Vater schüttelte den Kopf und hob den Zeigefinger. Ich dachte an Vergeltung für seine Demütigung, die zwar einen Verstoß gegen Regel Nummer eins bedeutete, aber mir Genugtuung bringen würde.

„Der Schlüssel zu diesem Trick ist die Leichtigkeit, mit der Sie ihn präsentieren, Mr. Craig, denn die Pointe ist einfach. Sobald Sie ihre Hände zueinander bewegen, schieben Sie den Stift in den Ärmel Ihres Pullovers, aber so, dass niemand den Stift sieht. Nachdem Sie die leeren Hände gezeigt haben, klatschen Sie in die Hände, so dass der Stift wieder herausrutscht und Sie ihn mit dem Daumen auffangen können. Dann lassen Sie Ihre Hände langsam auseinander gleiten und der Stift kommt wieder zum Vorschein."

Craig schüttelte den Kopf. „Ich muss wirklich mit etwas Besserem nach Hause kommen", sagte er enttäuscht.

Rache ist der einzige Trick, den der Magier kalt serviert, dachte ich, und lächelte meinen Vater an.

„Wenn dir das alles gehört, Papa, dann müssen wir doch ziemlich vermögend sein?" Mein Blick schweifte über die große Fabrikhalle im Erdgeschoss.

Er legte seine Hand auf meine Schulter. „Ich habe mich entschieden, das Geld im Betrieb zu investieren. Es kann zu Rückschlägen kommen, die Zeit kann sich gegen das Unternehmen wenden. Rücklagen sind wichtig für ein Unternehmen, besonders wenn so viele Mitarbeiter von dem Betrieb abhängig sind. Ich zahle mir ein großzügiges Gehalt, mehr als genug, um damit auszukommen."

„Wir hätten also auch in einer Villa wohnen und ein großes Auto fahren können?"

„Wir hätten mehrere Villen und mehrere Autos haben können. Aber deine Mutter und ich haben uns anders entschieden. Reichtum macht dich – so merkwürdig sich das auch anhören mag – abhängig vom Geld. Wer sehr vermögend ist, ist nie zufrieden, hofft immer auf mehr Geld, will immer neue Dinge besitzen. Du musst das Glück gestalten, anstatt es zu kaufen." Er schaute in die Fabrikhalle. „Das alles ist nicht wichtig, mein Junge. Nicht das Gebäude, nicht das Gelände, die Produktionshallen, die Maschinen. Was zählt, sind die Menschen, die in den Gebäuden arbeiten und ob sie Spaß an ihrer Arbeit haben."

„Ich kann immer noch nicht glauben, dass ich nicht wusste, dass du eine Fabrik besitzt. Ich dachte, du wärst ein normaler Arbeiter."

„Und worin soll der Unterschied bestehen?"

„Du solltest berühmt sein, wenn du das aus eigener Kraft aufgebaut hast."

„Meine Autoersatzteile sind in der Branche bekannt."

„Ein bisschen Anerkennung für deine Leistung ist doch nie schlecht."

Dad machte eine abweisende Geste. „Anerkennung ist nur dann sinnvoll, wenn sie von dir über dich selbst kommt. Ich weiß, was ich erreicht habe und dass diese Leistung aus der Freude an der Arbeit entstanden ist, die ich immer hatte und immer noch habe. Ich brauche keine Anerkennung von Außenstehenden. Anerkennung bedeutet Status und Status bedeutet Stress, weil man den Rest seines Lebens damit verbringt, diesen Status aufrecht zu erhalten."

Wenig später verließen wir die Halle.

„Es hat mir Spaß gemacht, dir den Betrieb zu zeigen, Victor", sagte mein Vater und streichelte meine Wange, als wäre ich ein kleines Kind. „Du wirst den Weg allein zurückfinden, nehme ich an?"

Ich antwortete nicht, drehte mich um, ging in Richtung Ausgang und dachte, dass ich mir eines Tages sehr wohl eine große Villa und ein großes Auto leisten würde.

Puppenjunge! Ich kochte vor Wut.

DER ALBTRAUM

Canterbury - Oktober 2020

Ich wusste nicht mehr, was mich mitten in der Nacht geweckt hatte. Doch plötzlich saß ich aufrecht im Bett, aufgeschreckt durch etwas, von dem ich nicht wusste was es war.

Ich saß da und lauschte den ungewohnten Geräuschen des Hauses. Der Geschirrspüler hatte das Programm bereits beendet, es war kurz nach Mitternacht. Draußen fuhr ein Auto vorbei. Dann war es wieder still. Ich ließ mich zurück auf das Kissen sinken.

Dann hörte ich Schritte über mir. Eine Tür. Ging Sally auf die Toilette? Nein, ich hörte das Knarren von Schritten auf dem Treppenabsatz. Dann bis vor meine Tür.

Julia?

Einen Moment lang saß ich mit klopfendem Herzen da, bis die Schritte die Treppe hinunter gingen. Ich kroch aus dem Bett und drehte vorsichtig den Schlüssel im Schloss.

Nichts.

Leise kroch ich zurück unter die Decke. Ich wartete bis meine Augen zufielen. Erst Stunden später hörte ich wieder etwas. Schritte kamen langsam die Treppe herauf. Die Stufen knarrten. Etwas trippelte an meiner Tür vorbei und kletterte weiter nach oben.

Vielleicht war es die Art von Eindringling, von dem man hinterher hört, dass er jemanden in der Nacht in seinem Bett getötet hat?

Nein, Julia würde keiner Fliege etwas zuleide tun – hatte ich einmal geglaubt. Heute war ich mir dessen nicht mehr sicher. Sie hatte durch ihr Verschwinden meine Existenz im höchsten Maße gefährdet.

Auf dem Flur war es still. Ich stand auf. Die Schlaflosigkeit trieb mich in den Keller. Holzpuppen zu basteln hatte mich schon immer beruhigt und meinen Kopf frei gemacht.

Einen Moment lang schaute ich nach oben, über die Treppe zu meiner Etage. Als ich mich umdrehte, leuchtete unten ein vages Licht auf.

Neugierig geworden, zog ich mir ein T-Shirt an und ging die Treppe hinunter. Das Licht schien durch das obere Fenster der Kellertür in den Flur. Ich öffnete die Tür und sah nur die Treppe, die nach unten führte. Unten standen, zu meiner Rechten und Linken, Weinregale an den Wänden. Langsam ging ich an den Weinflaschen vorbei, die ordentlich nach Farben und Regionen geordnet waren.

Es war schummrig, die einzige Lichtquelle schien irgendwo links von mir zu sein. Ich schlich weiter, das Licht wurde stärker. Hinter dem linken Regal befand sich meine Werkbank. Und hinter der Holzplatte saß der Junge aus meinen Träumen. Er war völlig nackt bis auf eine Wollstrickjacke, die er ausgezogen und an einen Haken an der Wand gehängt hatte. Er bemerkte mich nicht. Seine Augen waren auf mehrere kleine Holzpuppen gerichtet, die neben einem Einstechset lagen.

Ich betrachtete die Strickjacke, die ich als Kind getragen hatte und die zerrissen war. Als ich sie in die Hand nehmen wollte, drehte sich der Junge um. Entsetzt wich ich vor dem wütenden Ausdruck in seinen Augen zurück.

Der Junge stand auf, ging an mir vorbei und stieg die Treppe hinauf. Vorsichtig folgte ich ihm aus Angst ihn zu erschrecken. Er ging in mein Schlafzimmer. Legte sich in mein Bett ...

Aus meinem Traum hochgeschreckt, sprang ich aus dem Bett und eilte in den Keller. Auf der Werkbank lagen vier Holzpuppen, die heute Morgen noch in der Werkstatt gelegen hatten.

Obwohl ich noch nie davon gehört hatte, drang eine Tatsache zu mir durch: Du bist ein hochfunktionaler Schlafwandler.

Das erklärte vieles. Jetzt musste ich einen Psychiater aufsuchen.

Ich wälzte mich noch eine Zeitlang im Bett herum. Dann schlief ich ein.

Am nächsten Morgen erhielt ich einen frühen Weckruf, griff nach meinem Handy auf dem Nachttisch, aber die Verbindung wurde getrennt, bevor ich meinen Namen nannte.

Ich verdrängte bewusst die Erinnerungen an den vorherigen Abend und fast sofort glitt ich zurück in eine Welt, in der nichts vorhersehbar war. Ich träumte von einem Auftritt in Las Vegas. Dort stand ich am Rand der Bühne und verbeugte mich tief vor dem Publikum. Der Beifall war überwältigend und lang anhaltend und verebbte erst, als ich aufrecht stand und zu einem Käfig in der Mitte der Bühne ging. Ich kletterte in den Stahlwürfel, verschloss ihn von innen und winkte den Zuschauern zu, kurz bevor Julia ein schwarzes Tuch über den Käfig drapierte. Nachdem ich mich vor der Menge versteckt hatte, versuchte ich, durch die kleine Luke auf der Rückseite zu entkommen, aber der Klappmechanismus funktionierte nicht. Ich drückte, zog, schlug mit der Faust gegen die Gitterstäbe, aber nichts passierte.

Ich rief Julia zu, dass sie mir mehr Zeit geben müsse, dass alles furchtbar schief gehen könnte, wenn sie jetzt den Vorhang vom Käfig ziehen würde, aber kein Ton entwich meinem Mund. Als ich merkte, dass ich machtlos war, zählte ich die letzten Sekunden herunter. Ich schloss meine Augen und ließ das Unvermeidliche geschehen.

Eine merkwürdige Stille umfing mich. Ich öffnete vorsichtig die Augen. Sowohl das Publikum als auch Julia waren verschwunden. Die Bühne war nun unermesslich groß, der Holzboden erstreckte sich endlos weit in alle Richtungen. Das Einzige, was ich in dieser Unermesslichkeit ausmachen konnte, war der kleine Umriss einer Person, die in meine Richtung lief. Erst als er fünfzig Meter vor mir stand, sah ich, wer es war. Er trug sein graues Jogging-Outfit und hatte die Kapuze weit über den Kopf gezogen. Er nahm das schwarze Tuch vom Boden und drapierte es über sich. In dem Moment, in dem er das Tuch losließ, sackte er auf dem Boden in sich zusammen. Die Gestalt war verschwunden.

Lauter Beifall erklang, obwohl keine Zuschauer zu sehen waren.

Gegen zehn Uhr rüttelte mich das Handy zum zweiten Mal wach.

„Julia. Bist du das? Julia?"

„Ich nehme an, Sie wissen, wo meine Tochter ist?", antwortete eine Stimme.

Mich überfiel eine spontane Müdigkeit. Ich sank auf den Boden und lehnte mich mit dem Rücken gegen die glatt verputzte Wand. Die Kälte an meinem nackten Oberkörper ließ mich erschaudern.

„Glauben Sie mir, ich bin genauso überrascht wie alle anderen."

„Überrascht?", brüllte Julias Vater.

Ich hielt das Telefon ein wenig von meinem Ohr weg, konnte ihn aber immer noch gut hören.

„Ich bin überhaupt nicht überrascht, dass da etwas schief gelaufen ist. All diese Possen, die ihr beide mit Schwertern, Schwebeflug und mit Handschellen in Wassertanks veranstaltet. Ich habe nie etwas für Ihre Trickkiste übriggehabt."

Ich kannte die Ansichten von Julias Dad. Cliff Willow hatte tagtäglich Angst, seine Tochter zu verlieren. Er sprach von ihr, als wäre sie immer noch ein kleines Mädchen.

„Sie haben mein Mädchen um die ganze Welt geschleppt. In Länder mit seltsamen Krankheiten, in Länder, in denen Leute an einem Tag einen Führerschein machen können, in Länder, in denen man alles kaufen kann was illegal ist, in Gefahren-zonen, aber bis jetzt hat ja alles bestens funktioniert." Willow hielt einen Moment inne. „Ich hoffe nur um Ihretwillen, dass sie heute oder morgen wieder auftaucht. Wenn nicht, können Sie einen Besuch erwarten."

„Ist das eine Drohung?" Ich konnte meinen Spott kaum verbergen.

„Natürlich ist es das." Kein Zögern in der Stimme des fünfundsiebzigjährigen Mannes. Vor meinem geistigen Auge sah ich Cliff Willow vor mir stehen: ein kantiger Mann, dessen alter Körper im Laufe der Jahre immer krummer geworden war, als würde ihn der Boden langsam ansaugen, was mich an einen Geier erinnerte, der kläglich auf seine Beute wartet.

„Ich bin gespannt darauf zu erfahren, was Sie der Polizei sagen werden", fuhr er nach einer kurzen Pause fort.

Ich seufzte. „Bleiben Sie mal auf den Boden der Tatsachen. Das ist ohne Sinn und Verstand, Mr. Willow."

„Das ist richtig. Aber wissen Sie, Victor Adams, das ganze Leben ist unsinnig. Das darf ich doch wohl behaupten?"

Die Verbindung wurde unterbrochen, bevor ich antworten konnte. Das Handy fiel mir aus der Hand. Cliff Willow hatte offenbar keine Ahnung, wer in dieser Angelegenheit der Leidtragende war und wer hier gedemütigt wurde.

Ich legte mich wieder ins Bett, wurde aber durch den Traum und die Erinnerung, die er in mir hervorgerufen hatte, wach-gehalten.

DER BESUCHER

Canterbury - Oktober 2020

Vor etwa acht Jahren hatte ich eine stattliche Villa erworben, die ich nach dem Geburtsnamen des großen Houdini benannte. ‚Haus Ehrich' stand in zierlicher Schreibschrift auf dem Holzschild, das ich über der Haustür angebracht hatte. Mein Elternhaus in Rochester hatte ich verkauft.

Als ich die Rollläden des Schlafzimmerfensters öffnen wollte, um die Aussicht zu genießen, gelang es mir nicht. Sie klemmten. Ich überprüfte die Mechanik auf ein seitliches Schiebesystem und die Klappen, aber was auch immer ich tat, ich fand nicht heraus, warum sich die Läden nicht bewegen ließen. Am Ende gab ich auf.

Nach der Dusche stellte ich eine Stunde später eine Leiter unter das Fenster meines Schlafzimmers, kletterte die Leiter hinauf und inspizierte die Fensterläden von außen. Auch hier gab es weder ein Schließ- noch ein Schiebesystem. Ich rüttelte an den Rollläden, schob sie nach innen, versuchte erneut, sie nach oben zu schieben, aber sie blieben, wo sie waren. Ich spähte durch die waagerechten Latten in mein Schlafzimmer, sah das Bett und hatte in diesem Moment das Gefühl, beobachtet zu werden. Vorsichtig drehte ich mich auf der Leiter um. Mit verschränkten Armen lehnte ein Mann in grauem Jogging-Outfit und einer über den Kopf gezogenen Kapuze am Tor und schaute mich an. Die untere Gesichtshälfte war kantig, seine Schultern breit, er ragte hoch über den Zaun hinaus.

Ein Schauer lief mir über den Rücken, die Härchen an meinen Armen stellten sich auf. Einen Moment lang kam mir der Gedanke, die Leiter hinunterzuklettern und ins Haus zu laufen, aber ich tat nichts dergleichen.

Der Mann bewegte sich nicht, er starrte mich nur an. Ich fragte mich, ob er vielleicht ein Fan sei und ein Autogramm oder ein Foto wolle? Schließlich hob ich die Hand zum Gruß, aber er erwiderte ihn nicht, drehte sich um und lief in Richtung Gebüsch davon. Er würde sich mir noch öfter zeigen, davon war ich überzeugt.

Kaum eine Stunde nach dem Gespräch mit Cliff Willow klingelte es an der Tür. Ich schnappte mir meine Jacke und ging in die Küche. Ich sah einen Mann am Tor stehen, der mir nicht sofort bekannt vorkam. Mir war nicht nach Besuch, ich schlurfte ins Wohnzimmer. Der Besucher klingelte erneut und dann noch zweimal. Beim letzten Mal war der Mann hartnäckiger; er drückte die Klingel lange, doch ich beschloss, nicht nachzugeben.

Ich ging wieder in die Küche und schaute noch einmal auf das Tor. Der Mann stand immer noch da und hob seine Hand.

Ich ging zur Gegensprechanlage. „Ja?"

„Inspektor Percy Banks, Kripo Canterbury." Er zeigte mir seine Dienstmarke.

„Mit Julia Willow ist doch alles in Ordnung?"

„Das könnten Sie mir vielleicht sagen, Mr. Adams", antwortete Banks.

Inspektor Banks stellte die Tasse auf den Tisch und holte einen Notizblock und einen Stift aus der Innentasche seines Mantels hervor. „Mein Vorgesetzter hielt es für notwendig, dass ich mal bei Ihnen vorbeischaue", antwortete er.

„Warum?"

„Das liegt doch wohl auf der Hand. Ihre Partnerin ist verschwunden!"

„Meine Assistentin, meinen Sie."

„Ihre Assistentin, Ihre Partnerin. Für mich macht es kaum einen Unterschied. Tatsache ist, dass die Dame verschwunden ist."

„Das ist hier die Frage, Inspektor Banks."

„Haben Sie die Zeitungen gelesen? Haben Sie die Nachrichten gesehen? Ihr Auftritt gestern Abend ist das Thema schlechthin, Mr. Horus." Banks lehnte sich gegen den Küchentisch.

„Ich heiße Adams. Horus ist mein Künstlername. Übrigens stehen hier vier Stühle, Sie können sich gerne auf einen setzen, Inspektor."

Banks machte eine abweisende Geste. „Danke. Ich stehe lieber, Mr. Adams. Was zählt, ist die Tatsache, dass die Medien den Eindruck erweckt haben, dass Ihre Assistentin auf mysteriöse Weise verschwunden ist. Und was mir noch wichtiger ist, dass sie seit dem Verschwinden niemand mehr gesehen hat. Mein Boss ist ein Mann, der gerne seinen Arsch absichert. Er wird nicht darauf warten, dass sich die öffentliche Meinung im Laufe der Woche gegen ihn wendet, also geht er auf Nummer sicher. Wir würden jetzt gerne von Ihnen hören, wie Julia verschwunden ist, bevor jemand sie als vermisst meldet. Normalerweise sind die ersten zwölf Stunden nach einem Verschwinden entscheidend."

„Wer sagt, dass Julia verschwunden ist? Es scheint mir wahrscheinlicher dass sie weggelaufen ist, aus ihrem Leben als meine Assistentin. Sie ist eine erwachsene Frau, sie kann gehen, wohin sie will. Wenn sie sich entscheidet, mich zu verlassen, ist das ihr gutes Recht. Sie wollen wirklich keinen Stuhl?"

Wieder gestikuliert Banks abweisend. „Es passt offensichtlich zu Ihnen, wenn die Leute das glauben."

„Ich verstehe nicht, was Sie meinen."

„Erzählen Sie mir einfach, was letzte Nacht passiert ist."

„Sie wissen bereits, was in der passiert ist. Deshalb sind Sie doch hier." Meine Kiefer pochte, die Zahnschmerzen nahmen wieder zu.

„Ich würde die Geschichte gerne von Ihnen hören."

„Gestern Abend sind wir im Marlowe Theatre aufgetreten. Die Aufführung verlief wunderbar, bis auf die ersten Minuten."

„Was lief denn in diesen Minuten falsch?"

„Julia war schlampig im Timing und sie war ungeschickt in ihren motorischen Fähigkeiten. Ein schlampiges Timing kann dazu führen, dass ein Akt komplett scheitert."

„Sie waren also wütend wegen der Schlampereien?"

Banks stand vom Tisch auf und ging auf mich zu, stellte sich neben mich, und stützte sich mit beiden Händen auf die Marmorarbeitsplatte.

„Jeder hat mal einen Moment der Schwäche, das ist unvermeidlich. Hat es mich gestört? Ja, es irritiert mich sehr, wenn Menschen schlampig sind. Schlampigkeit ist eine Wahl, und wenn sie sich als keine Wahl herausstellt, ist sie ein Zeichen von Unfähigkeit."

Banks ließ seinen Blick entlang der offenen Schränke schweifen. Die Gläser standen in einer ordentlichen Reihe, die Tassen waren farblich sortiert und die Henkel zeigten genau in die gleiche Richtung.

Banks zeigte auf die Tassen. „Sie sind ein Perfektionist?", fragte er, ging wieder zum Tisch und setzte sich wieder auf die Kante.

„Ich hasse Schlamperei. Ich kann mir nicht vorstellen, dass jemand neunzig Prozent gibt, wenn hundert Prozent Aufmerksamkeit gefragt sind." Mein Blick glitt über die Arbeitsplatte, auf der die Hände von Banks gerade zwei Abdrücke hinterlassen hatten.

„Die ganze Show verlief nach Plan. Beim letzten Trick ging es schief. Ich habe sie verschwinden lassen und in dem Moment, in dem ich sie wieder auftauchen lassen wollte, stellte sich heraus, dass sie nicht mehr da war. Das ist die ganze Geschichte."

„Sie sind ein bisschen zu schnell für mich, Mr. Horus."

„Adams".

„Mr. Adams. Zurück zum Anfang der letzten Illusion. Welche Aktionen sind damit verbunden?"

„Es ist nicht viel. Wir tanzen ein bisschen auf der Bühne herum. Dann klettert Julia in einen Stahlkäfig. Ich schließe den Käfig, klettere darauf und stülpe ein schwarzes Tuch über den Stahlkubus, so dass Julia nicht mehr von der Öffentlichkeit gesehen werden kann, und springe dann wieder zur linken Seite herunter. Ich gehe um den Käfig herum und innerhalb von sechs Sekunden ziehe ich das Tuch wieder von der Konstruktion und dann ist Julia verschwunden."

„Also ist der Moment, in dem Sie auf den Käfig springen, der Moment, in dem Julia verschwunden ist?"

Ich nickte.

„Haben Sie nichts Bemerkenswertes gesehen? Ist irgendetwas anders gelaufen als sonst?"

„Sie winkte mir zu. Das hat sie noch nie getan. Sie zwinkerte manchmal, sie lächelte manchmal, aber sie hat mir noch nie zugewunken."

„Und was sagt Ihnen das?"

„Soll mir das etwas sagen?"

„Finden Sie das nicht bemerkenswert?"

„Nicht so seltsam wie das Verschwinden. Ich fand das viel schlimmer."

„Warum?"

„Ich war neun Jahre alt, als mein Onkel mir einen Zauberkasten zum Geburtstag schenkte. Von diesem Moment an drehte sich mein ganzes Leben um Tricks und Illusionen. Ich habe dreißig Jahre lang gearbeitet, um das zu erreichen, was ich erreicht habe. Wissen Sie, was ich dafür am meisten tun musste?"

Banks zuckte mit den Schultern.

„Ich musste schweigen. Ich habe das Geheimnis eines Tricks nie jemandem außer Julia und meinen Eltern erzählt, während jeder, mit dem ich zu tun hatte, nur eine Sache von mir wissen wollte."

„Das Geheimnis eines Tricks".

„Genau. Gerade weil ich nie einen Trick verraten habe, kam das Publikum Jahr für Jahr zu meinen Shows. Das ist ein Verdienst, das Ergebnis von dreißig Jahren harter Arbeit. Jeder weiß, dass die Dinge, die ich tue, unmöglich sind, aber weil niemand weiß, wie das Unmögliche möglich gemacht wird, tut jeder so, als ob das Unmögliche tatsächlich möglich ist. Bis gestern Abend. Durch Julias Verschwinden wurde plötzlich allen klar, dass ich mein Publikum nur zum Narren halte. In einer

Minute hat sie zerstört, woran ich dreißig Jahre lang gearbeitet habe."

„Sie müssen wütend sein."

„Natürlich bin ich wütend."

„Sie sehen nicht wütend aus."

Stille.

„Und auch nicht besorgt", fährt Banks fort.

„Besorgt?"

„Haben Sie irgendwelche Feinde, Mr. Horus? Kennen Sie jemanden, der Sie gerne gedemütigt sehen würde?"

„Nicht, dass ich wüsste. Wenigstens habe ich keine Freunde, die mir die Zeit stehlen, die ich brauche, um der beste Illusionist der Welt zu bleiben."

„Und Julia, hat sie irgendwelche Feinde?"

„Julia versteht sich mit allen."

„Ich habe heute Morgen einen Blick in Ihre Vergangenheit geworfen. Gab es nicht einmal einen Mentor?"

„Mentor?"

„Sie wissen genau, von wem ich spreche und warum."

„Ich hatte einmal einen Konflikt mit meinem Onkel, der uns dazu zwang, unsere Zusammenarbeit zu beenden. Es war keine große Sache. Es gab keinen Streit und wir sind in Harmonie auseinandergegangen."

„Das sagen Sie, aber vielleicht denkt Ihr Onkel ganz anders darüber."

„Wollen Sie andeuten, dass mein Onkel hinter dem Verschwinden von Julia steckt? Haben Sie eine Ahnung, wie alt er inzwischen ist? Lächerlich."

„Sie glauben nicht an dieses Szenario?"

„Ihr Vorschlag ist absurd."

Banks verstummte kurz, starrte auf den Tisch und zeigte auf die Tasche, die auf dem Tisch lag. „Ist das die Tasche Ihrer Assistentin? Zumindest nehme ich an, dass Sie nicht der Typ für eine Handtasche sind."

Ich zuckte erschrocken zusammen. Obwohl ich nichts zu verbergen hatte, fühlte ich mich ertappt. Ich nickte und wandte mich von Banks ab, nahm den Lappen aus der Spüle und beseitigte den Abdruck auf der Arbeitsplatte. Ich hörte, wie Banks die Handtasche öffnete.

„Vielleicht gibt es etwas, das Sie wissen sollten", sagte ich. „Im letzten Jahr habe ich mit dem Gedanken gespielt, meine Assistentin zu entlassen."

Banks legte die Handtasche beiseite und hob seine linke Augenbraue.

„Es war Zeit, sich zu verabschieden. Julia wurde zu alt für den Job", fuhr ich fort.

„Fand sie das oder hatten Sie den Eindruck?"

„Es war offensichtlich, also kann ich mir nicht vorstellen, dass sie es nicht auch selbst bemerkt hätte."

„Wie hat sie auf die Nachricht reagiert?"

„Ich habe es ihr noch nicht sagen können. Der richtige Moment hat sich einfach nicht ergeben. Es ist nicht einfach, jemandem nach fünfundzwanzig Jahren zu kündigen. Vielleicht habe ich gehofft, dass Julia selbst zu dem Schluss kommen würde, dass der Abschied unvermeidlich ist."

„Das *Verschwinden*, mit anderen Worten, kam Ihnen also gelegen."

„Für einen Inspektor ziehen Sie voreilige Schlüsse."

„Und Sie sind scheinbar ungerührt über den Vorfall der letzten Nacht. Warum haben Sie eigentlich nach der Show nicht die Polizei kontaktiert?"

„Was hätte ich denn sagen sollen? Ich habe meine Assistentin verschwinden lassen?"

Banks grinste. „Witzig, dass Sie das so sagen."

„Ich weiß nicht, was daran so lustig sein soll."

„Sie haben sie tatsächlich verschwinden lassen. Das können wir nicht leugnen, dafür gibt es einige hundert Zeugen. Und technisch gesehen sind Sie derjenige, der sie zuletzt gesehen hat."

Ich nickte und berührte meine Wange. Die Zahnschmerzen raubten mir wieder den Verstand.

„Und Sie haben ein Motiv: Sie wollten Ihre Assistentin loswerden. Natürlich habe ich noch keinen Fall, aber es braucht nicht mehr viel, um einen zu haben."

In diesem Moment betrat Sally, die Tänzerin, die in der Nacht zuvor auf der Motorhaube meines Wagens geschlafen hatte, die Küche. Sie trug nur eine Hose und das Hemd, das ich am Abend zuvor ausgezogen hatte.

Als sie Banks sah, drehte sie sich schnell um und verließ wortlos wieder die Küche.

Banks sah mich missbilligend an. „Mein Gefühl sagt mir, dass an dieser Geschichte etwas faul ist. Bleiben Sie die nächsten Tage in der Nähe. Ich werde Sie wahrscheinlich noch einmal aufsuchen, denke ich. Wenn Ihnen noch etwas einfällt, rufen Sie mich an."

Er reichte mir seine Visitenkarte. Sie überbrückte die Distanz zwischen meiner Verzweiflung und dem unauslöschlichen Geschehen auf kürzestem Wege.

GEWINNEN UND NICHT-GEWINNEN

Rochester - 1993

„Ich glaube, du bist jetzt so weit, Victor", sagte Noah eines Tages nach dem Training.

„Wofür?"

„In zwei Monaten finden in London die britischen Meisterschaften der Zauberkunst statt. Du hast dich bereits für die Teilnahme an der Magica qualifiziert und solltest teilnehmen. Wir haben fast fünf Jahre lang geübt, du bist jetzt achtzehn Jahre. Jetzt ist es an der Zeit, berühmt zu werden. Eine Meisterschaft kann der Startschuss für deine Karriere als Illusionist sein."

„Ich habe doch schon viele Preise gewonnen", sagte ich irritiert.

„Und das ist großartig. Aber wer wird wohl eher zu Auftritten in den großen Theatern eingeladen, der britische Meistermagier oder der Gewinner einer Talentshow? Ich habe mir die Freiheit genommen, dich für die Magica anzumelden. Wir schreiben nächste Woche eine Choreografie für deinen Auftritt. Sie muss perfekt komponiert sein. In diesem Wettbewerb geht es nicht mehr darum, wer gut ist, sondern darum, wer sich als der Beste erweist. Uns bleiben zwei Monate bis zur Magica."

„Okay."

Noah begleitete mich zum Gartentor. „Ich schlage vor, ich begleite dich zur Meisterschaft. Die Magica ist auch eine Kommunikationsmesse. Dorthin kommen Leute, die du unbedingt kennenlernen solltest. Ich werde sie dir vorstellen."

„Ich gehe aber immer mit Dad zu den Auftritten."

„Das hier ist die Meisterschaft und kein Auftritt. Die Magica ist sehr wichtig, Victor. Dein Vater kann natürlich mitkommen, wenn er darauf besteht."

Ich dachte an den übertriebenen Stolz, mit dem mich mein Vater einst seinen Mitarbeitern in der Fabrik vorgestellt hatte.

„Ich werde wie ein Coach für dich sein und dich für den Erfolg anheizen, Victor."

Ich zuckte hilflos mit den Schultern. „Bei den Talentshows hat niemand einen Coach dabei."

„Das wird bei der Meisterschaft auch nicht der Fall sein, aber du kommst mit einem Coach. Auch die äußere Wahrnehmung ist wichtig und deshalb werden alle glauben, dass du der Beste bist." Noah trat vor und hielt mir die Hand hin.

Ich nahm sie und spürte den festen Griff meines Onkels. „Das werde ich auch sein", sagte ich. „Der Beste."

„Möchtest du, dass ich mit deinem Vater darüber spreche?"

Ich schüttelte den Kopf. „Das mache ich selbst."

„Nächste Woche werde ich dir einen Trick beibringen, den noch niemand kennt: die tanzende Rose."

„Hast du ihn dir ausgedacht?"

„Ja. Ich denke mir einen Trick erst aus, wenn ich mir sicher bin, dass er dem Illusionisten würdig ist und ich dessen Zukunft damit beflügeln kann."

„Und ich bin dem würdig?"

„Nennen wir es ein vorgezogenes Geburtstagsgeschenk", antwortete Noah.

Meine Eltern aßen bereits zu Abend und blickten nicht auf, als ich das Esszimmer betrat.

„Du weißt doch, dass wir um halb sechs essen", brummte Dad, als ich mich an den Tisch setzte. „Deine Mutter serviert das Abendessen um halb sechs. Es wäre schön für sie, wenn du dann da sein könntest und ihr mehr Respekt entgegenbringst."

Ich nahm den Deckel von der Suppenschüssel. „Es wird nicht wieder vorkommen. Entschuldige bitte, Mum."

„Halb sechs ist halb sechs, Junge!"

Ich sah meine Mutter einen Moment lang an. Sie lächelte schwach und beugte sich wieder über ihren Teller.

„Wie ist es heute gelaufen?", wollte mein Vater wissen.

„Noah meint, ich sollte an den britischen Magiermeisterschaften teilnehmen." Dad sah von seinem Teller auf. „Das ist eine großartige Idee. Du hast das Talent, und die Chance, ein bedeutendes Turnier zu gewinnen." Er zeigte mit einer auf der Gabel steckenden, dampfenden Kartoffel auf mich. „Du bist in den letzten zwei Jahren so gut geworden. Eigentlich sollte deine Mutter dich auch einmal zu so einem Wettbewerb begleiten. Dann kann sie sich mit eigenen Augen davon überzeugen, wie brillant du mit diesen Ringen und Karten umgehen kannst. Diese Meisterschaft ist deine große Chance."

Ich nickte und kaute auf einem Stück Fleisch herum, damit ich nicht antworten musste.

„Ich habe mich heute mit Mrs. Stewart, unserer Nachbarin, unterhalten. Sie wurde befördert", sagte Mum urplötzlich.

„Nur zu", antwortete mein Vater.

„Mrs. Stewart hat hart dafür gearbeitet, härter als ihre männlichen Kollegen, sagt sie, aber sie hat es geschafft, ihre Ziele zu erreichen."

„Was waren denn ihre Ziele?"

„Danach habe ich sie nicht gefragt. Wie dumm von mir."

Dad und ich tauschten Blicke aus. Ich konnte mir ein Lachen gerade noch verkneifen.

„Mrs. Stewart wird auf jeden Fall viel mehr verdienen, aber sie muss dafür auch einen Tag länger arbeiten. Deshalb suchen sie eine Reinigungskraft für einen Tag in der Woche."

Eine Minute herrschte Stille, aber ich konnte hören, wie die Sätze vorbereitet wurden. Mum räusperte sich. „Vielleicht kann ich..."

„Niemals!" Dad klopfte bei jeder Silbe mit dem Messerrücken auf den Tisch. „Du wirst den Staub ihrer Ehe nicht beseitigen. Das können sie selbst tun."

„Ich würde es aber gerne machen. Es ist eine Tätigkeit, die wirklich nur mir gehört. Und mit dem Geld kann ich mir ab und zu etwas kaufen."

„Ende der Diskussion, Ann!"

„Ich bin noch nicht fertig. Du kannst eine Meinung haben, aber du entscheidest nicht für mich, was ich zu tun und zu lassen habe. Wir leben nicht mehr im neunzehnten Jahrhundert."

Dad stocherte mit der Gabel in seinem Essen herum, schob den Teller dann plötzlich beiseite und stand auf. „Wenn du arbeiten möchtest, ist das für mich in Ordnung. Aber du wirst nicht vor der Feministin von nebenan auf die Knie gehen und ihren Dreck wegwischen."

Er verließ das Esszimmer. Mum stand ebenfalls auf und ging in die Küche. Ich blieb am Tisch sitzen und aß schweigend meinen Teller leer.

„Schmeckt es dir, Victor?", fragte sie nach einer Weile.

Ich antwortete nicht, ich hatte keine Lust, mit Mum über ihren Konflikt mit Dad zu diskutieren. Ich wollte dem entkommen und dachte nur über die Meisterschaft nach.

Gemeinsam hoben Noah und Dad den Couchtisch und zwei Sessel aus dem Wohnzimmer. Ich schob mit Mum das Sofa an die Wand, so dass in der Mitte des Zimmers ein Raum von etwa vier mal vier Meter entstand.

„Das sollte genügen." Noah stand in der Mitte. „Der Platz reicht für die Schritte der Choreografie."

Ich ging mit der schwarzen Ledertasche zum Beistelltisch und zuckte leicht.

„Was ihr jetzt sehen werdet, ist etwas Besonderes", sagte Noah, während er sich auf das Sofa zwischen meine Eltern setzte. „Ich habe Victor einen Trick beigebracht, den ich selbst entwickelt habe. Es hat eine Weile gedauert, aber jetzt kann ich einfach nur noch zufrieden sein. Victor führt ihn perfekt aus. Er ist ein ganz besonderer Junge." Mein Onkel zeigte in meine

Richtung. „Öffne die Tasche und hole deine Requisiten heraus. Wir sind bereit."

„Wir sind so gespannt." Mum beugte sich leicht vor. „Stimmt's, John?"

Dad zwinkerte mir zu. „Ja, wir sind neugierig, was Noah dir in den letzten Wochen beigebracht hat."

„Der Tisch ist zu niedrig", sagte ich leise. „Ich brauche einen höheren Tisch."

Noah hob die Augenbrauen. „Der Tisch ist ein Nebenschauplatz, Victor. Es geht um den Trick, den ich dir beigebracht habe. Wir werden dir vor der Meisterschaft den perfekten Tisch besorgen. Aber du solltest dich erst einmal mit diesem begnügen."

„Aber ihr schaut *auf* den oberen Teil der Tasche. Wie kann ich einen Trick vorführen, wenn die Ausführung das Geheimnis verraten kann?"

Noah stand seufzend von der Couch auf. „Ich denke, das wird schon gehen. Ich muss es ja schließlich wissen."

„Ich brauche einen höheren Tisch", wiederholte ich und ließ demonstrativ die schwarze Ledertasche aus meiner Hand gleiten. Mit einem dumpfen Schlag fiel sie auf den Teppich.

Dad sprang vom Sofa auf. „Wir haben bestimmt etwas, das Victor eine Zeit lang als Zaubertisch benutzen kann."

Ich biss mir auf die Innenseite der Wange. Wie war es möglich, dass ich aus diesem begrenzten Menschen hervorgegangen war? Ich war so viel weiter als sie, verstand so viel mehr als sie. *Bin ich ein Adoptivkind?*

„Zaubertisch", wiederholte ich murmelnd, aber wahrscheinlich so, dass es jeder hören konnte.

„Du weißt schon, was ich meine, Junge."

Meine Eltern verließen das Zimmer und suchten im Haus nach einem Tisch. Ihr Gestammel im Obergeschoss wurde die Treppe hinunter ins Wohnzimmer getragen.

Noah schüttelte den Kopf. „War das jetzt notwendig? Ein Tisch ist ein Detail, das kaum von Bedeutung ist."

Ich zuckte mit den Schultern. „Ich kann die Zuschauer bei der Meisterschaft wohl auch kaum bitten, ihre Augen für eine Weile zu schließen, oder?"

„Dies ist eine Probe, nur deine Eltern sind anwesend. Du musst die Dinge ins richtige Verhältnis setzen, mein Junge", antwortete Noah aufgebracht.

Ich bückte mich, um die Tasche aufzuheben. „Ich denke, ich bin derjenige, der das macht. Das Geheimnis besteht durch die Gnade der Geheimhaltung. Du erinnerst dich doch an Regel Nummer eins?" Ich griff nach meiner Tasche und spürte, wie mir das Blut in den Kopf schoss. Erst als ich mich aufrichtete, stellte ich fest, dass Noah den Raum unbemerkt verlassen hatte, was zweifellos der schnellste und beste Trick des Tages war.

Fünfzehn Minuten später setzte ich mich an den Stehtisch, den meine Eltern aus zwei Nachttischchen gebaut und mit einem Bettlaken abgedeckt hatten. Das Ergebnis war eine straffe Säule, die genau die richtige Höhe für mich hatte. Ich sah meinen Onkel an, nickte, und wartete, bis er den Kassettenrekorder einschaltete. In dem Moment, als die ersten Klänge von *Fly Me to the Moon* in den Raum drangen, entfernte ich mich von der Säule, zählte im Kopf die Takte und verbeugte mich beim ersten Schlag des fünften Taktes vor meinen Eltern. Sofort richtete ich mich wieder auf und schüttelte verärgert den Kopf.

„Ich fange noch einmal an. Ich hätte die Verbeugung drei Sekunden später machen sollen."

„Mach ruhig weiter", sagte Noah. „Wir haben noch eine Woche Zeit, um das richtige Timing zu üben. Jetzt geht es nur noch um den Trick selbst, weißt du noch? Wir waren gespannt auf die Meinung deiner Eltern. Außerdem sind es nur ein paar Sekunden, die man ausgleichen kann, indem man die Verbeugung ein wenig verlängert und etwas langsamer zur Säule zurückgeht."

„Ich fange lieber von vorne an", widersprach ich entschlossen, kehrte auf meinen Platz hinter der Säule zurück und betrachtete meine Zuschauer auf dem Sofa.

Noah beugte sich über den Kassettenrekorder und spulte das Band zurück, Mum rückte eine Rockfalte zurecht, und Dad gab mir den Daumen nach oben. Ich biss die Zähne zusammen und schloss die Augen, bis die Musik wieder einsetzte.

Dieses Mal war mein Timing perfekt. Die Verbeugung verlief reibungslos. Mit einer eleganten Geste nahm ich eine Rose vom Tisch und ging in die Mitte des Raumes, streckte meine linke Hand aus und legte die Rose darauf. Ich blieb eine Weile regungslos stehen. Genau beim ersten Schlag des zehnten Taktes warf ich die Rose in die Luft, und in dem Moment, in dem die Blume wieder zu Boden fiel, hielt ich meine Hände etwa fünfzig Zentimeter auseinander und ließ die Rose zwischen ihnen hindurchgleiten. Anstatt zu Boden zu fallen, stoppte die Blume und schwebte zwischen meinen Händen. Während die Rose wie ein Trampolinspringer auf und ab wippte, machte ich ein paar Schritte auf meine Eltern zu. Mum klatschte aufgeregt in die Hände, mein Vater bückte sich und schaute mit zusammengekniffenen Augen auf meine Hände, offensichtlich um zu ergründen, wie ich den Trick machte. Natürlich gab es nichts zu sehen, das wusste ich nur zu gut. Im Takt der Musik schritt ich rückwärts zur Säule. Mit der linken Hand ließ ich die Rose schweben, mit der rechten Hand nahm ich einen Metallring vom Tisch und ließ ihn um die Blume gleiten, so dass dem Publikum klar wurde, dass da keine Fäden waren. Ich legte den Ring zurück auf den Tisch und ging in die Mitte des Raumes, meine beiden Hände wieder um die Rose gelegt. Ich drehte mich zur Säule, ließ die Rose noch einmal zwischen meinen Händen auf und ab wippen, schaute kurz zur Bank und machte eine Wurfbewegung mit meinen Händen. Die Rose leuchtete jetzt und flog in einem Bogen in die geöffnete Tasche, die auf der Säule stand. Als die Rose verschwand, verstummte auch die Musik.

Meine Eltern waren außer sich vor Begeisterung und schenkten mir eine stehende Ovation.

Noah und ich brachten später die Nachttische ins Schlafzimmer meiner Eltern zurück.

„Ich habe noch nie jemanden gesehen, der so talentiert ist wie du", sagte er auf dem Treppenabsatz zu mir. „Der Unterschied zwischen Gewinnen und Nicht-Gewinnen besteht für dich darin, wie konzentriert du bist. Deine Verbeugung kam zu früh, weil du zu sehr mit dem kleinen Tisch beschäftigt warst. Details sind wichtig, Victor, solange es sich um die Details der Aufführung und nicht um die Details des Bühnenbilds handelt. Wenn du einen Trick gut kannst, kannst du ihn auch mitten auf der Straße machen. Nächste Woche musst du auf der Hut sein. Versuche, dich von allem fernzuhalten, was deine Konzentration beeinträchtigen könnte."

„Ich glaube an die Kraft des Ganzen. Wenn ich alles kontrollieren kann, kann auch nichts schief gehen, Noah."

„Ich glaube nicht, dass es möglich ist, alles zu kontrollieren."

„Ich schon!"

Noah nickte, schwieg aber.

Als wir das Wohnzimmer wieder betraten, stand mein Vater mit der Rose in der Hand da. Er steckte sie schnell wieder in meine Tasche und sah mich überrascht an.

„Wie hast du die Rose zum Schweben gebracht?"

Ich ging zum Beistelltisch und schloss die Tasche. „Das kann ich dir nicht sagen, Papa."

„Du hast uns immer alle Tricks erklärt."

„Nicht diesen", sagte ich entschieden.

„Sei nicht kindisch." Mein Vater wandte sich an seinen Bruder. „Noah?"

Mein Onkel legte den Zeigefinger auf seine Lippen.

„Was sagst du dazu, Ann?"

„Akzeptiere es, John. Regel Nummer eins: Verschwiegenheit!"

Am Tag vor der Meisterschaft ging ich nach der Schule direkt nach Hause. Meine Eltern warteten bereits am Tisch auf mich. Ich war überrascht, auch Dad zu Hause anzutreffen.

„Noah war heute Morgen bei deiner Mum", begann er.

„Ach ja?"

„Dad räusperte sich. „Warum hast du uns verschwiegen, dass du lieber allein mit ihm zur Meisterschaft gehen würdest?" Seine Stimme klang heiserer als sonst.

Ich zuckte mit den Schultern. „Es schien mir nicht wichtig zu sein."

„Nicht wichtig!?" Die Stimme meines Dads schallte durch die Küche. „Es bedeutet uns aber sehr viel. Schon mal daran gedacht, Junge?"

Mum seufzte. „Wir wären gerne dabei gewesen. Ich habe extra für morgen Brötchen in der Bäckerei gekauft."

„Wir verstehen, dass du Noah dabei haben möchtest. Schließlich hat er dir alles beigebracht. Aber wir können dich doch auch begleiten, oder?", fragte Dad.

„Der Unterschied zwischen Sieg und Niederlage wird durch die Konzentration bestimmt, Dad", antwortete ich. „Letzte Woche ging es schief, als ich für dich auftreten musste."

Dad nahm das Besteck in die Hand. „Uns wäre es lieber gewesen, du hättest uns vorher informiert. Wir finden die Meisterschaft genauso spannend wie du."

„Ich finde die Meisterschaft überhaupt nicht spannend." Ich stand vom Tisch auf und verließ die Küche. In der Tür zum Wohnzimmer blieb ich einen Moment stehen und drehte mich um. „Offensichtlich habt Ihr weniger Vertrauen in sie als ich."

Eines Tages erhielt ich eine Einladung zu einem Auftritt in einer Samstagabend-Fernsehshow.

„Damit beginnt die eigentliche Arbeit, Victor. Jetzt, wo du britischer Meister und Fünfter bei den Weltmeisterschaften bist, wollen dich alle sehen. Die Menschen sind neugierig auf dich", sagte Noah und umarmte mich.

Ich spürte einen Moment, wie sich sein Körper an meinen presste, wie sein Herz gegen meine Brust schlug und seine Hand auf meiner Hüfte lag. Dann ließ er mich los und trat einen Schritt zurück. „Ich bin so stolz auf dich, aber es wird noch mehr kommen. Es ist Zeit für einen Wechsel. Wir werden dir eine Assistentin suchen."

Eine Woche später stand der Aufruf bereits in der Anzeigenrubrik. Stolz zeigte ich die Anzeige meinen Eltern, die sich kurz anschauten und dann – wie verabredet – gleichzeitig wieder mich.

Mein Vater schob die Zeitung langsam auf meine Seite des Tisches. Als ich sie aber nehmen wollte, hielt er sie zurück. „Warum hast du uns nichts gesagt, Junge?"

Ich antwortete nicht, weil ich wusste, dass er die Antwort nicht hören wollte.

„Wozu brauchst du eine Assistentin?", fragte Mum. „Eine Frau in einem Glitzerkleid, das passt doch nicht zu Kartentricks und Ringen, richtig?"

Ich stand auf, ging zur Anrichte, holte meinen Block und zeigte Mum eine Skizze. „Noah und ich haben Skizzen gemacht, von Käfigen mit Falltüren, von Fesseln, die sich nicht wirklich schließen lassen, von Knotentechniken, die mich in Wahrheit nicht wirklich fesseln, von Käfigen..."

Ich blätterte in dem Skizzenblock. „In zwei Jahren werde ich ganz auf die Illusion des Verschwindens umsteigen. Ich werde auch weiterhin die Karten und Ringe einsetzen, aber ich möchte mich auf Illusionen spezialisieren. Ein bisschen weniger Geschicklichkeit und ein bisschen mehr Show. Ich werde gefesselt in eine Kiste steigen, um dann innerhalb weniger Sekunden wieder befreit aus der Kiste auszusteigen, wie der große Houdini. Deshalb brauche ich natürlich jemanden, der mich fesselt und die Box schließt."

„Victor, versteh mich bitte nicht falsch. Ich finde es großartig, dass du an die Zukunft denkst und dich weiterentwickeln möchtest. Aber du hast jahrelang geübt, um ein geschickter Magier zu werden und meterweise Filmmaterial mit der Kamera gedreht, um deine Kartentricks perfekt zu beherrschen. Du hast das Gymnasium abgebrochen, um ein Zauberer, Entschuldigung, ein Illusionist zu werden. Wenn man sich für einen Weg entschieden hat, ist es am besten, auf diesem Weg zu bleiben. Wenn du dich entscheidest, auf halbem Weg durch den Wald einen anderen Pfad zu beschreiten, könntest du dich hoffnungslos verirren. Ich möchte nicht, dass du dich umsonst weitergebildet hast."

„Ich glaube, das Publikum möchte lieber eine Show sehen als das Spiel mit den Karten, denn die Illusion des Verschwindens ist wie die Vergrößerung des Kartentricks."

In diesem Moment öffnete sich die Hintertür. Noah betrat die Küche. „Habt Ihr die Anzeige gesehen? Und dort, wo jeder sie sofort lesen kann." Er legte die Zeitung begeistert auf den Tisch.

Dad zeigte Noah seine Verärgerung und knüllte mein Zeitungsexemplar ein wenig zusammen.

„Mensch John, Victor hat Pläne für die Zukunft, wir dürfen ihn nicht aufhalten!"

„Und wer soll das alles bezahlen?" Die Stimme meines Dads klang barsch.

„Niemand muss hier etwas bezahlen. Die Anzeige war auch kostenlos, Papa!" Vorsichtig zog ich die Zeitung aus der Hand meines Vaters und glättete die Falten.

„Und wer wird diese Assistentin bezahlen?" Mein Vater sah mir direkt in die Augen.

„Das übernehme ich selbst, Dad."

Er lächelte verächtlich. „Von dem Honorar deiner Gratisauftritte?"

Noah faltete die Zeitung zusammen. „Ab heute wird Victor nicht mehr kostenlos auftreten. Wer mit ihm eine Geburtstagsfeier oder eine Veranstaltung in der Nachbarschaft verschönern will, muss tief in die Tasche greifen. Talente sind rar, und was rar ist, wird teuer."

„Ich will nichts davon wissen, also hören wir auf, darüber zu reden. Wenn du zaubern willst, ist das für uns in Ordnung. Du hast dich für einen Weg entschieden, dann bleib auch auf dem Weg. Meinst du nicht auch, Ann?"

„Er kann doch beides, oder?", antwortete Mum. „Das kann ich sehen, stell dir vor…"

„Ich habe gesagt, wir reden nicht mehr darüber", brüllte Dad, schlug mit der flachen Hand auf den Tisch und verließ die Küche.

Zwei Tage später lag ein Umschlag in der Mitte des Tisches, zwischen einem Topf mit dampfenden Möhren und einem Teller mit Koteletts. Mum zog den Umschlag langsam zu sich heran und zögerte einen Moment. Ich sah, wie sie ein paar Mal blinzelte.

„Nun öffne ihn schon", knurrte Dad.

„Plötzlich finde ich es spannend, John."

„Ann, je länger du damit wartest, einen Brief zu öffnen, desto spannender wird es."

„Los Mom, öffne ihn!"

„Mom? Sprich bitte Englisch und nenne Deine Mutter nicht Mom!" Mein Vater warf mir einen seltsamen Blick zu. „Oder übst du schon für Las Vegas?"

„Ja, Dad."

„Deine Mutter hat sich vor vierzehn Tagen auf eine Anzeige beworben und wurde letzte Woche zu einem Vorstellungsgespräch eingeladen. Wir haben es nicht erwähnt, weil das für deine Mutter alles ziemlich aufregend ist und ich… Daran muss ich mich gewöhnen, aber die Zeiten ändern sich."

Mum legte ihre Hand auf den Umschlag. „Den ganzen Nachmittag wollte ich ihn schon öffnen, aber ich sagte mir: Nein, du wartest, bis alle da sind. Wenn es gute Nachrichten sind, kannst du sie teilen, und wenn sie nicht so gut sind, werden dein Mann und dein Sohn da sein, um dir Mut zu machen."

Dad nickte zustimmend.

Sie nahm den Umschlag vom Tisch und öffnete ihn mit zitternden Händen. „Mein Herz pocht wie verrückt. Es wäre wunderbar, auch wenn es für uns alle eine große Veränderung bedeuten würde." Ihr Blick glitt über die Zeilen. Sie sagte kein Wort, gab keine Informationen durch ihre Mimik preis. Nach dem Lesen faltete sie den Brief zusammen, steckte ihn in den Umschlag und schob ihn wieder in die Mitte des Tisches. Lächelnd wandte sie sich an meinen Dad.

„Sie haben sich für jemanden mit den erforderlichen Qualifikationen entschieden und wünschen mir Glück bei der Suche nach einem Arbeitsplatz. Das klingt nicht gerade so, als würden sie daran glauben, dass ich Erfolg haben werde."

Eine Woche verging, aber für mich traf keine einzige Antwort auf meine Anzeige ein. Sobald ich von den Proben bei Noah nach Hause kam, lief ich sofort zur Anrichte, um die Post durchzusehen. Eine Woche lang wartete ich vergeblich auf eine Reaktion. Als ich die Hoffnung schon fast aufgegeben hatte, lag plötzlich ein Brief auf meinem Schreibtisch.

Die Antwort war auf Briefpapier von Flower-Fairies geschrieben. Die linke untere Ecke schmückten zarte Blumen, die gerade ihre Knospen geöffnet hatten, in der rechten oberen Ecke schwebte ein Blumenmädchen mit ausgebreiteten Armen.

Ich schob den Brief in die Mitte des Tisches. Mum wischte sich die Hände an dieser ewigen Schürze ab. Ich wusste nicht, wie ich reagieren sollte. Ich trommelte mit den Fingern auf die Tischplatte und hielt meinen Blick auf das Blumenmädchen gerichtet. Es trug ein rosafarbenes Kleid mit Rüschen am Saum und einer eleganten Schleife um die Taille, und es hatte Flügel, als könnte es jeden Moment aus dem Papier auf mich zufliegen.

Dad brach das Schweigen. „Was denkst du?" Er zeigte auf den Brief. „Könntest du es dir vorstellen?"

Ich zuckte mit den Schultern, zog den Brief wieder zu mir, als würde ich ihn noch einmal lesen.

„Es war die Idee deiner Mutter", fuhr er fort. „Zuerst hat es mir nicht gefallen, aber am vergangenen Wochenende habe ich noch einmal darüber nachgedacht. Ich denke, du solltest das Angebot annehmen."

Meine Mutter ging zum Tisch und tippte vorsichtig mit ihrem Zeigefinger auf das Papier. „Dein Vater war genauso überrascht wie du in diesem Moment, als ich ihm davon erzählte." Sie lächelte mich an und machte einen Schritt zurück.

Dad setzte sich auf. „Du bist unser Sohn und wir sind stolz auf alles, was du bisher erreicht hast. Wir sind überzeugt, dass du eine erfolgreiche Karriere haben wirst, und wir möchten dich dabei unterstützen, das Maximum zu erreichen."

Mum nickte. „Du warst so begeistert von der Idee einer Assistentin. Ich hingegen war traurig, dass keine einzige Reaktion auf deine Anzeige eintraf. Es ist vielleicht der Beginn von etwas Schönem für uns beide, Victor."

„Was deine Mutter damit sagen will, ist, dass wir dich bei all deinen Entscheidungen unterstützen und dir mit diesem Schreiben zeigen wollen, dass wir auch bereit sind, dort zu helfen, wo es nötig ist, Victor."

Ich faltete den Brief vorsichtig zusammen. Das Blumenmädchen verschwand aus meinem Blickfeld. Ich fuhr mit dem Fingernagel zweimal über die Falte, schob das Schreiben wieder in den Umschlag und stand auf. „Ich werde das mit Noah besprechen."

Meine Mutter lächelte zuversichtlich.

Ohne anzuklopfen, betrat ich Noahs Werkstatt. Mein Onkel lag auf einem Wagen unter einem Doppelbett, das in der Mitte der Werkstatt stand. Er rollte den Wagen ein Stück unter dem Bett hervor, als er mich hörte.

„Bleib da! Komm nicht näher. Du weißt doch, dass dieser Raum für dich tabu ist." Er zeigte mit einer Zange auf mich.

„Ich muss mit dir reden", sagte ich und beugte mich hinunter, um zu sehen, was Noah da tat. Er drehte an einem Gegenstand, der unter dem Bett befestigt war. Als mein Onkel sah, dass ich meine Neugierde nicht zügeln konnte, kam er unter dem Bett hervor.

„Mein Kunde würde mir nie verzeihen, wenn ich das Geheimnis seines Tricks preisgeben würde", sagte Noah. „Komm, wir gehen ins Haus."

„Ich mache ein Bett für einen kanadischen Illusionisten", erklärte er mir in der Küche. „Zuerst ist das Bett leer, dann klettert der Mann ins Bett, zieht eine Decke über sich und sobald er zugedeckt ist, schiebt er die Decke wieder weg und verwandelt sich in seine Assistentin."

„Innerhalb von Sekunden?"

Noah schüttelte den Kopf. „Nichts ist in Wahrheit so, wie es zu sein scheint." Er wusch sich die Hände, trocknete sie ab und zeigte auf den Kühlschrank. „Möchtest du etwas trinken?"

„Eine Cola. Wie heißt der Illusionist?"

Noah öffnete zwei Dosen Cola. „Newspaper", antwortete er, setzte dann die Dose an seine Lippen und leerte sie in einem Zug. Sein Adamsapfel hüpfte auf und ab, in seinem Hals gluckerte die Cola.

„Newspaper?"

Noah stellte die Dose auf die Spüle, klopfte sich auf die Brust und rülpste fast geräuschlos. „Einige Kunden möchten anonym bleiben. Sie kaufen die Rechte an der Illusion und geben vor, den Trick selbst erfunden zu haben. Dafür zahlen sie gut, glaub mir. Um zu verhindern, dass bekannt wird, für wen ich arbeite, verwende ich in meiner Buchhaltung Decknamen. Diesen Mann habe ich *Newspaper* genannt."

Noah warf einen Blick auf die Uhr. „Wollten wir nicht erst um halb fünf proben?"

„Stimmt, aber ..." Ich gab Noah den Umschlag. „Auf meine Anzeige gab's eine Antwort."

„Das ist ja großartig. Zeig mir mal das Schreiben." Er setzte sich an den Tisch und las schweigend den Brief. Dann faltete er ihn wieder ordentlich zusammen, schob ihn in den Umschlag und hielt ihn mir hin. „Ja!" Und dann zwei weitere Male. „Ja, ja! Gar keine schlechte Idee!" Er setzte sich wieder mir gegenüber. „Aber die Frage ist natürlich: Was hältst du davon?"

„Sie ist meine Mutter", rief ich entsetzt.

Noah schwieg.

„Ich schäme mich zu Tode mit einer Mutter als Assistentin."

Noah kniff die Augen leicht zusammen und neigte den Kopf leicht nach rechts. „Für deine Mutter musst du dich nicht schämen. Sie ist eine ganz besondere Frau." Er klang plötzlich verärgert.

„Kannst du dir vorstellen, sie aus einer Kiste springen zu sehen? Oder in einem glitzernden Kleid neben mir stehend? Meine Mutter in einem Glitzerkleid! Sie ist in ihre Küchenschürze hineingewachsen!"

„Ich finde, du solltest nicht so über sie reden", protestierte Noah vehement.

„Aber was hat meine Mutter mit Magie am Hut?" Ich machte eine abweisende Geste. „Rein gar nichts!"

„Wenigstens hat sie einen guten Trick in ihrem Haus." Noah zeigte auf mich.

„Nennst du mich einen Trick? Das ist alles Chemie und reine Natur."

„Auch einfache Dinge können komplex sein. Du bist das Kunstwerk deiner Mutter. Sieh dich doch mal genau an!"

Ich starrte auf den Umschlag, der vor mir auf dem Tisch lag.

Noah stand auf und schob den Stuhl beiseite. „Ich denke, du solltest der Sache eine Chance geben."

„Ich weiß nicht." Ich folgte Noah nach draußen.

„Sie kann dir die Requisiten geben, fertige Tricks übernehmen, Tische aufstellen, Victor." An der Werkstatttür hielt Noah inne. „Schau nicht auf die Grenzen, sondern auf die Möglichkeiten. Du könntest dich schon mal daran gewöhnen, mit einer Hilfskraft zu arbeiten, und in der Zwischenzeit suchen wir weiter nach einer echten Assistentin."

Noah umfasste den Türgriff. „Ich bin dafür", sagte er und verschwand.

Als sich die Tür hinter ihm schloss, wiederholte ich Noahs Worte. „Eine echte Assistentin."

Ich wollte etwas Großes erreichen, aber nicht mit einer Mutter im Schlepptau. Der Gedanke löste eine erbitterte

Entschlossenheit aus. Eine richtige Assistentin nicht zu finden, war keine Option.

Ich kochte innerlich vor Wut, weil ich im Moment keine Wahl hatte.

DER TOTE NERV

Canterbury - Oktober 2020

Der Ball ist rot. Er rollt über das Gras zu den Büschen.
„Los!", ruft jemand. „Los, du Knirps!"
Ich laufe dem Ball hinterher. Kurz bevor der Ball unter dem dornigen Strauch verschwinden kann, schnappe ich ihn mir. Schnell drehe ich mich um. Ich will den Ball zurückwerfen, doch plötzlich sehe ich mich in einem Spiegel stehen.
Mit einem ohrenbetäubenden Geräusch zerspringt der Spiegel in tausend Stücke. Die Scherben ritzen sich in meine Haut und klirren auf den Pflastersteinen, dann ist es still.
Totenstill.
Die Leute schreien, aber ich kann es nur an ihren offenen Mündern erkennen. Ich schreie auch, aber ich kann mich nicht hören. Um mich herum laufen Beine in zerfledderter Kleidung.
Dann kehrt der Schall mit schwindelerregendem Lärm zurück. Die Schuhe knirschen über die Glasscherben. Überall ist Blut zu sehen. Meine Hände sind rot. Rot wie der Ball.

Ich wagte es nicht, die Augen zu öffnen. Der Traum von den Menschen mit ihren blutverschmierten Gesichtern war messerscharf auf meine Netzhaut projiziert, sodass ich Angst hatte, sie würden wie Zombies in meinem Schlafzimmer umherwandern. Erst als ich draußen eine Eule hörte, die die Aubade für die aufgehende Sonne pfiff, wagte ich es, das Laken von meinem Gesicht zu nehmen. Im Schlafzimmer herrschte Dämmerung. Ich war klatschnass geschwitzt, meine Kehle schmerzte. Es war einfach nur ein Albtraum, ein Albtraum, der finstere Erinnerungen barg.

Ich griff nach dem Glas auf dem Nachttisch und nahm einen Schluck Wasser. Dann schnappte ich mir meinen Notizblock, um den Traum aufzuschreiben, bevor er mir abhandenkam, wie ich neuerdings so viele Dinge vergaß.

Seit meinem Besuch beim Zahnarzt kam mir meine Kindheit wie ein Puzzle mit tausend Teilen vor, von denen zu viele fehlten, obwohl ich die Fakten kannte. In meinem Kopf konnte ich ein paar Teile zusammensetzen. Meine Jugendjahre hatte ich in Rochester verbracht, aber wir waren während meiner frühesten Kindheit einmal innerhalb des Ortes umgezogen. Ich erinnerte mich an einen Schulhof in Rochester, an Kekse mit rosafarbenen Anisperlen, als ein Baby geboren wurde, an einen Sandkasten und das Spielen im Wald. Ich konnte mich aber nicht an die Straße erinnern, in der ich meine ersten Lebensjahre verbracht hatte.

Ich besaß damals einen mit Blumen bemalten Nachttisch, auf dem einige Bücher lagen, aus denen mir meine Mutter vor dem Einschlafen eine Geschichte vorgelesen hatte, aber ich hatte keine Erinnerung an mein erstes Kinderzimmer an sich, und an dieses Haus in Rochester.

In meinen frühesten Kindheitserinnerungen war meine Mutter verschwommen, verblasst. Als ich versuchte, die Erinnerung an sie zu schärfen, nahm sie die Statur und Kleidung an, die ich von Familienfotos kannte. Die Fotoalben lagen jetzt auf dem Speicher, geschlossene Alben wie meine Erinnerungen. Das Bild meines Vaters war noch verschwommener. Er blieb ewig alt und spießig.

Auf der Beerdigung unseres Nachbarn hatte mir seine Witwe ein winziges Spielzeug geschenkt: eine kleine, selbstgemachte Puppe aus Holz. Das Geschenk war zu einem Puzzleteil in meinem Gedächtnis geworden, umgeben von der vergilbten Pappe der Puzzleschachtel, in der die anderen Teile meiner frühesten Kindheit fehlten.

In keiner meiner Erinnerungen kamen das Treppenhaus oder der Spielplatz in Rochester vor. Dennoch ließen sie mich neuerdings nicht los.

Hätte man mich eine Woche vor der Zahnwurzelbehandlung gefragt, ob ich jemals träumte oder durch Rochester irren würde, hätte ich es verneint. Ich wusste, dass jeder Mensch träumt, ich erinnere mich aber in der Regel nicht an meine Träume. Es kam mir vor, als hätte das Lachgas verborgene Teile meines Gedächtnisses freigesetzt. Seit der Zahnbehandlung kamen jede Nacht spielende Kinder in meinem Schlaf vorbei. Sie rannten über den Spielplatz, saßen auf Stufen vor fremden Häusern und weigerten sich, ihren Platz auf der Schaukel aufzugeben. Manchmal nahm ich den Duft von exotischen Gewürzen wahr. Seit Wochen wachte ich mit dem Gefühl auf, dass etwas nicht stimmte. Und dann waren da auch noch die rotgefärbten Bilder.

Ohne dieses Aufschrecken aus dem Schlaf hätte ich es als etwas Unverfängliches beiseitegeschoben. Vielleicht träumte ich von den Kindern, weil mir mein Unterbewusstsein sagen wollte, dass etwas in meinem Leben fehlte? Doch Träume, die mit Sehnsüchten und Wünschen verbunden waren, ließen einen nicht mit einem Albtraumgefühl aufwachen.

Ich recherchierte im Netz, in welchem Alter das Gedächtnis Erinnerungen speichert. Drei, vier Jahre, behauptet das Internet. In einem Artikel war die Rede von einer infantilen Amnesie: Dinge aus der Kindheit wurden ab dem siebten Lebensjahr vergessen, einfach so. Wenn ich angestrengt nachdachte, hatte ich nur den Wald vor meinem inneren Auge, dieser kalte, graue, finstere Wald.

Nach zwei Wochen voller beängstigender Träume, rief ich meinen Freund an und fragte, woran es liegen könnte, dass ich von Kindern in Rochester träumte.

„Vielleicht hast du dort noch Verwandte? Geh einfach zu diesem Haus mit den Treppen", antwortete Steve. „Erkundige dich, wer heute dort wohnt, oder wer früher dort gewohnt hat. Wenn du es weißt, belastet es dich auch nicht mehr."

„Das tut es aber nicht!"

„Warum rufst du mich dann an, Victor?"

Ich konnte Kinder im Hintergrund weinen hören. „Läuft alles gut bei dir?"

„Es sind nur ihre Zähne, Victor", antwortete Steve, „und Darmkoliken. Ich träume nur noch davon, endlich mal wieder eine Nacht durchschlafen zu können."

Ich nicht, ich träumte von einem Spielplatz und davon, Fußball zu spielen und zu schaukeln. Und von Blut. Die Visionen in meinem Kopf waren stets rotdurchtränkt.

DIE HALLUZINATION

Rochester - Oktober 2020

Als meine provisorische Zahnfüllung die Konfrontation mit einem Ciabatta nicht überlebte, war mein erster Gedanke: *Morgen fahre ich endlich wieder nach Rochester.*

Im Zug mischte sich meine Angst vor dem Zahnarzt mit der Unruhe über das, was ich geplant hatte: die Straße zu besuchen, die mir meine Albträume bescherte. Ich musste meine panikartigen Impulse in Schach halten. Um mich abzulenken, griff ich nach meinem Handy. Das gelbe Facebook-Händchen von Steve winkte mir zu und das Signal kündigte eine neue Nachricht an.

Geschockt tauchte ich in die Ecke des Sitzes, als ich sie öffnete und sie mich sofort alle Gedanken an die Straße vergessen ließ. Zum Glück war der Zug nicht überfüllt. Ich wischte das Foto weg und versuchte, ruhig zu bleiben. Langsam wich die Hitze aus meinen Wangen.

Erst in der Straßenbahn nahm ich mein Handy wieder in die Hand. Die Nachricht enthielt drei entsetzliche Fotos, aufgenommen von einem gnadenlosen Kameraobjektiv. Sie zeigten eine grauenvoll entstellte Frauenleiche aus verschiedenen Perspektiven. Zwischen den gespreizten Beinen lag eine in Blut getränkte Puppe. Ich fragte mich, wer mir diese Bilder geschickt hatte, und drückte die Downloadtaste.

Die Straßenbahn fuhr an der Haltestelle in der Nähe der Zahnarztpraxis vorbei. Die Sonne schien grell durch die Fenster und blendete mich. Draußen blühten die Krokusse. *Nein*, dachte ich. Das war eine Halluzination. Krokusse waren die Zeichen des Frühlings und blühten nicht im Oktober.

Ich fuhr mir mit der Zunge über die Zahnlücke, die Erinnerungslücke in meinem Kopf und die Fotos auf meinem Handy irritierten mich aber mehr. Nach dem Zahnarzttermin würde ich den Rat meines Freundes befolgen, an der Tür mit der Nummer neun klingeln und fragen, wer in dem Haus lebte.

Ich passierte eine Brücke, einen kleinen steifen Park. Die Bäume trugen farbiges Herbstlaub. Es sah idyllisch aus, aber auch das täuschte, denn als sich die Türen der Straßenbahn öffneten, wehte mir ein eisiger Wind entgegen. Seltene Passanten mit ihren von Schals, hochgezogenen Krägen und Mützen verborgenen Gesichtern gingen an ihm vorbei, wie Schatten durch die Wege eines Friedhofs.

Die schauderhaften Fotos gingen mir nicht aus dem Kopf, und als die Straßenbahn an der nächsten Haltestelle hielt, schreckte ich hoch. Verdammt, da waren sie! Die Häuser mit den Treppenstufen. Ich stolperte zur Tür, stieg aus, sah mich um. Da … die Bank, auf der ich beim ersten Mal saß. Ich wickelte mir den Schal etwas enger um den Hals und ging auf die seltsamen Treppenhäuser zu, die sich alle glichen. Hohe Häuser mit Stufen, die zur Haustür hinauf oder in einen Keller hinunter führten. Wo war ich hinaufgegangen? Wie um alles in der Welt hatte ich das Haus gefunden, das mich so verwirrt hatte?

Blitzschnell fiel es mir wieder ein. Die Linien. Ein weißes Dreieck mit zwei geraden Linien.

Eine Linie für dich, eine für…

Ich schnappte nach Luft. Der Schal würgte mich, ich riss ihn runter. Mühsam saugten meine Lungen die kalte Luft ein. Alles in mir wurde weiß. Ein Himmel voller Schnee. Ein unbeschriebenes Blatt. Da war nichts als blendendes leeres Weiß.

Meine Haut juckte. Ich zitterte vor Kälte oder vor Fieber. Mein hektisches Atmen sagte mir, dass etwas nicht stimmte, dass mein Körper auf etwas reagierte, womit mein Gehirn nichts anfangen konnte. Ich hatte dieses Etwas vergessen. An der Tür zu klingeln, das traute ich mich jetzt nicht mehr.

Plötzlich öffnete sich die Tür mit der Hausnummer neun, eine dunkelhaarige Frau ging die Treppe hinunter und musterte mich, als sie zur Haltestelle an mir vorbeiging.

„Sind Sie in Ordnung?", fragte sie.

Ich nickte, hustete. Es war eine lächerliche Idee hierherzukommen, ich hätte auch im Internet nachsehen können, wer hier wohnt.

Nach ein paar tiefen Atemzügen stand ich auf, ging zurück zur Haltestelle und wartete neben der Frau von Haus Nummer neun auf die Straßenbahn.

Ich spürte, dass sie mich beobachtete, selbst in der Straßenbahn. Ich versuchte, Selbstsicherheit auszustrahlen. Als wir an der gleichen Haltestelle ausstiegen und sie wenig später an der Zahnarztpraxis an mir vorbeiging, sah ich sie an und fragte mich, ob ich sie vielleicht kannte.

„Sie bekommen jetzt einen Kurzrausch, Mr. Adams", sagte der Zahnarzt. „Letztes Mal haben Sie fast die Stuhllehne zerquetscht."

„Gibt es noch etwas, wovor ich mich fürchten muss? Der Nerv wurde doch gezogen."

Dieses Mal war die Behandlung erträglich und als ich draußen war, dachte ich wieder an das Haus Nummer neun. Es hatte, nachdem ich in die falsche Straßenbahn gestiegen war, einen wunden Punkt in meiner Vergangenheit berührt, einen toten Nerv getroffen. Aber auch die Fotos auf meinem Handy und Julias Verschwinden waren mir ein Rätsel.

Zum ersten Mal in meinem Leben war ich gezwungen, das Undenkbare zu denken: Die Zerstörung meines Lebens. Ich suchte nach Hoffnung, während ich über die Gleise blickte. Einfältiger Optimismus war aber nichts anderes als Leugnung der Tatsachen in ihrer jämmerlichen Verkleidung. Ich war immer zu Recht stolz darauf, dass ich nicht nach solch billigem Selbstbetrug gestrebt hatte. Ich schnupperte in die Luft. *Curry*. Wo dieser Duft aber seinen Ursprung hatte, wusste ich nicht. Vielleicht handelte es sich nur um eine olfaktorische Erinnerung, die erste meiner Sinne, die sich all dem widersetzt, was ich irgendwo zurückgelassen hatte. Alles lag im Nebel wie in diesem Moment Rochester.

Der Taxifahrer weckte mich, als wir vor meiner Villa ankamen. Halb wach bezahlte ich den Fahrpreis.

Das Haus erwartete mich mit einer beängstigenden Stille. Ich ging direkt ins Schlafzimmer, zog mich aus, warf mich auf das Bett und schlief sofort ein.

Gegen Abend wachte ich auf. Vage hörte ich irgendwo im Haus den eindringlichen Klang eines Telefons. Ich ignorierte es und nahm eine lange Dusche. Beim Rasieren hörte ich es wieder.

Es war das Telefon im Schlafzimmer. Zögernd öffnete ich die Tür und ging zum Nachttisch hinüber, bis ich plötzlich innehielt und etwas sah, das nicht in diesen Raum passte. Ein rosa Blitz im Augenwinkel, ein seidener Morgenmantel. Die Spuren einer Frau? Ich registrierte weitere Dinge, die nicht in das Zimmer eines Mannes gehörten. Ich schloss die Augen, das Telefon hatte aufgehört zu klingeln.

Ich riss die Augen wieder auf. Nichts, keine Frauensachen. Meine Reaktion verwirrte mich. War das gerade eine halluzinatorische Reaktion auf den Kurzrausch? Ich hatte die Betäubung nicht gewollt, jetzt fühlte es sich wie der Verrat meines Zahnarztes an.

Du machst einfach weiter mit deinem Leben, Mini.

Jetzt war ich froh, dass niemand im Haus war. Vielleicht war das der Telefonanruf gewesen, mit dem Inspektor Banks versucht hatte, mich zu erreichen. Er musste warten. Ich wollte nicht mit ihm reden. Entschlossen ging ich ins Wohnzimmer und zog den Telefonstecker heraus. Ich wollte weder etwas sehen noch hören.

EINE ECHTE ASSISTENTIN

Rochester - 1994

Meine Mutter erwies sich als sehr lernfähig. Sie hatte ein Gespür fürs Timing und überraschenderweise auch das Gefühl und die Gelenkigkeit, die für eine Assistentin unabdingbar waren. Außerdem sah sie sehr elegant aus, als sie mit einem Tablett voller Requisiten in meinem Windschatten auf der Bühne stand, gekleidet in ein ärmelloses Kleid, das ihr nicht ganz bis zu den Knien reichte. Sie hatte ein Händchen dafür, auf der Bühne zu glänzen; unbewusst spiegelte sie das Verhalten des Publikums wieder. Wenn die Leute lachten, zeigte sie ein bejahendes Lächeln; wenn sie applaudierten, klatschte sie kurz die Hände zusammen, fast ohne sie zu berühren; und wenn das Publikum auf einen Trick mit Erstaunen reagierte, unterstrich sie dieses Erstaunen mit einem geheimnisvollen Blick.

„Ich habe über die Aufführung für die Ballettgesellschaft nachgedacht", sagte sie eines Abends und stelle eine Schüssel auf den Tisch. Dad hob den Deckel leicht an und betrachtete erstaunt die faserige Masse.

„Man nennt das Gericht *Mihun*: Nudeln mit Hühnchen und weil es ein asiatisches Gericht ist, essen wir heute mal zur Abwechslung mit Essstäbchen. Ich dachte, ich probiere mal etwas anderes aus als immer nur Kartoffeln." Sie sah meinen Vater erwartungsvoll an, der zustimmend nickte.

„Wir üben jetzt seit zwei Monaten, Victor, und ich glaube, es läuft wirklich gut. Der Aufbau der Tricks ist perfekt, von klein bis groß, von einfach bis kunstvoll, von verständlich bis völlig unergründlich."

Ich musterte sie einen Moment. Seit sie meine Assistentin war, trug sie keine Schürze mehr, steckte sie ihr Haar zu einer eleganten Grace-Kelly-Rolle hoch und lackierte sich die Nägel.

„Aber irgendetwas an der Show stimmt nicht", fuhr sie fort. „Wenn ich das überhaupt sagen darf, ich wusste nur nicht, was es war. Bis heute Nachmittag."

„Irgendetwas stimmt nicht?", wiederholte ich und versuchte, die Essstäbchen zwischen meinen Fingern zu halten.

Sie nickte, blieb aber stumm, während sie uns das Essen servierte. Ihre Absätze klapperten auf dem Parkettboden.

„Die Aufführung wirkt wie eine ständige Wiederholung."

„Eine Wiederholung?" In meinem Inneren braute sich etwas Unschönes zusammen.

Meinem Vater, der zum ersten Mal mit Stäbchen aß, gelang es, einen dünnen Nudelstrang von seinem Teller zu heben und zum Mund zu führen.

„Jedes Mal, wenn du eine Handlung ausführst, erklärst du was passiert, Victor."

„Wie meinst du das?" Ich stocherte im Essen herum.

„Nun, zum Beispiel am Anfang. Ich komme zu dir und du sagst: Hier kommt meine Assistentin. Du erzählst dem Publikum, was es in diesem Moment sieht. Ich denke, es ist dem Publikum klar, dass ich deine Assistentin bin. Meinst du nicht auch? Oder beim Kartentrick sagst du: Ich lege diese Karte jetzt zurück in den Stapel, während du die Karte in den Stapel schiebst. So geht es die ganze Show über weiter. Das nimmt dem Publikum die Spannung."

„Deine Mutter meint damit, dass es für das Publikum vielleicht spannender ist, wenn du die Tricks nur zur Musik machst, ohne etwas zu sagen", warf mein Vater ein.

„Genau. Damit gibst du dem Publikum ein bisschen mehr das Gefühl, dass du es ernst nimmst. In dem Ballettverein tritt man nicht nur für Kinder auf, sondern auch für Erwachsene. Wenn es nach mir ginge, sollten wir ohne Text auftreten. Das würde die Show spannender machen. Was meinst du?"

Ich legte die Stäbchen neben meinen Teller und nahm Messer und Gabel in die Hand. Ich war stinksauer. Langsam hob ich den Kopf. „Ich bin anderer Meinung und damit überhaupt nicht einverstanden, Dad." Dann schaute ich meine Mutter wütend an. Was bildete sie sich überhaupt ein! „Überhaupt nicht!"

Meine Eltern tauschten einen verzweifelten Blick aus, das Gespräch verstummte. Sie beugten sich über die Teller und versuchten krampfhaft, mit Essstäbchen zu essen.

Am Ende brach mein Vater die Stille. „Kein Wunder, dass die Chinesen so dünn sind. Mit diesen Stäbchen bekommt man keinen Bissen herunter."

Meine Mutter lächelte ihn dankbar an.

Unmittelbar nach dem Abendessen ging ich zu Noah, um mit ihm über die Kritik meiner Mutter zu sprechen. „Ich glaube, deine Mutter hat recht", sagte er. „Du machst das jetzt sehr gut, weißt du. Alle großen Illusionisten reden bei ihren Tricks, ganz normal. Fred Caps, David Copperfield, Tommy Cooper, Siegfried & Roy, sie alle reden. Wenn man sich abheben will, muss man etwas präsentieren, das die anderen nicht tun. Tricks lautlos und in halsbrecherischem Tempo auszuführen, kann etwas ganz Besonderes sein. Du bist bereits ein schneller Magier, aber sobald du diese Geschwindigkeit weiter entwickelst, wird sie automatisch zu deinem Markenzeichen. Victor Adams, der schnellste Illusionist der Welt."

Noah ging zu der Truhe hinüber und zog ein Kartenspiel heraus. „Schauen wir mal", sagte er und warf mir die Packung zu. Ich ging in Position, zeigte ihm eine leere Hand, machte einen Griff in die Luft, öffnete meine Faust und zeigte Noah die Spielkarte, die ich urplötzlich in der Hand hielt.

„Schneller", befahl Noah.

Ich nahm eine Karte.

„Schneller!"

Eine andere Karte.

„Schneller."

Wieder eine Karte.

„Schneller. Ich möchte mehr Karten sehen."

Drei Karten in einer Reihe folgten – ohne Unterbrechung.

„Schneller. Versuche, fünf Karten aus der Luft zu holen, eine nach der anderen."

Ich zeigte Noah sechs Karten.

„Gut. Schneller."

Ich schnappte mir zehn Karten hintereinander, bis ich keine mehr hatte und der Boden in Noahs Küche mit Karten übersät war.

„Siehst du das?", fragte Noah stolz. „Welche eine Power, und das nur durch Geschwindigkeit. Wenn wir das mit einem fetzigen Rocksong untermalen und du den Trick im Takt der Musik aufführst, ist das wirklich beeindruckend. Ich kenne jemanden, der dir eine Tonbandaufnahme zusammenstellen könnte. Okay, das war's für heute."

Noah verschwand wieder in seiner Werkstatt. Er musste eine Frist einhalten.

Ich sank auf die Knie und hob die Karten auf. „Der schnellste Illusionist der Welt", brummte ich leise vergnügt.

FEIGHEIT

Canterbury 1994

Eine Woche später rief mich Noah an. „Heute werden wir nicht proben. Wir fahren nach Canterbury. Ich habe mit dem Leiter des Marlowe-Theatre vereinbart, dass wir für eine halbe Stunde die Bühne nutzen dürfen. Es ist ein bedeutendes Theater mit 1.200 Plätzen. Ich möchte dir dort etwas zeigen."

Die Fahrt zur mittelalterlichen Kathedralenstadt Canterbury führte uns durch die atemberaubende Landschaft der Grafschaft Kent und an den Überresten von Ruinen aus der Zeit der Römer vorbei, deren Spuren auch die teilweise erhaltene Stadtmauer darstellte.

„Eine Stadt mit einem Reichtum an historischen Sehenswürdigkeiten. Hier würde ich gerne mal eine Open-Air-Veranstaltung aufführen, Noah."

„Alles zu seiner Zeit. Wusstest du, dass in Canterbury Detektive Inspektor Edmund Reid gelebt und hier in den frühen Jack-The-Ripper-Mordfällen ermittelt hat?" Er grinst. „Du solltest also in Canterbury am besten eine Frau zersägen oder verschwinden lassen, Victor."

„Mach ich!"

Eine Stunde später saß Noah neben mir in der ersten Reihe des Marlowe-Theatres und zeigte auf die leere Bühne.

„Ein Theatersaal wirkt oft leer, aber die Umgebung bietet jede Möglichkeit, verschiedene Handlungen ineinanderfließen zu lassen. Möglichkeiten, die man außerhalb des Theaters nicht hat. Nehmen wir zum Beispiel den Stromausfall", sagte Noah. „Für ein paar Sekunden ist es im Zuschauerraum dunkel, bis sich die Augen des Publikums an die Dunkelheit gewöhnt haben. Und das eröffnet Möglichkeiten." Noah stand auf und schaute zum Fenster, hinter dem der Techniker saß. Er hob seine Hand, der Mann winkte zurück.

„Pass einfach auf, Victor. Ich werde dir zeigen, was ich meine."

Noah klettere auf die Bühne und verschwand auf der linken Seite hinter den Kulissen. Einen Moment lang war es stockdunkel, dann leuchtete rotes Licht auf. Noah kam mit einem Hocker in der Hand zurück. In der Mitte der Bühne kletterte er auf den Hocker, breitete die Arme aus und sprang vom Hocker. Noch bevor er den Boden berührte, gingen alle Lichter im Theater aus. Zehn Sekunden später ging das Licht wieder an, die Bühne aber war leer. Noah tauchte rechts hinter der Kulisse wieder auf.

„Siehst du, wie fließend ein Übergang mit einem Stromausfall ist? Kein Gedöns über die Fertigstellung des Tricks. Einfach bumm, Licht aus. Für die Zuschauer ist der Stromausfall eine dringend benötigte Atempause, ein Moment, in dem sie das eben Gesehene wirklich bewundern können." Noah setzte sich an den Rand der Bühne. „Du musst noch viel lernen, aber ich denke, du bist bereit für den nächsten Schritt: eine Vorstellung im Theater."

Noah rutschte von der Bühne und setzte sich wieder neben mich. „In den nächsten drei Jahren werden wir darauf hinarbeiten. Wir fangen mit ein paar Schauspielstunden an, ein paar Tanzstunden und in der Zwischenzeit machen wir ein Gerüst für eine Show. Wir brauchen einen roten Faden, ein Thema, das sich durch alle Akte zieht. Und in drei Jahren muss eine Menge geregelt werden. Zunächst einmal müssen wir einen Geldgeber finden, denn eine Show ist nicht billig. Wir müssen Illusionen kaufen, Kostüme anfertigen, Kulissen bauen und Mitarbeiter finden."

„Kein Problem", sagte ich enthusiastisch und kletterte auf die Bühne, stellte mich in die Mitte und verbeugte mich vor dem imaginären Publikum.

„Aber als Erstes müssen wir eine neue Assistentin finden", sagte er.

„Aber was ist mit Mum?" Ich ging zurück an den Rand der Bühne.

„Deine Mutter ist eine großartige Assistentin. Sie ist ein Schatz. Aber sie wird nicht mehr in dem Job wachsen. Höchstens in die Breite." Noah lachte über seinen eigenen Scherz. „Die kleinen Zaubereien sind vorbei, jetzt geht es ans Eingemachte und dann ist es wirklich notwendig, dass wir eine nette, junge, sportliche Dame für dich finden. Deine Mutter ist für diese Arbeit nicht geeignet."

Ich setzte mich wieder neben Noah.

„Solange es aber keine andere Assistentin gibt, wird deine Mum dich unterstützen."

„Sie wird darüber nicht glücklich sein. Sie geht völlig in ihrer neuen Rolle auf."

„Aber deine Mutter weiß auch, dass dies alles nur vorübergehend ist. Sprich sie heute oder morgen mal darauf an. Sie wird es verstehen, Victor." Er schlug mit der Hand fest auf mein Knie und stand auf. „Du hast bald eine Aufführung für den Ballettclub, nicht wahr? Ich denke, wir sollten uns da mal nach einer Kandidatin umsehen."

Die Besitzerin der Ballettschule hielt uns die Tür auf.

„Ich bin Amy Roberts. Ich leite die Ballettschule. Du musst Victor sein. Herzlich willkommen", sagte sie und schüttelte mir die Hand. „Ich habe schon viel von dir gehört. Du scheinst ziemlich gut zu sein." Sie sah meine Mutter an. „Und Sie sind Mrs. Adams, seine Mutter und Assistentin."

„Wunderbar. Wird er Sie wegzaubern oder dürfen Sie nur seinen Zauberstab halten?" Sie lachte gehässig.

„Beides", antwortete meine Mutter schnippisch. „Er wird auch jemanden aus dem Publikum auswählen, der sich in ein Kaninchen verwandelt. Vielleicht wäre das etwas für Sie?"

Das Lächeln erfror in Mrs. Roberts' Gesicht. „Ich befürchte, ich werde es dann nicht bis Weihnachten schaffen." Wieder lachte sie laut über ihren eigenen Scherz, drehte sich um und ging vor uns in den Saal, in dem die Jubiläumsfeier stattfand. „Die Bühne wurde eigens für die Show gebaut", fuhr Mrs. Roberts fort. „Sie ist nicht sehr groß, wie Sie sehen, aber wie viel Platz braucht man schon, wenn man ständig Dinge verschwinden lässt?" Wieder lachte sie laut auf. „In der Mitte der Spiegelwand befindet sich ein Riegel, den Sie öffnen müssen und dann kommen sie in die Garderobe. Das Programm beginnt um 15.00 Uhr. Sie haben also noch zwei Stunden Zeit, um den Sound zu testen und die Bühne zu erkunden, wenn Sie das möchten. Wenn Sie mich suchen, ich bin in der Halle hinter dem Empfangstisch." Sie drehte sich abrupt um und ging.

„Das war nicht sehr nett, Mum."

„War das mit dem Kaninchen nicht nett?" Sie lächelte, runzelte aber dann die Stirn. „Sie hat sich über deinen Beruf lustig gemacht."

Die Stimmung kippte. „Wer mich bezahlt, hat leider recht, Mum."

„Und wer meinen Sohn beleidigt, muss mit einem Gegenangriff rechnen."

„Mein Gott, Mum, diese Frau hat doch nur einen Scherz gemacht. Ihre Tanzschule feiert heute ihr Jubiläum. Du kannst es ihr nicht verübeln."

„Und ich bin eine Mutter, die sich für ihr Kind einsetzt. Das kannst du mir nicht verübeln."

Es war unmöglich, in diesem Moment keine Selbstkritik zu üben. Und ich machte den Fehler, ihre Hartnäckigkeit zu übersehen und die stumpfnasige Neugierde von Mrs. Roberts, als sie neben Mum stand und ihre Krallen ausfuhr.

Meine Mutter lächelte versöhnlich und zeigte auf die Bühne. „Wollen wir anfangen?"

Auf halbem Weg entdeckten wir Noah auf der Bühne. In der Hand hielt er einen Karton. „Schaut mal!", sagte er fröhlich. Mit einem dumpfen Aufschlag landete der Karton auf den Brettern. „Sie sind fertig. Wenn es uns hiermit nicht gelingt, dann weiß ich auch nicht weiter."

Noah klappte den Deckel des Kartons auf und nahm zwei Flugblätter heraus, von denen er uns jeweils eins gab. Das Blut stieg mir plötzlich in den Kopf.

„Unter den Tänzern dieser Schule muss es doch eine geeignete Kandidatin geben?"

Aus dem Augenwinkel beobachtete ich meine Mutter, als sie den Text las und Noah dann das Flugblatt zurückgab.

„Was meinst du, Ann?", fragte er.

„Was für eine Überraschung", sagte sie kühl, sprang von der Bühne, ging zu ihrer Tasche und holte eine Flasche Wasser heraus. Während sie trank, starrte sie unentwegt nach oben.

Noah beugte sich zu mir. „Du hast es deiner Mutter doch gesagt, hoffe ich?", flüsterte er.

Ich schüttelte den Kopf. „Mum war in den letzten Wochen so sehr mit dieser Show beschäftigt. Ich wollte es ihr heute Abend sagen."

Noah sah mich wütend an und zerknüllte das Flugblatt, das er meiner Mutter abgenommen hatte. „Etwas zurückzuhalten, ist genauso schlimm, wie sich eines Vergehens schuldig zu machen. Das macht dich verwundbar. Du bist feige, Victor. Feigheit ist etwas, was ich dir nicht beigebracht habe!"

Noah drehte sich um und ging auf meine Mutter zu. Sie unterhielten sich kurz, aber ich konnte nicht verstehen, was sie sagten. Mein Onkel gestikulierte heftig, meine Mutter nickte hin und wieder. Schließlich küsste sie ihn auf die Wange und kletterte dann wieder auf die Bühne.

Der zweite Durchlauf verlief schweigend. Ich war froh, dass ich während der Show keinen Text hatte, denn sonst hätte ich Schwierigkeiten gehabt zu sprechen. Ich vermied es, meine Mutter anzusehen, wenn sie mir Karten, Münzen oder Tücher reichte, und ich spürte ständig, wie sich ihre Augen in meinen Körper brannten.

Erst als wir den Saal verließen, um uns in der Garderobe für die Aufführung fertig zu machen, sagte ich: „Mum, ich möchte mich …"

Sie legte ihren Zeigefinger an die Lippen. „Ich verstehe es doch." Sie zeigte auf den Zuschauerbereich. „Irgendwo wird heute eine hübsche Assistentin für dich hereinspazieren."

Sie lächelte, aber ich las den Schmerz und die Panik in ihren Augen.

Noah ging auf den Ausgang des Theaters zu.

Ein plötzlicher Schwall kühler Luft ließ mich frösteln, als hätte er die Tür einen Spalt weit offengelassen. Ich blieb eine Weile stehen und starrte auf die leere Bühne. Ich war darauf gefasst, dass er verärgert sein würde. Womit ich nicht gerechnet hatte, dass Noah nicht mein Fehlverhalten ignorierte, sondern mich. Das schmerzte. Ich hatte bisher nie einen Gedanken an meine Feigheit verschwendet. Es gab andere Dinge, die ich mehr bereute, stärker bereute. Vielleicht sollte ich die schändliche Wunde Feigheit säubern, um wieder zur Tagesordnung übergehen zu können.

Ich wusste aber nicht wie.

ZWILLINGE

Rochester - 1994

Julia hatte mir irgendwann mal gestanden, dass sie bereits während der Aufführung in der Ballettschule beschlossen hatte, der neue Höhepunkt in meinem Leben zu sein. Sie sah, wie ich Gegenstände verschwinden und auftauchen ließ, wie ich eine Zeitung in Stücke riss, die losen Teile zusammen knäuelte und wieder zu einer intakten Zeitung entfaltete. Sie sah vor allem die Leichtigkeit, mit der ich diese Handlungen ausführte und die Selbstverständlichkeit, mit der ich mir die Bühne zu eigen machte. Julia war fasziniert von allem, was sie mit ihrem Verstand nicht fassen konnte, und bewunderte im Laufe der Aufführung alles, was sie sofort begriff: Dass ich jung war, es weit bringen würde und eine junge Assistentin brauchte, um glaubwürdig zu bleiben.

Drei Tage später wurde Julia aktiv. An diesem Morgen duschte sie ausgiebig, betonte ihre Schönheit mit ein wenig Make-up und Wimperntusche und zog ein enges Sommerkleid an. Gegen elf Uhr morgens klingelte sie an unserer Haustür. Ich reagierte nicht, denn ich hatte mir vorgenommen, mein Zimmer nicht zu verlassen, bis ich einen Kartentrick, der eine schwierige Fingerbewegung erforderte, beherrschte. Ich hörte, wie meine Mutter die Tür öffnete und wenig später Schritte auf der Treppe. Ohne anzuklopfen, trat Julia ein, und schien sofort das ganze Tageslicht in sich aufzunehmen.

„Hallo, ich bin Julia Willow", sagte sie und lehnte sich gegen den Türrahmen. Ich hatte keine Ahnung, wer sie war, aber ihre Anwesenheit beunruhigte mich. Mir fiel sofort der bezaubernde Schwung ihrer Wimpern auf, als ihr Blick meine Hand fixierte. Mit einer schnellen Bewegung des Handgelenks zauberte ich zehn Karten aus dem Nichts hervor und ließ sie sofort wieder los, so dass die Karten um meine Hand tanzten wie Schmetterlinge um einen Strauch.

Ich fing die letzte Karte auf und schenkte sie ihr mit einer Verbeugung. „Victor Adams."

„Begleite mich nach draußen, Victor." Julia drehte sich um und ging aus dem Haus. Ich folgte ihr zum Spielplatz am Ende der Straße, wo sie sich auf den Rand des Sandkastens setzte. Ich blieb stehen. Erst jetzt fiel mir das Flugblatt auf, das sie in der Hand hielt.

„Ich habe erfahren, dass du – ich sage einfach mal du – eine Assistentin für die Zaubershow suchst?"

„Ich bin ein Illusionist, kein Zauberer", korrigierte ich sie.

Julia saß aufrecht, das Kinn erhoben, die Beine elegant gekreuzt. „Du suchst also eine Assistentin?"

Ich nickte und musterte sie. Julia trug ein rotes Sommerkleid mit Spaghetti-Trägern über den goldbraunen Schultern. Ihre Beine waren lang und schön gebräunt, ihre Knie leicht spitz.

„Schau dir mein Kleid jetzt bitte genau an", forderte sie mich auf. „Gehe jetzt zwei Schritte rückwärts, schließe die Augen und drehe dich fünf Mal im Kreis, dann darfst du mich wieder ansehen." Sie dirigierte mich mit dem Zeigefinger.

Meine Neugierde war größer als mein Widerwille, also folgte ich ihren Anweisungen. Aus Trotz öffnete ich die Augen schon nach der vierten Drehung. Vor mir saß genau das gleiche Mädchen, in genau der gleichen Position, mit genau den gleichen goldbraunen Schultern, aber ihr rotes Kleid war in einigen Teilen gelb geworden. Gelb stand ihr besser.

Vier Umdrehungen reichten demnach nicht aus, um ein rotes Kleid in ein gelbes zu verwandeln.

Sie lächelte mich an. „Und?"

„Wie hast du ..." Ich hielt inne und sah ihr tief in die Augen. Sie verschränkte selbstbewusst die Arme. Ich ging auf sie zu, fing eine Karte aus der Luft und hielt sie ihr hin. „Willkommen in der Welt der Illusionen."

Sie nahm die Karte, als wäre sie eine Rose.

„Sie beide sehen aus wie Zwillinge aus einem Urlaubskatalog", sagte ich. „Erkennst du da einen Unterschied, Noah?"

Mein Onkel ließ sich auf die Knie fallen, schaute sich die Mädchen genau an und stellte fest, dass es nicht einmal einen Größenunterschied gab.

Wie aus der Pistole geschossen, kam die Antwort der beiden.

„Keinen Millimeter!"

Julia und Miranda saßen nebeneinander an Noahs Küchentisch und ließen sich von uns bestaunen.

„Wenn wir morgens aus dem Bett kommen, sieht man ein paar kleine Unterschiede, aber wenn wir erst einmal etwas Glanz und Lidschatten aufgetragen haben, sind wir nicht mehr voneinander zu unterscheiden", erklärte Julia.

Miranda lächelte. „Am Gymnasium mussten wir einmal zur Direktorin. Sie wollte, dass wir Namensschilder tragen, weil die Lehrer uns nicht auseinanderhalten konnten. Das ist lächerlich. Das haben wir natürlich abgelehnt. Aber irgendwann ging es uns auf die Nerven, weil sie uns ständig mit dem falschen Namen ansprachen. Seitdem trägt Julia Rot und ich Gelb. So konnten sie uns auseinanderhalten."

„Hm... Einfach für eure Freunde, man kann sie auf den Arm nehmen, in dem man das Kleid wechselt", sagte ich.

„Wir haben keine Freunde." Miranda nickte Julia zu. „Wir haben uns."

„Was macht Ihr im Moment beruflich?", fragte Noah.

„Wir studieren Freizeitökonomie, aber wir gehen nie zur Uni. Wir nehmen nur an den Prüfungen teil und geben die Aufgaben ab. Es reicht vollkommen aus, wenn wir die Fachliteratur studieren", antwortete Julia. Miranda nickte zustimmend.

„Hobbys?"

„Ballett und Streetdance."

„Ihr seid also ziemlich gelenkig?"

„Mrs. Roberts, unsere Tanzlehrerin, nennt uns die Schlangengirls."

Stille.

Plötzlich stand Noah auf und schüttelte den beiden die Hand. „Wir werden uns bei euch melden."

Miranda stand auf, aber Julia riss die Augen auf, blieb demonstrativ sitzen und verschränkte die Arme. „Wie? Wir werden uns bei euch melden?!"

„Ja. Victor und ich müssen besprechen, wie wir uns die Sache vorstellen, und erst dann werden wir sehen, ob und wie ihr dabei eine Rolle spielen könnt."

Julia stand auf und schob den Stuhl hart unter den Tisch. „Blödsinn, dummes Gelaber!"

„Es gibt noch andere Kandidaten", erwiderte ich, um Noah zu unterstützen.

Julia musterte mich, ein spöttisches Lächeln erschien auf ihren Lippen. „Du redest Bullshit, kleiner Zauberer."

Erst am Abend hatte ich mich halbwegs wieder im Griff, um meinen Eltern die Nachricht zu überbringen.

„Ich glaube, wir haben eine Assistentin gefunden."

Die Geräusche aus der Küche verstummten, einen Moment lang war es still.

„Jetzt kann ich endlich den nächsten Schritt machen. Jetzt geht es erst richtig los."

„Eine aus dem Ballettclub?", fragte mein Vater.

„Ja. Julia ist jung, agil, attraktiv und durchsetzungsfähig. Sie hat alles, was eine Assistentin haben sollte."

Wieder herrschte Schweigen. Meine Mutter erschien in der Tür. Sie trug wieder ihre Schürze. „Ich freue mich für dich", sagte sie leise.

Noah räusperte sich. „Victor und ich haben in der vergangenen Woche ausführlich miteinander gesprochen, und wir haben eine Entscheidung getroffen."

„Wie schön." Chorgesang der Zwillinge.

„Wir wollen berühmt werden", sagte Julia. „Wir verdienen es, berühmt zu sein. Wir sind begabt, und wir können unser Talent nutzen."

Noah nickte.

„Und was seid Ihr bereit zu tun, um diese Ziele zu erreichen?"

„Alles", antwortete Julia, „außer Sex."

„Was beinhaltet das eurer Meinung nach?"

„Alles ist alles", antwortete Julia zornig.

Noah nickte zufrieden und zeigte auf die Zwillinge. „Die Ehre gebührt dir, Victor."

„Neben mir auf der Bühne ist nur ein einziger Platz frei. Das bedeutet, dass auch nur eine von euch berühmt werden wird."

Die Zwillinge tauschten einen verzweifelten Blick aus.

„Eine Assistentin muss durchsetzungsfähig und selbstbewusst, wortgewandt und kreativ sein." Ich sah Julia an. „Ich glaube, du bist die Klügere von euch beiden, du bist die Durchsetzungsfähigere. Deshalb wirst du meine Assistentin." Ich wandte mich an Miranda. „Und das bedeutet, dass du, Miranda, was mich betrifft, die Fliege machen kannst."

DER SCHAL

Rochester – Oktober 2020

„Haben Sie Ihren Schal wiedergefunden?", fragte die Zahnarzthelferin, als ich beim nächsten Besuch aus dem Behandlungszimmer kam und meinen Mantel anzog. Der dritte Termin war ein Spaziergang gewesen, die Füllung ein Kinderspiel.

„Meinen Schal?"

„Ja, beim letzten Mal sind sie zurückgekommen und fragten, ob ihr Schal noch hier wäre".

„Sind Sie sicher, dass ich zurückgekommen bin?"

Sie nickte. „Diesen Tag werde ich nicht vergessen. In der Nacht wurde hier eingebrochen."

Ich hatte meine zweite Panikattacke nicht vergessen und dabei den Schal gelockert. Danach war ich wieder in die Straßenbahn eingestiegen. Ich erinnerte mich nicht mehr an den Besuch beim Zahnarzt.

„Bin ich wirklich zurückgekommen?"

„Ja, ich habe im Behandlungsraum noch nach dem Schal gesucht."

Wieder spürte ich eine leichte Panik.

„Machen Sie sich keine Sorgen, Mr. Adams. Lachgas ist nicht so harmlos, wie es scheint. Es ist normal, wenn man danach ein wenig verwirrt ist." Sie tippte kurz auf der Tastatur. „Sie würden staunen, was ich alles mit den Patienten erlebe. Es ist die Angst, nicht wahr? Und die Erleichterung danach."

Sie musste sehr beschäftigt sein, wenn das oft passierte. Beschäftigt genug, um mich mit jemandem zu verwechseln. Ich wünschte, ich könnte mich daran erinnern, wo ich ihn vergessen hatte. Er würde wohl in der Villa an der Garderobe hängen. Das Wetter war zu schön für einen Winterschal.

Es war nicht das erste Mal, dass ich Dinge tat, an die ich mich hinterher nicht mehr erinnern konnte, aber die anderen Male hatte ich getrunken oder gekifft.

Im Zug versuchte ich, nicht mehr an die Zahnarzthelferin zu denken. *Dumme Kuh!* Dennoch war es das Erste, was ich überprüfte, als ich zu Hause den Flur betrat: kein Schal. Er war auch nicht in der Schublade des Kleiderschranks, wo die anderen Wintersachen lagen.

Das letzte Mal hatte ich den Schal gesehen, als ich ihn mir vom Hals gerissen hatte, auf der Bank an der Straßenbahnhaltestelle, weil eine schwer fassbare Erinnerung mir die Kehle zuschnürte.

Alles von diesem Morgen war noch messerscharf auf meiner Netzhaut. Die Straßenbahnfahrt, das Haus und die Nummer, meine Panik. Sogar der Zahnarzt und die Fummelei in meinem Mund waren scharfe Erinnerungen, obwohl ich wieder einen Rausch bekommen hatte. Und danach wäre ich gegangen und wieder zurückgekommen? Ich war mir sicher, dass ich das nicht getan hatte. Ich hatte die richtige Straßenbahn zum Bahnhof genommen.

Wenn ich zurückgegangen wäre, müsste ich mich doch erinnern können? Ich bekam eine Gänsehaut. Die Zahnarzthelferin musste sich geirrt haben. Sie hatte einen Einbruch in der Praxis erwähnt. Offenbar hatte das einen solchen Eindruck hinterlassen, dass sie andere Dinge verwechselte. Ich ging zurück in die Halle, um in den Ärmeln der anderen Mäntel nachzusehen. Da lag nur eine Notiz von Sally, dass sie heute Abend mit Freunden ausging. Ich hatte sie gebeten, ein paar Tage bei mir zu bleiben, und jetzt war sie schon seit zwei Wochen hier.

Ich hatte meine Termine abgesagt und wartete. Aber worauf? Ich wusste es nicht.

Den ganzen Tag lang spukte mir diese seltsame Sache im Kopf herum. Selbst als ich später am Nachmittag in die Werkstatt ging, hörte ich immer wieder die Worte der Zahnarzthelferin: *„Haben Sie etwas vergessen, Mr. Adams?*

Ich hatte nichts vergessen. Alles, woran ich mich nicht erinnern konnte, waren der Straßenname und das seltsame Haus in Rochester. Nicht dramatisch, dachte ich, wären da nicht auch die Albträume voller Glasscherben.

Ich ging in die Werkstatt.

Sorgfältig feilte ich die Ecken des Holzblocks ab. Der Geruch von Sägemehl kitzelte in meiner Nase. Mit Schleifpapier, erst grob, dann fein, polierte ich das Buchenholz, bis keine scharfen Kanten mehr zu finden waren und sich die Oberfläche so weich und warm anfühlte wie mein Handrücken. Wunderschöne kleine Puppenkörper ohne Splitter. Alle Puppenteile waren nun bereit, zusammengesetzt zu werden, so, dass ein Kind mit ihnen spielen konnte.

Die Stunden vergingen stets wie im Flug, wenn ich meinem Hobby nachging und Holzpuppen schnitzte. In meiner Werkstatt waren immer alle Fragen und Probleme an ihrem Platz. Beim Ausmessen und Sägen vom Holz, beim Schleifen und Lackieren fand ich die Ruhe, die ich nach einem anstrengenden Auftritt brauchte. Es gab keine bessere Art, einen freien Tag zu verbringen. Einzig mein leerer Magen brachte mich dazu, die Werkzeuge wegzuräumen, die Teile in die Regale zu legen, meine Wollweste an den Haken zu hängen und an den Weinregalen entlang die Treppe hinaufzugehen.

Ich sah auf meine Armbanduhr. Sally, die immer noch bei mir war, traf sich heute mit Freunden. Ich hatte die Villa für mich allein.

In der Küche stellte ich ein Gericht in den Ofen, schenkte mir ein Glas Wein ein und ging ins Wohnzimmer. Im Flur blieb ich stehen ...

Eine dunkle Silhouette verdunkelte die Milchglasscheibe der Eingangstür. Überrascht fragte ich mich, ob die Klingel nicht funktionierte. Die Silhouette wurde breiter und kleiner. Hatte die Gestalt sich gebückt? Hatte sie jetzt durch den Briefkastenschlitz geschaut?

Bist du zu Hause, Mini...?

Ich öffnete die Augen. Sofort machte ich ein paar Schritte in Richtung Tür und stieß sie auf: Keine Silhouette, kein schwarz gekleideter Mann hinter der Hecke. Nur ein Wachtraum, eine Illusion. Ein kalter Schauer ließ mich die Tür schnell wieder schließen.

Davor hatte sich auch meine Mutter immer gefürchtet, vor fremden Menschen, die einen ausspionierten, die versuchten, durch Fenster und Türen zu spähen.

Ich ging ins Schlafzimmer und legte mich aufs Bett ...

Die Frau trägt eine grüne Schürze. Sie bückt sich mit einem Löffel in der Hand. Auf ihrer Stirn befindet sich ein roter Punkt.

„Süß, damit kleine Jungs auf den Geschmack kommen", sagt sie.

Die Schokolade ist noch halb warm. Das Kind schnappt sich den Löffel, bevor sie ihn zurückziehen kann. Als der Löffel sauber ist, schaut es auf in die dunklen Augen und leckt sich die Lippen. Sie fährt mit einer Hand durch seine Locken.

Jemand ruft: „Isst du schon wieder?"

Ich wachte mit einem Namen auf meinen Lippen auf: *Mini* und mit einer Stimme in meinem Kopf.

Du warst schon immer ein verwöhntes Kind, Mini. Komm tanz!

Es war ein seltsamer Traum, nur ein Traum, kein Albtraum, realisierte ich. Dennoch hatte er mich aufgeweckt.

Ich ging die Treppe hinunter, ohne das Licht einzuschalten. Warme Milch mit Honig sollte helfen. Während ich die Milch in der Mikrowelle erhitzte, schaute ich in den dunklen Raum.

Man konnte seine Träume beeinflussen, hatte ich einmal gehört. Zuvor hatte ich von Holzpüppchen, von Illusionen und vom Tanzen geträumt. *Tanzen...?* Vielleicht weil ich immer die Freiheit der anderen beneidet hatte, sich ohne Peinlichkeit bewegen zu können. Im Traum musste ich dieses schöne Gefühl überwiegen lassen, das Gefühl, dass ich etwas tat, wovon ich nur träumen konnte: tanzen, Holzpüppchen schnitzen und zaubern, als gäbe es keine Probleme auf der Welt.

Ich atmete tief ein und aus. Mein Herz hatte sich inzwischen beruhigt und ich fragte mich, wer *Mini* war.

Die Mikrowelle ertönte, die Milch war fertig. Ich ging mit meinem Becher die Treppe hinauf. Auf dem Treppenabsatz stehend blickte ich auf die stille Straße. Irgendetwas ging da vor. Wieso leuchtete mitten in der Nacht vor dem Tor kurz ein Licht auf? Oder war es Einbildung? Ich sah genauer hin.

Ein Auto stand direkt vor der Einfahrt, die Straßenlaterne beleuchtete es schwach. Jemand blickte zum Haus. Ich zuckte zusammen. Wenn ich den Wagen sehen konnte, konnte er auch mich sehen.

Ich hatte mir Dinge eingebildet. Vielleicht hatte der Wagen nur kurz angehalten, vielleicht waren es nur Leute, die nach einem Besuch nach Hause fuhren. Um zwei Uhr morgens, mitten in der Woche.

Ich ging die Treppe hinauf. Als ich endlich auf dem Bett saß, hatte sich über der Milch eine Haut gebildet.

Und ich dachte, dass die Nacht zu schön war, um im Haus zu bleiben. Sekunden später schlief ich ein …

Ich tanze.

Ich tanze mit der Holzpuppe über den rutschigen Boden. Röcke wehen mir ins Gesicht. Hohe Absätze klacken neben meinen neuen Schuhen. Die Füße eines Mannes bewegen sich im Rhythmus auf und ab, von vorne nach hinten. Er hebt die Arme und dreht sich. Sie bilden einen Kreis um mich. Ich bin allein im Kreis. Mit der Puppe. Es ist seltsam, allein zu sein. Und schön.

Alle Augen sind auf mich gerichtet. Die Leute klatschen im Rhythmus mit. Die Musik wird lauter und ich kann nicht

*aufhören zu tanzen. Die Discolampe versprüht Farben auf dem
Boden und den Leuten. Alles dreht sich um mich herum.*

Ich tanze.

*Bis ein ohrenbetäubender Knall die Lampe zerspringen lässt,
die Scherben auf dem Boden sind, die Leute schreien und
meine Hände rot sind vor Blut.*

Mit einem Erstickungsgefühl wachte ich aus dem Albtraum auf.
Meine Hand juckte fürchterlich. Ich starrte sie an.

Sie war mit Blut besudelt.

UPDATE

Rochester - 1994/1995

In der Mitte des Wohnzimmers stand ein Stativ mit einer nagelneuen Videokamera, an der ein Kärtchen hing: Die Achtmillimeter-Kamera kann in die Tonne. Mit dieser Kamera kannst du sofort sehen, was du gefilmt hast. Bin heute unterwegs. Sei gegen fünf Uhr bei mir. Was glaubst du, was ist das Talent eines Illusionisten?

Noahs Frage würde ich mit einer Aufnahme beantworten. Ich schaltete die Kamera ein, drückte auf Aufnahme, setzte mich direkt vor die Linse und schloss die Augen. Ich atmete tief durch und hörte, wie sich der Vorhang öffnete, die Begrüßung durch das imaginäre Publikum nahm ich mit einem Lächeln entgegen. Das Licht auf der Bühne wurde langsam gedimmt, der Scheinwerfer ging an.

Ich trat an den Rand der Bühne und zeigte dem Publikum die Vorder- und Rückseite meiner leeren Hände. Vorsichtig rieb ich meine Handflächen. Eine brennende Kerze glitt zwischen meinen Fingern hoch. Ich nahm sie in die linke Hand, führte meine rechte Hand an die Flamme und nahm sie von der Kerze. Ich wartete den Applaus ab, verbeugte mich leicht zum Dank und warf die Flamme mit einem anmutigen Schwung zurück auf die Kerze.

Wieder nahm ich die Flamme, dieses Mal mit der Faust. Führte sie zum Mund. Saugte sie auf. Dann blies ich die Flamme zurück auf die Kerze. Ich wartete fünf Sekunden und drückte meine Hände fest zusammen. Die Kerze verschwand und wieder zeigte ich dem Publikum meine Hände. Sie waren leer. Das Licht ging aus, dann wieder an. Beifall. Standing Ovation.

Ich sah mir den Videoclip augenblicklich an, was ich aber sah, machte mich nicht glücklich. Da war nur ein Junge, kalt und ohne Empathie, in einem Wohnzimmer, der mit einer Kerze spielte.

Ich übte ununterbrochen, zwei Stunden lang, führte den Trick vierzig Mal aus, doch jedes Mal gab es etwas, das mich störte. Als Noah in Begleitung einer jungen Frau nach Hause kam, spürte ich bereits einen leichten Krampf in meiner rechten Hand.

„Das ist Venise Reese, Victor. Sie ist Journalistin und wird einen Artikel über dich schreiben."

Venice warf ihr langes schwarzes Haar mit dem gefransten Pony, der ihr bis zu den Augenbrauen reichte, nach hinten. Die hohen Wangenknochen hatte sie mit Rouge betont und ihr Gesicht schmückte eine schwarz umrandete Brille. Nicht nur die Tatsache, dass sie ihre Aktentasche mit beiden Händen unsicher vor dem Schritt hielt, ließ sie mir schüchtern, vielleicht sogar ein wenig unsicher erscheinen.

Ich schüttelte ihre Hand. „Für welche Zeitung schreiben Sie, Miss Reese?"

Sie zögerte einen Moment, die Gesichtsröte färbte den blassen Teint. „Für alle Zeitungen", antwortete sie, setzte sich aufs Sofa, öffnete ihre Aktentasche und holte einen Notizblock hervor. „Sie sind also der große Victor Adams? Der beste Zauberer Großbritanniens?" Es klang zynisch.

Ich nickte.

„Aber Sie sind nicht der Berühmteste?"

„Was glauben Sie?"

Die Schüchternheit, die die Journalistin beim Betreten des Raumes ausstrahlte, nahm mit jedem ihrer Worte ab.

„Wir alle kennen Henry Cape von seinen Auftritten in den Kindersendungen am Mittwochnachmittag. Wir kennen Fred O'Connor schon lange, aber von Victor Adams hat noch niemand etwas gehört."

„Das liegt dann an den Menschen selbst. Ich trete ein paar Mal pro Woche auf, war mehrmals im Fernsehen, in den Zeitungen wurde schon oft über mich berichtet und..."

Venise Reese sah Noah an und lachte laut auf. „Er sieht es nicht."

Noah legte einen Arm um mich. „Du solltest jetzt genau hinsehen", sagte er triumphierend und deutete auf die Journalistin, die gerade ihre Brille abnahm und ihr langes schwarzes Haar von ihrem Kopf zog.

„Selbst meine Schwester würde mich nicht wiedererkennen, wenn sie mich so sehen würde." Miranda grinste. „Ich bin ein Update."

„Hast du über meine Frage nachgedacht, Victor?", fragte Noah eine Woche später. „Was ist das Talent eines Illusionisten?"

Wir saßen zu viert am Küchentisch in Noahs Haus und besprachen den Fahrplan, der dazu führen sollte, dass wir in der Öffentlichkeit als die besten Illusionisten der Welt wahrgenommen würden.

„Ich fand die Frage nicht so schwierig. Ich kann Gegenstände verschwinden lassen, Gedanken lesen und Kerzen aus dem Nichts erscheinen lassen."

Noah schüttelte den Kopf. „Du bist nicht wirklich in der Lage, Gegenstände verschwinden zu lassen, Victor, du tust nur so, als ob du das kannst."

Ich erstarrte. *Wie konnte Noah es wagen, mich vor Julia und Miranda zu kritisieren?* Meine Enttäuschung wich einer brachialen Wut. Noah, der sich an Miranda wandte, sollte sich besser in Acht nehmen.

„Morgen fährst du als Miranda Willow nach Australien", erklärte ihr Noah. „Du wirst Miranda sein, wenn du durch den Zoll gehst und Miranda sein, wenn du den Brief an deine Eltern schreibst, in dem du ihnen mitteilst, dass du in der Ferne dein Glück gefunden hast und nicht vorhast, jemals nach Großbritannien zurückzukehren. Du wirst einen Monat später als Venise Reese nach London zurückkehren. Wie Victor jede Bewegung, jeden Schritt, jeden Blick kennen muss, bevor er die Bühne betritt, musst du auf deine Rolle als Venise vorbereitet sein. Vergewissere dich, dass du alles über ihr

Leben weißt: Wo wurde sie geboren, wo ist sie aufgewachsen, wie sah ihre Kindheit aus, wie hieß ihr erster Freund, wovon träumte sie als Mädchen, welche Farbe hatte ihre Tapete, wie hieß der Nachbar, hatte sie ein Haustier?"

Miranda biss sich auf den Nagel ihres Daumens. „Kein Problem, Noah."

„Kein Problem", wiederholte Julia und lächelte ihre Schwester an.

„Meine Eltern glauben auch, dass ich wirklich Zeit für mich brauche, um herauszufinden, wer ich bin", sagte Miranda. „Sie finden das sehr sinnvoll und waren sogar überrascht, dass diese Gefühle nicht schon früher aufgekommen sind, weil wir so sehr aufeinander fokussiert sind." Beide zeigten uns einen gequälten Blick. „Unsere Eltern glauben, dass wir zu sehr voneinander abhängig sind und nicht in der Lage, eigenständige Individuen zu werden."

Noah räusperte sich. „Wenn wir uns genau an den Plan halten, wird niemand an der Wahrheit der Geschichte zweifeln. Es gibt viele Menschen, die während einer Reise die Liebe ihres Lebens treffen und nie wieder nach Hause zurückkehren, ja sogar alle Verbindungen abbrechen."

Miranda lächelte geheimnisvoll. „Wir werden immer zusammen sein. Zwillinge darf man nie trennen. Wir werden uns fast jeden Tag sehen." Sie wartete einen Moment auf eine Reaktion von Noah und mir. Als diese ausblieb, fragte sie „Richtig?"

„Julia hat dir einen Cappuccino gemacht, Noah", sagte ich.

Ich wusste, wie unangenehm Noah es fand, wenn jemand in der Küche Gläser und Tassen verwechselte, und weil wir seine Privatsphäre lange genug in Anspruch genommen und den Zwillingen einiges zugemutet hatten, schnitt ich ein extra dickes Stück Apfelkuchen für sie ab.

„Danke, Puppenjunge", sagten die Zwillinge.

Ich spürte, dass ich rot wurde. Ich hatte ihnen keine fünfzehn Minuten zuvor zugeflüstert, dass ich zu alt sei, um als Puppenjunge bezeichnet zu werden.

Sie hatten Mühe, das Lachen zurückzuhalten.

Miranda flog vierundzwanzig Stunden später nach Sydney und Venise Reese landete zwei Monate später auf dem Flughafen London Heathrow. Während der Wochen, in denen Miranda in Australien akribisch darüber nachdachte, wer ihr Alter Ego war, was sie im Leben berührte und welche Höhepunkte sie in ihrer Vergangenheit erlebt hatte, verbrachte Noah viel Zeit in Canterbury, wo er eine Wohnung für den Neuankömmling einrichtete.

Julia wollte ihm helfen, aber Noah verbot ihr, die Wohnung zu betreten. „Der ganze Aufwand und dann soll ich dich dort herumwerkeln lassen? Niemals!", sagte er.

Noah hatte allerdings für Julia Fotos von der Zweizimmerwohnung gemacht. Er hatte die Wände weiß gestrichen, graue Vorhänge aufgehängt und einen anthrazitfarbenen Teppich auf dem Boden verlegt. Die Möbel waren gebraucht, sahen aber ordentlich aus, auch wenn die einzelnen Stücke nicht wirklich zusammenpassten.

„Ich denke, das ist ein trostloser Höhepunkt", sagte Julia, nachdem sie die Bilder aufmerksam betrachtet hatte. „Von einem Mann eingerichtet. Nicht gerade das, was sich meine Schwester für ihr zukünftiges Zuhause vorstellt. Nach zwei Monaten des Herumreisens und dem langen Flug wird dieses farblose Loch eine echte Enttäuschung sein. Ohne Komfort."

„Ich bin ja noch nicht fertig", erwiderte Noah verärgert. „Komfort macht übrigens rastlos. Du bist ständig in Bewegung, alles frustriert dich."

Julia nickte traurig. „Bullshit. Aber egal, am Ende wird alles gut werden. Und wenn wir berühmt und reich sind, kaufen wir uns eine komfortable Villa, nur so zum Ausgleich."

DIE LIST

Rochester – 1994/1995

Etwa drei Wochen vor Venice's Einreise, fragte Julia mich, ob sie mich mal außerhalb der Proben besuchen dürfte.

„Warum?", fragte ich. „Wir sehen uns doch bei den Proben."

„Ich bin neugierig, wo du wohnst und wie du aufgewachsen bist."

„Du warst schon einmal in unserem Haus."

„Da habe ich aber das Haus und dein Zimmer noch nicht richtig wahrgenommen." Sie klang unwiderstehlich.

„Wenn du unbedingt vorbeikommen willst, ist das für mich in Ordnung."

„Vielleicht können wir uns dann ein bisschen besser kennenlernen?" Ihre Stimme klang noch weicher. „Auch für deine Eltern wäre es gut zu wissen, mit wem ihr Sohn zukünftig arbeiten wird."

Schweigen.

„Soll ich morgen Abend kommen, Victor?"

„Ich werde deinen Besuch ankündigen."

„Du darfst die Arbeit nicht unterschätzen", sagte meine Mutter und reichte meinem Vater eine Flasche Wein und den Korkenzieher. „Ich war selbst eine Zeit lang seine Assistentin. Hat Victor dir das erzählt?"

„Er sagt, Sie waren sehr gut. Er kann sich glücklich schätzen, eine so engagierte Mutter zu haben."

Meine Mutter war genauso überrascht wie ich. Ich hatte nie mit Julia über die Rolle meiner Mutter als meine Assistentin gesprochen.

„Hat er das tatsächlich gesagt? Wie lieb von dir, mein Schatz", sagte Mum zärtlich und legte mir einen Moment die Hand auf die Schulter. „Es sieht alles so einfach aus. Aber wenn man auf der Bühne steht, hat man das Gefühl, dass jeder kleine Fehler Victor wie einen Idioten aussehen lässt."

„Man kann die Arbeit, die du getan hast mit dem, was Julia tun wird, keineswegs vergleichen, Mum."

Meine Mutter hob fast unmerklich die Augenbrauen. „Eine Assistentin ist eine Assistentin. Wir weisen auf Dinge hin und heben die Überreste eines Tricks von der Bühne auf."

Mein Vater schenkte den Wein ein und schob die Gläser in die Mitte des Tischs. „Bitte."

„Vielen Dank, Mr. Adams", sagte Julia und wandte sich wieder an meine Mutter. „Was Victor damit sagen will, Mrs. Adams, ist, dass sich sein Repertoire stark verändern wird. Noah hat zugestimmt, dass wir seine Illusionen in den ersten drei Jahren nutzen können, ohne Lizenzgebühren zahlen zu müssen. Er nannte dies seinen Beitrag zur Karriere des Sohnes, den er nie hatte."

„Mein Bruder hat ein gutes Herz. Er hat viel für unseren Victor getan", sagte Dad nachdenklich. „Lasst uns auf ein gutes Gelingen anstoßen." Die Gläser klirrten aneinander. „Besonders heute Abend, wo wir Sie endlich kennenlernen durften, Julia."

Julia schob sich mit der Hand eine Haarsträhne hinters Ohr. „Diese neuen Illusionen sind Darbietungen mit Tüchern und Käfigen. Von mir wird hauptsächlich Akrobatik erwartet. Die Luken, durch die ich fliehen muss, sind sehr klein, wenn ich daran denke, dass ich manchmal innerhalb von Sekunden aus einem Käfig verschwinden muss."

Es trat eine Stille ein.

„Das hast du doch gemeint, Victor?", fragte Julia.

Du Luder! „Du hast es exakt ausgedrückt."

„Lass uns über dich reden, Julia", sagte mein Vater. „Zauberst du schon lange?"

Julia schwenkte das Weinglas. „Ich habe jahrelang Ballettunterricht genommen und Sport getrieben. Als ich Victors Auftritt in der Ballettschule sah, wusste ich plötzlich, dass ich auch auf der Bühne stehen wollte."

„Du hast dir das auch gut überlegt?", fragte mein Vater.

Julia lächelte ihn wieder an. „Ja. Mir war sofort klar, dass ich bei meiner Entscheidung für diesen Beruf Opfer bringen muss, Mr. Adams."

Überrascht schaute ich in ihre Richtung.

„Opfer?", fragte meine Mutter.

„Ich kann meine Ausbildung nicht abschließen. Und meine Zwillingsschwester ist auch nicht glücklich mit meiner Wahl." Julia wirkte plötzlich deprimiert. „Es war ursprünglich ihre Idee, sich als Assistentin zu bewerben. Erst im Nachhinein habe ich gedacht, dass es Spaß machen könnte. Am Ende hat Victor sich aber für mich und gegen meine Schwester entschieden, die mich jetzt für nicht gerade loyal hält. Sie glaubt, ich stehle ihre Träume."

Ich sah verlogene Tränen in Julias Augen, als sie meinen Eltern die Geschichte erzählte. „Meine Schwester hat uns wissen lassen, dass sie nicht zurückkommen wird. Sie hat einen Mann kennengelernt und lebt mit ihm zusammen. Sie sagt, dass sie glücklich ist und alle Verbindungen zu England abbricht. Ich fühle mich so schuldig." Julia nahm einen Schluck Wein und versuchte, trotz der Tränen zu lächeln. „Zum Glück lenken mich die Proben mit Victor etwas ab." Sie berührte kurz meinen Unterarm, holte tief Luft und sah meine Eltern an. „Sehen Sie mich an. Ich bin gekommen, um die Eltern meines Chefs zu treffen, und jetzt sitze ich hier und weine."

Meine Mutter reichte Julia ein Papiertaschentuch.

„Victor kann sich glücklich schätzen mit solchen Eltern. Ich werde wirklich alles geben, um unsere Karriere zum Erfolg zu führen, auch für dich, Victor. Ich werde mich bald nach einem Kreditgeber umsehen, denn wir müssen eine ganze Menge investieren. Sobald wir die finanziellen Mittel haben, können wir uns richtig austoben und an einer Show arbeiten. Das scheint mir…"

Mein Vater stellte heftig sein Glas auf Tisch. Der Wein floss über seine Hand. „Auf keinen Fall!", sagte er entschlossen. „Ich werde nicht zulassen, dass sich mein Sohn verschuldet." Er stand von seinem Stuhl auf und verließ den Raum.

Schweigend radelten Julia und ich im Abstand von einem Meter zu Noahs Haus. Ich sah nicht ein einziges Mal in ihre Richtung, wollte sie schrecklich gern von ihrem Fahrrad zerren und anbrüllen. „Was sollte das denn?" Ich tat nichts dergleichen. Ich dachte nur an meinen Vater, dem sie eine Geschichte aufgetischt hatte.

Als Noah uns hereinkommen hörte, sprang er vom Sofa auf. Er sah schläfrig aus, aber beim Anblick unserer Gesichter war er sofort hellwach.

„Was ist los?"

„Ich habe einen Geldgeber gefunden", sagte Julia triumphierend.

Ich wusste nicht, wie lange ich wirklich wütend auf Julia war, weil sie meine Eltern manipuliert hatte. Jedenfalls weniger als drei Minuten, denn als mein Vater mit einem Notizblock und einem Stift ins Zimmer zurückkam und vorschlug, dass wir gemeinsam die Kosten für die Show schätzen sollten, lief mir ein angenehmer Schauer über den Rücken. Und das Gleiche geschah drei Tage später, als mein Vater mich zum Notar mitnahm, um die QuickMagic Ltd. zu gründen und mit einem Startkapital auszustatten, mit dem ich alle Wünsche für eine perfekte Show realisieren konnte.

Eine Woche später übergab mein Vater mir beim Abendessen auch die Schlüssel zu einer alten Werkstatt im Industriegebiet, die direkt neben seiner Firma lag.

„Ich hatte das Gebäude gekauft, um das Geschäft zu erweitern, aber wir haben den Platz nie gebraucht. Du kannst es zur Vorbereitung deiner Auftritte nutzen. Es gibt auch genug Platz, um deine Trickutensilien unterzubringen. Du musst dann nicht mehr ständig zu Noah gehen." Es klang triumphierend, als hätte er lange darauf gewartet, diesen Satz auszusprechen.

Kurze Zeit später hielten wir unsere erste Probe in der Werkstatt ab. Es war ein Freitagmorgen. Wir übten eine Illusion, bei der ich mich in einen Käfig sperren musste und Julia dann aus dem Käfig kam und mich verschwinden ließ, ein Trick, bei dem das Erstaunen der Zuschauer vor allem dadurch hervorgerufen wurde, dass die Illusion wahnsinnig schnell ausgeführt wurde.

Gerade wegen der Geschwindigkeit war die Wahrscheinlichkeit eines Fehlschlags hoch. In diesem Sinne war es ein riskanter Trick, das wussten wir beide, aber mit dem richtigen Timing konnte nichts schief gehen.

Aber beim ersten Durchlauf kam Julia viel zu früh aus den selbstgebauten Flügeln, noch bevor ich in den Käfig geklettert war.

„Weißt du, wie du dich künftig nennen solltest?", sagte Julia plötzlich. „Victor Horus! *Horus* war ein Hauptgott in der frühen Mythologie des Alten Ägypten. Ursprünglich ein Himmelsgott, er war auch Königs- und zugleich Kriegsgott, ein Welten- oder Lichtgott und Beschützer der Kinder. Und ich bin deine Assistentin *Hekate*. Horus und Hekate. Klingt doch super."

Ich reagierte nicht, ging zum Soundsystem und schaltete verärgert die Musik aus. Draußen ertönte die dröhnende Diesellok eines Güterzuges, als wolle sie mit ihrem Brummen meinen Ärger untermalen. Das war der große Nachteil der alten Werkstatt: Die Geräusche und Gerüche der umliegenden Industrie drangen durch die Ritzen der Schiebetüren ein.

Julia nahm die Missbilligung wahr. „Sei mal ehrlich. Victor Adams muss zehnmal härter arbeiten, um die Anerkennung zu bekommen, die ein *Victor Horus* mit ein paar geschickten Tricks bekommt. Ein Künstlername muss klangvoll sein und ein Bild, eine Assoziation mit deinem Beruf hervorrufen."

Dann wandte sie sich der Wand zu, an der sie Bilder aus Zeitungen und Zeitschriften aufgehängt hatte, um während der Proben in der Werkstatt ein Publikum zu haben. „Meine Damen und Herren, bitte heißen Sie den blitzschnellen Illusionisten Victor Horus herzlich willkommen." Sie drehte sich mit einer

Armbewegung wieder zu mir um und verschränkte fröhlich die Hände ineinander. „Victor Horus", sagte sie erneut, diesmal langsam, aber sehr überzeugend. Sie legte ihren Kopf leicht schief.

Ich sah mir die Ausschnitte an der Wand an. „Du bist zwanzig Sekunden zu früh in den Käfig gekommen!"

Die Begeisterung wich langsam aus Julias Gesicht. Sie stellte sich direkt vor mich und strich mir langsam mit der Außenseite ihrer Hand über die Wange. „Armer Junge, du glaubst an die Illusion, ohne eine sein zu wollen!"

Sie ging zum Käfig und signalisierte, dass sie für einen weiteren Durchgang bereit war. Auf dem Gleis neben der Werkstatt wurden Waggons rangiert. Männer riefen Anweisungen, ich konnte hören, wie die Stahlkupplungen zusammenschlugen und die Lokomotive kurz anhielt. Ich sah zu den Fenstern an der Decke hinauf, eine dunkle Dieselwolke zog vorbei.

Fünfzehn weitere Male begannen wir den Akt und beendeten ihn nicht ein einziges Mal, weil ich unzufrieden war. Jedes Mal störte mich etwas: Meine Schritte, mein Timing, die Handschellen fielen in dem Moment zu Boden, als ich sie Julia anlegen wollte und als ich Musik auflegte, die nicht zu der Nummer gehörte, beendete ich die Probe.

Wenig später schloss ich die Schiebetür der Werkstatt mit drei rostigen Vorhängeschlössern ab. Die Sommersonne brannte mir in den Nacken, die Metalltüren fühlten sich wie eine Heizung an einem Wintertag an. In der Fabrik meines Vaters ertönte die Sirene, das Signal für den Schichtwechsel. Neben der Werkstatt kletterte der Lokführer in seinen Güterzug, während die Rangierer auf den Bahnsteig kletterten.

Genau genommen waren drei Vorhängeschlösser für die Schiebetür überflüssig, aber ich befürchtete, dass Unbefugte in die Werkstatt einbrechen und die Geheimnisse meines bevorstehenden Erfolgs entdecken könnten. Ich wusste besser als jeder andere, dass der Erfolg der Illusion nicht in der Illusion selbst lag, sondern im Unentdeckten.

Julia stand plötzlich direkt hinter mir. „Du hast dich von Victor Adams verabschiedet, ich lese es in deinen Augen. Du bist Victor Horus." Ihr warmer Atem strich über meine Nackenhaare. Ich roch das Deodorant, das sie nach der Probe großzügig aufgesprüht hatte, und spürte, wie sich ihr wohlgeformter Körper unweigerlich in meine Rippen brannte. Die Haare auf meinen Unterarmen richteten sich auf. Ich reagierte nicht, sondern richtete meine ganze Aufmerksamkeit auf das letzte Vorhängeschloss, das sich nur mühsam abschließen ließ. Ich packte das Schloss mit beiden Händen und drückte es so fest zu, dass meine Knöchel weiß wurden.

Über meine Schultern hinweg führte Julia ihre Hände zum Verschluss, nahm mir das rostige Vorhängeschloss ab und schloss es mit einer sanften Bewegung. Mindestens zehn Sekunden lang standen wir so da. Ich dachte nichts, bewegte mich nicht und wartete – wie sie. Neben uns setzte sich der Güterzug mit einem tiefen, rasselnden Geräusch in Bewegung und glitt über die Schienen. Langsam, schnell, schneller, als ob er versuchen würde, mit meinem Herzschlag Schritt zu halten.

Julia seufzte und tippte mit dem Zeigefinger heftig gegen die metallene Schiebetür. „Da drinnen bestimmst du, wie die Welt aussieht, aber hier draußen bist du so blind wie das Publikum, vor dem du spielen wirst."

Sie ließ ihre Hände an meinem Körper entlang gleiten. „Timing, mein lieber Victor Horus, alles ist eine Frage des Timings!"

Sie drehte sich um, ohne mich noch einmal anzusehen. Erst als sie mit ihrem Fahrrad um die Ecke verschwand, schwang ich mich auf mein Rad und radelte, so schnell ich konnte zu Noahs Haus im Stadtzentrum. Dort betrachtete ich im Badezimmer mein Spiegelbild. Victor Horus, der blitzschnelle Illusionist, lächelte mich an. Nur das zählte.

Niemals würde Julia *Hekate*, die Göttin der Magie, sein. Niemals!

DIE LÜGE

Canterbury - Oktober 2020

„Falls Ihnen noch etwas einfällt ...", hatte Banks vor einigen Tagen gesagt.

Natürlich fiel mir nichts ein. Das war das Problem. Ich hatte keine Ahnung, was in der Nacht, in der Julia verschwand, passiert war, und diese Erkenntnis nagte an mir. Wieder setzte ich mich mit Papier und Bleistift an den Küchentisch und skizzierte mit ein paar groben Strichen die Bühne, auf der wir unseren letzten Auftritt hatten. In die Mitte des Rechtecks zeichnete ich den Käfig, aus dem Julia verschwunden war. Die Bühne war völlig leer gewesen, bis auf den Käfig und das schwarze Tuch. Die einzigen Personen auf der Bühne waren Julia und ich und das schloss sofort die Möglichkeit aus, dass jemand anderes als Julia für das Verschwinden verantwortlich war. Oder vielleicht doch nicht? Hatte jemand den Käfig vor der letzten Vorstellung manipuliert? Gut möglich, denn einige Kartentricks, die ich während einer Show vorführte, musste ich bereits in der Garderobe vorbereiten, indem ich Kartenpakete in meiner Kleidung versteckte. Die Vorbereitung war die halbe Leistung. Wer hatte also Zugang zu dem Käfig?

Frustriert über all die Fragen, die ich nicht beantworten konnte, brach ich den Bleistift entzwei. Wieso um alles in der Welt war es mir nicht möglich, das Geschehen zu begreifen? Wie hatte Julia, oder wer auch immer, den Trick zustande gebracht? Ich legte die erste Skizze beiseite und begann auf einem neuen Blatt mit einer neuen, wobei ich neben der Situationsskizze die Schritte aufschrieb, die wir während des Aktes durchlaufen hatten. Aus den Tiefen meines Gedächtnisses erklangen Noahs Worte: Einen guten

Illusionisten kann man nicht täuschen, falls alles an dem Trick klar und erklärbar ist.

Schließlich fertigte ich zwei weitere Skizzen an, notierte noch einmal alle Schritte und stellte eine Liste möglicher Fluchtwege zusammen, aber bei jeder Möglichkeit kam ich sofort zu dem Schluss, dass sie entweder nicht durchführbar war oder dass ich die Option bereits ausgeschlossen hatte, als ich den Käfig nach Julias Verschwinden auf der Bühne inspizierte.

Nach einer halben Stunde erschien Sally in der Küche, geduscht und angezogen. Sie hob ihre Hand. „Hey, tut mir leid, dass es so spät wurde in der Nacht. Als ich zurückkam, hast du so fest geschlafen und ich wollte dich nicht stören", sagte sie. „Ich habe angerufen, aber niemand hat abgenommen."

„Macht nichts." Ich musterte Sally. „Wie ist es möglich, dass du mir früher nie aufgefallen bist?"

„Weil du kaum Kontakt zu anderen Leuten hast. Also keinen persönlichen Kontakt. Wenn du mit den Leuten aus dem Team sprichst, geht es immer nur ums Timing, die Choreografie, die Schnelligkeit. Du bist ein Fachidiot, zumindest nennen sie dich so."

„Wer ist sie?"

„Wir alle, die Crew."

„Hm… vielleicht bekomme ich später ein Kompliment dafür."

„Die meisten Künstler, mit denen ich gearbeitet habe, haben zwei Gesichter. Normalerweise tragen sie die Maske, die sie berühmt gemacht hat, aber hinter den Kulissen, nach der Show, beim Abendessen, entpuppen sie sich als Menschen mit Herz. Menschen, die ein Interesse an ihren Mitmenschen haben. Bei dir habe ich dieses zweite Gesicht noch nie gesehen." Während sie sprach, ging sie zum Küchentisch und setzte sich mir gegenüber. Sie betrachtete die Skizzen, die ich angefertigt hatte, und zog eine zu sich heran. „Was machst du da?"

„Ich skizziere Situationsentwürfe."

„Ein neuer Trick?"

„Nein, ich zeichne die Situation des besagten Abends im Marlowe-Theatre."

Sally las die Notizen, die ich neben die Skizze geschrieben hatte, und sah mich erstaunt an. „Oh, du weißt nicht, wie sie es gemacht hat!" Sie schlug mit der flachen Hand auf den Tisch. Ein triumphierender Blick erschien in ihren Augen.

„Noch nicht ganz, Sally!"

„Ich sehe es dir an. Du hast keine Ahnung und deshalb bist du so wütend. Ein so erfahrener Illusionist wie du. An deiner Stelle würde ich jetzt wirklich an mir selbst zweifeln."

„Ich danke dir für deine Unterstützung."

„Ich bin ehrlich und sage immer, wie es ist." Diesmal klatschte sie mit beiden Händen auf den Tisch und grinste. „Der große Victor Horus will und kann sich niemals überraschen lassen, weil er alles perfekt im Voraus plant. Ha! Dachte ich immer."

„Dann hast du dich in diesem Punkt wohl geirrt."

Sie stützte die Ellbogen auf die Tischplatte und legte den Kopf in die Hände. Sally war wunderschön, aber ihre Schönheit berührte mich im Moment nicht.

„Warum sollte Julia davonlaufen wollen?", fragte sie plötzlich.

„Wer sagt denn, dass sie selbst für das Verschwinden verantwortlich ist?"

„Du willst doch nicht andeuten, dass jemand anderes... Dann wäre es ein Verbrechen, Victor. Du glaubst doch nicht wirklich, dass ihr jemand etwas angetan hat?"

Ich zuckte mit den Schultern. „Im Moment kann ich nichts ausschließen."

Sally griff über den Tisch und legte ihre Hand auf meinen Unterarm. „Nehmen wir an, du hättest die Wahl: Julia zurückholen oder erfahren, wie sie verschwunden ist. Wofür würdest du dich entscheiden?"

„Das ist keine Wahl", knurrte ich. „Worum es dabei geht ..."

In diesem Moment klingelte es an der Haustür. Ich schloss kurz die Augen und atmete tief ein. *Warum lässt man mich verdammt nochmal nicht in Ruhe?*

Ich öffnete meine Augen wieder. Sally stand am Fenster und starrte auf das Tor.

„Es sieht so aus, als bekommst du Besuch, Victor. Es ist ein Kamerateam! Irgendwie hat die Presse von dem Verschwinden Wind bekommen. Entweder hat dein Inspektor Banks geplaudert oder Julias Vater."

Ich reagierte nicht.

Sally kam auf mich zu, stellte sich hinter mich, legte ihre Hände auf meine Schultern und massierte mich sanft.

„Darf ich dir einen Tipp geben? Nutze die Publicity, die du jetzt kostenlos erhältst. Ich weiß, dass du im Moment nicht den Kopf dafür hast. Du willst wissen, was passiert ist. Verständlich und es macht Sinn. Aber das Leben endet nicht nach diesem Tag. Es kommt eine neue Theatersaison. Julia ist verschwunden und du hast dich zum Narren gemacht. Das wird niemand bestreiten und es wird dich unweigerlich Zuschauer kosten. Aber ich denke, du solltest diesen Verlust so schnell wie möglich in einen Gewinn umwandeln. Wir könnten etwas Publicity gebrauchen."

„Wir?"

Sally beugte sich zu mir hinunter. „Sicher. Du und ich, Victor", flüsterte sie mir ins Ohr und richtete sich wieder auf. „Ich halte es für unwahrscheinlich, dass Julia auf die Bühne zurückkehren wird. Oder glaubst *du* das?"

„Kluges Mädchen", murmelte ich. „Du hast es erfasst."

„Okay, wir haben einen Draht zueinander. Das spürst du doch auch." Sie strich mir kurz mit der Hand über die Wange und ging zum Fenster. „Soll ich das Kamerateam hereinlassen?"

Es läutete erneut an der Tür. Ich stand auf und schaute, ohne mich vom Tisch zu bewegen, nach draußen. Ein Kameramann schoss Bilder von meinem Haus. Der Mann hinter der Kamera winkte uns zu.

Ich ließ mich auf den Stuhl zurückfallen, schüttelte entschlossen den Kopf. „Nicht jetzt. Ich muss nachdenken." Ich tippte mit dem Zeigefinger auf die Skizze vor mir.

Wie nach einer Aufforderung ging Sally auf die Sprechanlage zu. Aus der Küche hörte ich sie höflich sagen: „Mr. Horus ist in dieser Woche noch nicht zu sprechen. Wir rufen Sie dann zurück, um einen Termin zu vereinbaren. Dann haben Sie die Möglichkeit, ihm Ihre Fragen zu stellen."

„Wie hat sich das angehört?", fragte sie, als sie die Küche wieder betrat.

„Wie eine echte Assistentin, die es faustdick hinter den Ohren hat", antwortete ich ein wenig zu schnell.

Sie lächelte. „Vorsicht, Mr. Horus."

Gegen Mittag klingelte das Telefon zum x-ten Mal. Sally antwortete. Sie hatte schon den ganzen Vormittag die Anrufe für mich entgegengenommen und hielt mich auf dem Laufenden: Die Anrufer waren Journalisten der großen Zeitungen, einige meiner Tänzer und Techniker, der Direktor des Theaters in London und der alte Willow, der wissen wollte, ob seine Tochter wieder aufgetaucht war. Alles Anrufe, bis auf den einer Person, die mir vielleicht mehr hätte sagen können.

Plötzlich erschien Sally mit dem Telefon in der Küche. Irgendetwas an ihrer Haltung hatte sich verändert. Sie reichte mir das Telefon. „Diesen Anruf solltest du besser selbst beantworten, es ist Inspektor Banks."

Ich nahm das Handy entgegen. Die Stimme des Polizeibeamten klang seltsam. „Ich muss Sie bitten, zu mir zu kommen, Mr. Adams."

Ich erschrak. „Kommen? Werde ich verhaftet?"

„Ich wünschte, ich könnte Ihre Frage mit ja beantworten, Mr. Adams. Julia ist wieder aufgetaucht, aber das ist nicht so positiv, wie es sich anhört." Banks räusperte sich. „Sie können vom Schlimmsten ausgehen, Mr. Adams.

Fahren Sie bitte über die Schnellstraße nach Paddock, dann kommen Sie zwangsläufig zum Kings Wood Car Park. Ich werde dort auf Sie warten."

GEWISSHEIT

Paddock - Oktober 2020

Zwanzig Minuten später raste ich mit meinem Wagen über die H 251 bis zur Kreuzung in Richtung Paddock. Um diese Zeit herrschte nur mäßiger Verkehr. Ich bog rechts in die White Hill Road und parkte den Wagen auf dem Kings Wood Car Park. Inspektor Banks eilte sofort auf mich zu.

„Mr. Adams." Er zeigte in Richtung des dichten Waldes, überwiegend ein Laub-Mischwald, mit einem beachtlichen Eichen- und Ahornbestand. „Bitte folgen Sie mir. Meine Leute untersuchen momentan einen anderen Waldabschnitt in der Nähe des Tatorts. Die Kollegen von der Spurensicherung werden hier weitermachen, wenn wir wieder aufbrechen. So haben Sie als berühmter Illusionist ein wenig Privatsphäre und Anonymität, ich denke, das ist auch in Ihrem Sinne, vor allem bei dieser Art von äh ... Dingen."

Ich nickte stumm und folgte Banks. Während wir durch den Wald und das Gestrüpp liefen, verletzte ich meine Hand an einem Brombeerstrauch und stürzte fast zu Boden, weil heruntergefallene Äste und Blätter die Bodenunebenheiten verdeckten. Ein Omen? Das dichte Blätterdach verdunkelte den Wald und verwehrte ihm eine Tiefe. Merkwürdigerweise herrschte hier Totenstille. Kein Vogelgezwitscher, keine Geräusche von Tieren, keine Spaziergänger, keine dumpfen Schritte von Leuten, die über sandige Wege joggten, kein Geräusch von Autos, die in der Ferne vorbeirasten. Alles, was ich hörte, war die Stimme in meinem Kopf, die mir sagte, ich solle ruhig bleiben: Glaube, was du siehst, nicht was du glaubst zu sehen, hatte Noah mir einst beigebracht.

Banks schob zwei Büsche auseinander, trat zur Seite und ließ mich passieren. Wir kamen an eine Lichtung, die mit Absperrbändern der Polizei gesichert war. In der Mitte der

Lichtung lag unter dem Stamm einer großen Eiche eine Gestalt, die mit einem weißen Laken bedeckt war. Mein Herzschlag beschleunigte sich. Ich holte tief Luft. An einem der dicken Äste baumelte an einem Seil eine Holzpuppe, die ich geschnitzt hatte. Neben dem Baumstamm stand eine Leiter. Banks sah mich an. Seine Augen waren intensiv, fast animalisch. Seine Art und Weise, wie er grinste, hatte etwas Dämonisches. Vielleicht war er ein Raubtier, das eine Spur witterte.

Ich starrte entsetzt auf das Seil, die Leiter, die Leiche.

„Ich entschuldige mich dafür, dass ich Sie bitten muss, die Leiche hier zu identifizieren."

Ich betrachtete den Körper, der vor mir auf dem Boden lag.

„Ich erspare Ihnen die Theorie unserer Experten über das Wie und Was dieser Tat. Wir brauchen nur jemanden, der die Identität dieser Frau bestätigt", fuhr Banks fort. „Sie sind da wohl die richtige Person."

In Gedanken hatte ich Julias Dad vor meinem inneren Auge, der mit seiner Frau am Arm durch das Gebüsch schlurft. Er sollte an meiner Stelle hier stehen, er hätte die Leiche seiner Tochter sofort erkannt. Aber ich konnte auch nachvollziehen, dass Banks die alten Leute nicht unbedingt an diesen unheimlichen Ort kommen lassen wollte.

Was, wenn sie es wirklich ist?, fragte ich mich. Dann würde ich nie erfahren, wie Julia aus dem Käfig und dem Theater verschwinden konnte. Ein unerträglicher Gedanke! Mein Kopf wurde leicht. Ich trat zur Seite, hielt mich am Stamm eines Baumes fest und zwang mich, ruhig ein- und auszuatmen. Das wäre eine Katastrophe.

„Ein Jogger hat sie gefunden", erklärte Banks und deutete auf die Bäume. „Geht man ein paar Meter weiter, dann stößt man auf einen Pfad. Von dort aus konnte man die Leiche sehen. Kein schöner Anblick."

Stille. Die Puppe irritierte mich. Noch ein Baum, der den Tod brachte …

Ein Gedanke, der mir plötzlich durch den Kopf schoss: *Wieso?*

„Sie sehen ein bisschen blass aus, Mr. Adams. Ich schlage vor, dass Sie es schnell hinter sich bringen, damit Sie in Ihr sicheres Zuhause zurückkehren können. Ich weiß, dass das hier schwierig für Sie ist."

Banks beugte sich über den Körper und zog langsam das Laken weg. Ich trat ein paar Schritte näher heran.

Wahn war der erste Eindruck, den der Tatort vermittelte und den auch ich verspürte. Er war fast greifbar und klebte wie eine dünne Pechschicht auf meiner Haut. Entsetzen war auch in den Augen des Polizisten. Das Grauen drang durch Mark und Bein. Ich konnte die Wut des Täters durch die Art der Wunden erahnen, seine Eitelkeit in der Akribie oder der Anordnung der Schnitte.

Ihre Hände lagen auf dem Brustkorb und hielten eine kleine Holzpuppe umklammert. Die blutdurchtränkte Kleidung war teilweise zerrissen. Die Beine waren weit gespreizt, dazwischen lag eine makellose Puppe aus Wurzelholz, die ein wenig größer war als die andere Puppe. Arme und Beine der Toten wiesen tiefe Schnitte auf, nur das Gesicht hatte der Täter verschont.

Ich betrachtete das Gesicht, das ich seit fünfundzwanzig Jahren fast jeden Tag gesehen hatte, das mir vertrauter erschien als das meiner Mutter und meines Vaters. Diese schönen Wangenknochen, die großen Augen mit den anmutigen Wimpern, die Symmetrie, das blonde Haar.

Banks musterte mich. „Mr. Adams, können Sie bestätigen, dass dies Julia Willow ist?"

Natürlich war es Julia, aber auch wieder nicht. Dies war Julia, aber ohne den straffen, grazilen Körper, der meine Assistentin absolut einzigartig gemacht hatte; dieser Körper war im Tod erschlafft, Julias Kiefer war auch nicht so rund wie die Kieferlinie in diesem Gesicht und ihr Hals war ein wenig sehniger als dieser. Meine Augen registrierten, mein Gehirn arbeitete auf Hochtouren.

„Ja, das ist Julia Willow." Ich wandte mich ab, beugte mich vor, stützte mich mit den Händen knapp über den Knien ab, geißelte mich selbst, indem ich meine Beine kräftig zusammenpresste. Nie zuvor hatte ich eine solch mörderische Wut empfunden.

Hinter mir räusperte sich Banks. „Einen Moment noch, Mr. Adams, ich muss Ihnen noch eine Frage stellen."

Ich richtete mich auf und wandte mich widerstrebend um.

„Die Frage ist einfach, Mr. Adams. Warum belügen Sie mich?"

IDENTITÄT

Paddock - Oktober 2020

Im *Kings Wood Park* war die Dämmerung weit fortgeschritten. Allmählich wurde es dunkel. Die wuchtigen Eichen und die Ahornbäume neigten sich tiefer über mich. Ihre Äste zeigten auf mich, wie anklagende Finger. Banks Unmut war deutlich auf seinem Gesicht zu erkennen. Seine letzten Worte hallten in meinem Kopf nach: *Warum belügen Sie mich?*

„Ich schlage vor, wir fangen noch einmal von vorne an", sagte Banks sichtlich irritiert, ging zur Leiche und hob das Laken noch einmal vom Gesicht der Toten. „Ich frage Sie noch einmal und schlage vor, Sie hören genau zu: Ist das Julia Willow?"

Ich ließ meinen Blick noch einmal über das Gesicht gleiten. Der Tod sah in diesem vertrauten Gesicht erstaunlich lebendig aus. Ich hatte ihn immer mit Starre assoziiert, statuenhaft, aber ihre Stirn und ihre Wangen glänzten, als würde sie sich freuen. Ihr Haar lag fächerförmig um ihren Kopf, was dem leblosen Körper etwas Anmutiges gab.

Mir ging nur ein einziger Gedanke durch den Kopf: Das Geheimnis blieb durch die Gnade der Geheimhaltung bestehen. Grundregel Nummer eins.

„Ich denke, es ist Julia Willow, Inspektor Banks", sagte ich leise.

„Glauben Sie es oder sind Sie sich sicher?" Banks deckte die Leiche wieder zu.

Du bist der Schnellste und das kannst du auch bleiben. Also nimm dich in Acht.

„Ein Mensch kann einen Fehler machen, also sicher kann man sich nie sein", antwortete ich.

„Und welchen Fehler könnten Sie in diesem Fall gemacht haben, Mr. Adam?"

Ich dachte an Noahs Worte, als ich während einer Probe eine falsche Bewegung machte und versuchte, sie zu korrigieren. „Eine begonnene Bewegung muss man immer zu Ende führen, selbst dann, wenn man einen Fehler gemacht hat, Victor. Sobald du eine Handlung auf halbem Weg unterbrichst, wird das dem Publikum auffallen."

Direkt über mir krächzte ein Vogel, ein ganzer Schwarm schoss in die Höhe. „Ich habe Ihnen heute Morgen gesagt, dass ich Schlamperei nicht mag. Ich mache keine Fehler, ich weiß alles immer ganz genau."

„Ach. Plötzlich wissen Sie alles ganz genau? Sie widersprechen sich in zwei Sätzen, Mr. Adams." Banks faltete seine Hände auf dem Rücken und umkreiste mich. Ich hatte den Drang, mich immer dann umzudrehen, wenn er hinter mir war, aber ich hielt mich zurück, weil ich keinen Verdacht erregen wollte. Verdammt, ich hatte mit den Ereignissen der letzten vierundzwanzig Stunden nicht im Geringsten etwas zu tun.

„Sagt Ihnen der Name Miranda etwas?", fragte Banks, als er wieder vor mir stand.

Ich tat mein Bestes, um meine Überraschung zu verbergen. „Ich kannte einmal eine Miranda, habe sie allerdings zuletzt vor fünfundzwanzig Jahren gesehen."

Banks tippte mit seinem Zeigefinger auf mein Brustbein. „Und jetzt lügen Sie schon wieder."

„Wie bitte?"

„Sie haben sie zuletzt vor weniger als einer Minute gesehen!", sagte Banks unfreundlich und zeigte auf die Leiche.

Ich zwang mich, ruhig zu sprechen. „Ich weiß nicht, ob ich Ihnen folgen kann. Die Miranda, die ich kannte, ging vor fünfundzwanzig Jahren allein auf Reisen, nachdem ich ihre Schwester als Assistentin eingestellt hatte. Sie war wütend auf Julia, fühlte sich im Stich gelassen. Sie war der Meinung, dass Julia den Job hätte ablehnen müssen, als klar war, dass ich nicht beide, sondern nur eine von ihnen als Assistentin übernehmen würde. Miranda Willow ist von dieser Reise nicht zurückgekehrt."

„Sie liegt vor uns, Mr. Adams!" Banks fischte einen Reisepass aus seiner Manteltasche, schlug das Dokument auf und zeigte mir die Seite, auf der eine jugendliche Miranda abgebildet war. „Sie ist in ihre Heimat zurückgekehrt, weniger als fünfzehn Stunden nach dem Verschwinden ihrer Schwester."

„Das ist dann ja wohl ein Zufall", sagte ich kühl.

„Vielleicht sollten Sie sorgfältiger antworten. Letzte Nacht ist Ihre Assistentin verschwunden, durch Ihre Hand, das können Sie nicht leugnen, und heute wird die entstellte Leiche der Zwillingsschwester im Wald gefunden, weniger als zwei Autostunden von Ihrem Haus in Rochester entfernt. Ich kann mir kaum vorstellen, dass dies ein Zufall ist."

Ich schwieg und starrte auf die Leiche und dann auf die am Ast baumelnde Holzpuppe.

„Mr. Adams, ich muss Ihnen sicher nicht erklären, wie dubios Ihre Rolle in dieser Angelegenheit ist? Lassen Sie mich die Frage von vorhin wiederholen: Warum haben Sie mich über die Identität der Toten angelogen?"

„Das kann ich Ihnen unmöglich sagen", antwortete ich entschieden.

Banks trat einen Schritt zurück. „Können Sie es nicht oder wollen Sie es nicht?"

Ohne nachzudenken, schoss ich zurück. „Inspektor Banks, Sie behandeln mich wie einen Verdächtigen, also werde ich mich auch wie einer verhalten. Ich berufe mich auf mein Recht zu schweigen, denn ich habe das Gefühl, dass Sie mich in eine Ecke drängen, aus der ich unmöglich entkommen kann. Ich habe das Recht zu schweigen. Oder gilt dieser Spruch nur in einem Barnaby-Krimi?"

Banks kratzte sich am Kinn. „Für Sie ist das alles nur ein Spiel, nicht wahr? Das wirkliche Leben ist Ihnen völlig egal, Sie schauen nur auf die Illusionen, die man daraus gewinnen kann. Haben Sie nicht deshalb gerade auf die Puppe am Baum gestarrt? Geben Sie es zu, Sie haben einen neuen Trick darin gesehen!" Banks machte einen weiteren Schritt nach vorn. „Eine Lüge hier, eine Lüge dort. Eine baumelnde Puppe am

Baumast, eine grausam zugerichtete Leiche auf dem Boden. Und Sie lassen es auf sich beruhen, ohne sich von dem Grauen durchdrungen zu fühlen. Aber ich bin Ihnen auf der Spur, Mr. Horus oder Mr. Adams, oder wie auch immer Sie genannt werden wollen!" Banks presste die Augenlider zusammen. „Als ich heute Morgen hier ankam, wusste ich sofort, dass Sie lügen würden. Ich wusste nur nicht, warum Sie das tun sollten. Und ich weiß es immer noch nicht, aber ich werde es herausfinden."

Ich starrte stoisch vor mich hin.

„Vielleicht weiß ich nach meinem Gespräch mit dem Vater der Toten mehr", sagte Banks kalt. „Und sobald die Zeitungen berichten, dass Miranda nach fünfundzwanzig Jahren Abwesenheit nach England zurückgekehrt ist, um sich kurz nach dem Verschwinden ihrer Schwester das Leben zu nehmen, werden sicher wertvolle Informationen eintreffen."

Bleib jetzt ruhig, ganz besonders jetzt, dachte ich. Einatmen, ausatmen. Inspektor Banks blufft nur. Doch ehe ich mich versah, packte ich Banks an seiner Jacke.

„Das darf niemals passieren", zischte ich ihm ins Gesicht. „Hören Sie! Niemals!"

ALLES

Paddock - Oktober 2020

Auf der Autobahn gab Inspektor Banks Gas, doch sein in die Jahre gekommener Volvo kam nur mühsam in Fahrt. Andere Fahrzeuge rasten an uns vorbei, selbst ein Lastwagen überholte uns, nachdem er sich uns zuerst hupend und blinkend von hinten genähert hatte.

„Es gibt so viel Aggression im Straßenverkehr", knurrte Banks. „Es ist ein Wunder, dass es nicht noch mehr Opfer gibt." Er holte den Lastwagen ein, der uns gerade überholt hatte und hupte. Der Fahrer schaute aus seinem Fahrerhaus zu mir herunter, schüttelte langsam den Kopf und tippte sich mit seinem Zeigefinger an die Stirn.

Banks ordnete sich wieder auf die linke Fahrspur ein. „Nun, Mr. Adams. Hier kann uns niemand hören, also schießen Sie los." Er legte den rechten Arm auf die Armstütze an der Fahrertür und hielt mit der linken Hand das Lenkrad fest. „Sagen Sie mir nun, welche schreckliche Tragödie Sie ereilen wird, wenn bekannt wird, dass Miranda Willow nach fünfundzwanzig Jahren Abwesenheit wieder in England aufgetaucht ist – tot, versteht sich."

Banks war meinem Wunsch nachgekommen, das Gespräch nicht im Wald, sondern irgendwo fortzusetzen, wo wir absolut sicher sein konnten, dass uns niemand zuhörte. Dennoch war ich mir nicht sicher, ob meine Geschichte bei dem Polizisten gut aufgehoben wäre. Wenn er etwas ausplaudern würde, wäre meine Karriere vorbei. Außerdem fühlte es sich nicht gut an, das Geheimnis preiszugeben.

„Ich verlange, dass wir zuerst zu mir nach Hause fahren und Sie eine Vertraulichkeitserklärung unterschreiben. Sie müssen mir garantieren, dass alles, was ich Ihnen sage, vertraulich bleibt, Inspektor Banks."

Banks schnaubte verächtlich. „Sie unterschätzen die Lage, in der Sie sich befinden, offenbar immer noch, Mr. Adams. Ihre Assistentin ist verschwunden und die Schwester Ihrer Assistentin liegt ermordet im Wald. Sie haben mich mehrmals belogen. Bis jetzt habe ich keinen Grund, Ihre Beteiligung in beiden Fällen auszuschließen."

Blitzartig holte ich Mirandas leblosen Körper vor mein inneres Auge und merkte, wie erleichtert ich war, dass sie es war, die dort lag und nicht Julia.

„Ohne diese Garantie werde ich nichts sagen und mich auf mein Aussageverweigerungsrecht berufen."

Banks nickte. „Dann fahren wir jetzt zur Polizeidienststelle. Dort können wir uns in aller Ruhe im Befragungszimmer unterhalten!"

„Befragungszimmer?"

„Ich habe allen Grund, Sie einem Verhör zu unterziehen, und ein Verhör muss offiziell auf dem Revier stattfinden. Ich werde auch einen Kollegen hinzuziehen."

Ich starrte vor mich hin und dachte an die letzten Sekunden, bevor Julia gestern Abend verschwand. Sie hatte entspannt, vielleicht sogar erleichtert ausgesehen, als sie mir zuwinkte und durch die kleine Luke an der Rückseite des Käfigs verschwand. Hatte sie die Entlassung kommen sehen? Hatte sie es gespürt? Hatte sie es sogar mit Miranda besprochen? Fragen über Fragen, auf die ich keine Antwort hatte.

Banks räusperte sich. „Mein Kollege wird im Umgang mit Ihnen nicht zimperlich sein. Ich kann mich aber beherrschen."

Ich nickte, sagte aber nichts. Was war im Wald geschehen, dass jemand Miranda das antun konnte? Was könnte die Ursache sein? Jede Woche unterschied sich von der vorangegangenen, jedes Theater hatte seine eigene Seele, jedes Hotel seine eigenen Reize oder Unzulänglichkeiten, und die Ungewissheit, an einem neuen Ort anzukommen, hatte eine suchterzeugende Wirkung. Vor allem für Miranda, die immer in einem anderen Hotel als Julia und ich übernachtete. So konnten wir vermeiden, dass jemand zufällig die Ähnlichkeit zwischen den beiden Frauen bemerkte. Aber war die Aussicht, dieses berauschende Gefühl von Freiheit zu verlieren, wirklich für einen Mörder ein Grund, sie zu töten?

Plötzlich riss Banks das Lenkrad nach links, fuhr auf den Standstreifen und bremste heftig. Ich wurde nach vorne geschleudert, vom Sicherheitsgurt aufgefangen und nachdem der alte Wagen zum Stillstand gekommen war, zurück auf den Sitz geschleudert.

Entsetzt sah ich Banks an. Er legte beide Hände ans Lenkrad. „Mr. Adams, ich sage es noch einmal ganz deutlich. Sie sind ein Verdächtiger! Es ist an der Zeit, das Gespräch zu suchen. Wir werden hier stehen bleiben, bis Sie mir alles gesagt haben."

„Also gut, obwohl ich davon ausgehe, dass Sie mit dem, was ich Ihnen sagen werde, nichts anfangen können."

Langsam begann der Volvo nach verbranntem Gummi zu riechen. Ich öffnete das Fenster auf meiner Seite. „Sie hatten Recht, als Sie mich im Wald beschuldigten, ich würde lügen. Die Person, die ich identifizieren musste, ist nicht Julia, sondern Miranda Willow. Aber das wussten Sie ja schon, dank ihres Ausweises. Der Unterschied zwischen den beiden Damen ist kaum zu sehen, aber wer sie gut kennt, weiß, dass Mirandas Gesicht in den letzten Jahren etwas rundlicher war als das ihrer Schwester. Ich weiß das, weil ich sie in den vergangenen fünfundzwanzig Jahren jeden Tag gesehen habe."

Banks schaute mit einem Ruck in meine Richtung. Er drückte seine Augenlider zusammen.

„Sie glauben, ich lüge schon wieder?", fragte ich.

„Ich bin sehr überrascht. Lassen Sie es mich so sagen. Erst war Miranda Willow verschwunden und jetzt war sie die ganze Zeit in England? Ihre Aussage macht die ganze Geschichte noch unwahrscheinlicher, als sie ohnehin schon ist."

„Vielleicht sollten Sie warten, bis Sie die ganze Geschichte gehört haben?"

Banks nickte und signalisierte mir, dass ich fortfahren sollte.

„Vor fünfundzwanzig Jahren war es mein Ziel, der beste Illusionist der Welt zu werden. Ich war bereits Weltmeister der

Magie, aber in der breiten Öffentlichkeit kaum bekannt, und so beschloss ich, mit einem abendfüllenden Programm durch die Theater zu ziehen. Das ist der schnellste Weg, um berühmt zu werden, abgesehen vom Fernsehen, versteht sich. Ich brauchte jedoch eine Assistentin. Nachdem ich in einer Ballettschule Flugblätter verteilt hatte, meldete sich Julia Willow. Sie war die eine Hälfte eines Zwillingspaares."

„Julia und Miranda. Praktisch für einen Illusionisten, wenn er über Doppelgänger verfügen kann", sagte Banks.

„Das Problem bei Zwillingen ist, dass viele Menschen wissen, dass es Zwillinge sind. Sie sind seit Jahren in der Schule, haben Sport getrieben, haben Freunde in der Nachbarschaft, in der sie aufgewachsen sind, haben Verwandte, die sie durch und durch kennen, und darüber hinaus sind Zwillinge an sich schon auffällig. So wissen auch Menschen in der unmittelbaren Umgebung, die sie nicht persönlich kennen, von den Zwillingen, weil sie sie seit Jahren vorbeigehen sehen. Wenn einer dieser Leute eine Verbindung zwischen den Auftritten von mir und Julia und den Zwillingen herstellt, dann läuft es schief. Ehe man sich versieht, steht es in den Zeitungen und die Karriere des Illusionisten ist vorbei."

„Und weiter?"

„Wir überlegten uns einen Plan."

Banks hob eine Augenbraue. „Sie und die Zwillinge?"

„Mein Onkel hat sich den Plan ausgedacht, und wir haben ihn dann gemeinsam umgesetzt."

„Ich habe mich schon gefragt, wo seine Rolle in der Geschichte war. Noah, der Onkel, der Trainer, der irgendwann auf der Strecke geblieben ist. Vermutlich wütend, nachdem er einen scheinbar erfolgreichen Plan für Sie ausgeheckt hat."

„Er hat darunter nicht gelitten, finanziell ist er auch nicht zu kurz gekommen. Verträge sind Würgegriffe."

Banks fand den Vergleich unpassend. „Erzählen Sie mir von dem Plan."

„Nachdem die Zwillinge bei mir waren, stellte ich Julia als Assistentin ein. Miranda hatte auch eine Rolle bekommen. Sie musste so tun, als sei sie wütend auf ihre Schwester. Sie stritt sich in der Öffentlichkeit mit Julia, lästerte über sie in der Ballettschule und bei Familienfesten. Nach ein paar Wochen kündigte sie an, dass sie Zeit für sich haben wolle und nach Australien gehen werde. Nach einem Monat schickte sie einen Brief an ihre Eltern, in dem sie schrieb, dass sie sich in Down Under verliebt und nicht die Absicht hatte, nach Hause zurückzukehren. Dass es für alle besser wäre, die Verbindungen endgültig zu kappen.“

Banks rieb sich mit der Hand das Kinn.

„In dieser Zeit erzählte Julia jedem, der es hören wollte, vom Verschwinden ihrer Schwester. In den folgenden Monaten vergoss sie literweise Tränen. Julia kann auf Kommando weinen, sie hätte auch Schauspielerin werden können.“ Ich seufzte. „Nach einem Jahr wussten alle von der verschwundenen Zwillingsschwester, genau wie Noah es vorausgesagt hatte. Und dann begannen wir unser Ziel zu verwirklichen. Miranda war nicht wirklich verschwunden. Nach zwei Monaten kam sie mit einer falschen Identität nach England zurück. Wir hatten für sie eine Wohnung in Canterbury gemietet, so dass sie innerhalb einer halben Stunde in Rochester sein konnte, um zu proben. Sie hieß fünfundzwanzig Jahre lang Venice Reese und trug eine Perücke und eine Brille. Ihre Eltern wussten nichts davon. Venice war unsere größte Illusion. Viele Darbietungen beginnen bereits vor dem eigentlichen Beginn der Show. Sobald sich der Vorhang hebt, muss der Illusionist sie nur noch zu Ende bringen.“

Inspektor Banks brummte verärgert. „Erwarten Sie wirklich, dass ich Ihnen diesen Blödsinn glaube?“

„Die Geschichte klingt zwar unwahrscheinlich, aber sie stimmt. Wir haben den Plan meines Onkels perfekt umgesetzt.“

Banks schüttelte den Kopf, legte den ersten Gang ein, fuhr auf dem Standstreifen weiter. „Sie waren wirklich erfolgreich und berühmt.“

„Waren?“

„In den Zeitungen oder in den Klatschspalten tauchen Sie nicht mehr so oft auf."

„Ich lese auch nichts über Sie in den Klatschblättchen, wenn ich beim Friseur bin."

„Auf meinem Gebiet bin ich eine Koryphäe", antwortete Banks.

„Die Leute fragen sich immer noch, wie Julia und ich unsere Illusionen so schnell vorführen können."

Banks warf mir einen seltsamen Blick zu. „Sie gehen verkrampft durchs Leben. Und wofür? Zumindest für Geld müssen Sie Ihren Status nicht aufrecht erhalten."

„Illusionisten werden nicht reich. Außer Copperfield vielleicht oder Siegfried und Roy. Verstehen Sie mich nicht falsch, wir haben alle ein vernünftiges Gehalt, aber wir geben auch viel Geld aus. Wenn Sie in Dubai auftreten, wären Sie verrückt, wenn Sie nicht etwas von dem Land sehen wollten. Reisen kostet Geld, auch wenn man es beruflich tut. Außerdem investieren wir jedes Jahr die erzielten Gewinne in neue Illusionen. Wir können nicht Jahr für Jahr die gleiche Show aufführen. Was glauben Sie, was eine Illusion kostet?"

Banks zuckte mit den Schultern.

„Mit dem Geld, das wir für einen Trick bezahlen, könnten Sie sich ein Haus kaufen, für manche Illusionen sogar zwei."

„Für jemanden mit einem angemessenen Gehalt leben Sie aber recht üppig, und sie wohnen auf einem prachtvollen Anwesen."

„Altes Geld", sagte ich unwirsch. Ich hatte keine Lust, über das Vermögen meiner Eltern zu reden.

„Viel?"

„Mehr als ich brauche, aber darüber möchte ich nicht sprechen. Sie verstehen, dass meine Karriere wirklich vorbei ist, wenn herauskommt, dass es zwei Kopien von derselben Frau gibt. Das kann ich meinem Publikum und meinen Berufskollegen nicht antun."

„Das liegt nicht in meiner Macht. Ist es Ihnen eigentlich egal, dass Miranda tot ist?"

„Davon darf nichts an die Öffentlichkeit kommen!"

Banks schnaubte erneut verächtlich. „Fünfundzwanzig Jahre lang hat sie für Sie gearbeitet, und ihre einzige Sorge ist Ihr guter Ruf. Wieso reagieren Sie so kalt auf ihren Tod?"

„Sie hat keine Zukunft mehr, ich hingegen muss noch ein paar Jahre durchhalten."

Banks schwieg, während er den Wagen auf die Ausfahrt und am Kreisverkehr zurück zum Parkplatz lenkte. „Sie nehmen sich selbst zu wichtig!"

Ich schlug mit der Faust auf das Armaturenbrett. „Illusionismus ist ein ernstes Geschäft, verdammt noch mal."

Ein paar Minuten herrschte Stille. Banks konzentrierte sich auf das Fahren, ich starrte aus dem Fenster und beobachtete die vorbeigleitende Landschaft. Schließlich sagte Banks: „Was sind Sie bereit zu tun, um das alles geheim zu halten?"

„Alles", antwortete ich. „Das Geheimnis existiert nur durch die Gnade der Geheimhaltung."

„Alles", wiederholte Banks. „Und wie viele Nullen hat Ihrer Meinung nach dieses ‚*alles*'?"

Ich lächelte. Sieh mal eine an: e*in korrupter Cop.*

Wenig später setzte mich Banks an meinem eigenen Auto ab.

„Wie kann so viel Geld von meinem Konto unbemerkt in Ihre Hände gelangen, Mr. Banks?"

„Ich bin sicher, dass Sie eine kreative Idee haben werden. Es ist in Ihrem eigenen Interesse."

„Und die Leiche im Wald?"

Banks überlegte einen Moment. „Ein Foto lässt sich sicher vermeiden. Den Artikel kann die Pressestelle kurz und knapp halten. Es gibt stets eine Zeit von kommen und gehen, selbst für Venice Reese."

PANIK

Canterbury – Oktober 2020

Die Fahrt vom Wald zu meinem Haus verlief schleppend. Die Verkehrsampeln leuchteten an jeder Kreuzung in grellem Rot, eine Brücke war gesperrt und nach einer Umleitung musste ich am Ortseingang einen Beerdigungszug abwarten, der endlos schien. Erst nach einer Stunde hielt ich vor dem Eingangstor zu meinem Grundstück und drückte auf die Fernbedienung, aber das Tor ließ sich nicht öffnen. Ich drückte erneut auf den Knopf, aber das Eisentor bewegte sich keinen Millimeter.

Ich parkte den Wagen am Straßenrand und kletterte über den brusthohen Zaun. War das hier Murphys Gesetz oder eine Reflexion über die Art und Weise, wie ich Julias Verschwinden und Mirandas Tod erlebte? Der Kies der Einfahrt knirschte unter meinen Füßen. Die Entfernung zwischen dem Zaun und meinem Haus schien größer zu werden, als ob das Haus mit jedem Schritt rückwärts kroch. Die Fensterläden im obersten Stockwerk waren geschlossen und blickten mir finster entgegen. In all den Jahren meines hektischen Lebens hatte ich nicht die Ruhe gefunden, eine Beziehung mit jemandem einzugehen, der die Fensterläden für mich öffnete – und mein Herz. Eines Tages, so versprach ich mir, würde ich die Ruhe dafür finden. Schlagartig sah ich mich wieder auf der Leiter stehen, nachdem ich zum ersten Mal festgestellt hatte, dass die Fensterläden im Obergeschoss sich nicht öffnen ließen, und ich erinnerte mich an den Jogger.

Ein paar Monate nach dem ersten Blickkontakt sah ich ihn ein zweites Mal, als ich an einem Sommerabend von einem Konzert nach Hause kam. Er stand am Eingangstor. Ich wusste sofort, dass er es war. Ich spürte es an dem leichten Kribbeln, das über meine Haut lief. Wie bei unserer ersten Begegnung lehnte er sich gegen den Zaun und streckte seine Beine aus. Er bemerkte mich erst, als ich direkt hinter ihm hielt, da drehte er sich um und sah mich an. Ich erkannte die scharfe Kieferlinie. Er hob kurz das Kinn, zog sich die Kapuze seines Jogginganzugs über den Kopf, lief um meinen Wagen und verschwand in Richtung Canterbury. Meine Augen folgten den geschmeidigen Bewegungen des Joggers, er schwebte fast über das Kopfsteinpflaster, und mir war, als ob jeder Schritt in meinem Magen widerhallte.

Plötzlich fiel es mir schwer, mein Haus zu betreten. Sally stand hinter dem Küchenfenster und winkte mir zu. Der Gedanke an die Skizzen auf dem Küchentisch und die Erkenntnis, dass ich immer noch nicht herausgefunden hatte, wie Julia ungesehen von der Bühne verschwunden war, ließ mich entschlossen umdrehen, den Kiesweg wieder hinuntergehen, über den Zaun klettern und innerhalb einer Minute die breite Straße in Richtung Canterbury hinunterfahren. Ich fuhr ziellos durch das Zentrum der Stadt, parkte den Wagen irgendwann neben einem Pub, suchte mir einen Platz an der leeren Bar und bestellte ein Bier.

Kaum hatte ich einen Schluck getrunken, hörte ich eine Stimme hinter mir. „Sind Sie nicht der berühmte Magier?"

Hinter mir stand ein junger Mann in einem Poloshirt und einer roten Hose. Sein langes Haar war zu einem Pferdeschwanz zusammengebunden. Auf seiner glänzenden Nase trug er eine Brille mit zwei ovalen Gläsern, die nur am oberen Rand des Gestells befestigt waren.

Ich nickte und lächelte müde. „Ja, der bin ich."

Der junge Mann klopfte mir freundschaftlich auf die Schulter und nickte drei Männern zu, die an einem Tisch am Fenster saßen. „Er ist es!", dröhnte er. „Coole Aktion, gestern Abend."

„Wie meinen Sie das?"

„Das Verschwinden. Ich habe in der Zeitung darüber gelesen und im Fernsehen wurde auch kurz darüber berichtet. Das muss man sich einfach mal vorstellen."

„Ich habe keine Ahnung, wovon Sie reden", sagte ich irritiert.

Er verbeugte sich vor mir. „Wenn das kein Publicity-Gag ist, dann existiere ich nicht."

Ich starrte den selbstgefälligen jungen Mann an, dann auf die Hand, die er wieder freundschaftlich auf meine Schulter gelegt hatte, und zwinkerte ihm zu. „Halt bloß die Klappe. Das ist unser Geheimnis."

„Ich wusste es." Triumphierend ballte er die Faust.

Ich legte meinen Zeigefinger auf meine Lippen. „Unser Geheimnis."

Der Mann schenkte mir einen weiteren Klaps auf die Schulter und ging wieder auf den Tisch zu, nahm drei Fünf-Pfund-Scheine entgegen, drehte sich zu mir um und wedelte mit dem Geld. Ich hob den Daumen, bereute es aber sofort, denn die Geste war offenbar ein Grund, dass jetzt einer seiner Freunde zu mir kam. Er setzte sich auf den Hocker neben mir.

Plötzlich herrschte Bestürzung im Pub. Jemand rief eine Warnung aus. Ein Tablett schwang herum, während der Küchenjunge versuchte, das Gleichgewicht zu halten. Die Biergläser schwankten, fielen klirrend gegeneinander und verloren den Kampf gegen die Schwerkraft. Mit einem lauten Klirren zerschellten die Gläser auf dem Boden.

„Das wird ihm eine Lehre sein, so ein volles Tablett aber auch", sagte der junge Mann neben mir.

Ich lächelte nicht. Ich sprang kreidebleich von meinem Hocker auf, starrte nur in das Weiß in seinen Augen und hörte das Zischen meines Atems.

Plötzlich stellte sich der junge Mann hinter meinen Stuhl und legte die Hände auf meine Schultern.

„Ganz ruhig", sagte er, „einfach ausatmen. Langsam ausatmen. Gut, und jetzt wieder einatmen."

Die Aufmerksamkeit aller war auf den Barkeeper gerichtet, der den Küchenjungen aufs Übelste beschimpfte.

Meine Atmung normalisierte sich langsam wieder. Meine Schultern hingen durch. Vorsichtig ließ der Mann mich los. Er schaute mich schüchtern an, als ich mich wieder hinsetzte.

„Woher wussten Sie das?", fragte ich. „Was Sie tun mussten?"

„Eine Freundin von mir hat gelegentlich Panikattacken. Sie wurde einmal auf der Straße belästigt. Wie steht es mit Ihnen? Erschrocken über das Zerschmettern von Glas?"

An der Bar fegte der Küchenjunge mit hochrotem Kopf die Scherben auf.

Ich erschauderte. „Ich weiß es nicht..." Ich rieb mir den Handrücken. „Ich hatte als Kind manchmal Panikattacken. Daran habe ich seit Jahren nicht mehr gedacht. Aber neuerdings sind sie wieder da."

Ich blickte zur großen Fensterfassade. „Ich mag keine großen Fenster. Der Gedanke, dass es zerbricht..."

Der Mann neben mir sah mich erstaunt an. „Ist Ihnen das passiert?"

Das war kein Smalltalk mehr, es ging viel weiter. Ich rieb mir ein wenig die Hand. „Ich habe keine Ahnung. Wenn ich als Kind aus dem Fenster gestürzt wäre, würde ich mich daran erinnern. Aber merkwürdigerweise erinnere ich mich nicht an meine frühe Kindheit."

„Sicherlich wären es dann jene Geschichten, die sich Kinder zu Hause ewig anhören müssen", sagte er, „meine Mum lässt keine Gelegenheit aus mir zu sagen, dass ich mich als Kleinkind am Herd verbrannt habe."

„Nicht bei uns zu Hause. Ich habe kaum Erinnerungen an meine Kindheit. Zumindest aus der Zeit bis etwa zu meinem siebten Lebensjahr, weiß ich nichts. Nicht einmal aus Erzählungen."

Der junge Mann stellte sein Bierglas auf die Theke. „Manchmal scheint vieles ein Geheimnis zu beherbergen. Wie Albträume stets eine Warnung beinhalten."

Ich hätte ahnen müssen, dass der Vorfall mit den klirrenden Gläsern eine Warnung oder ein Omen war, mich zurück-zuhalten. Aber ich hörte ihm nicht richtig zu. Irgendwie fühlte ich mich ihm jetzt näher verbunden, als ob seine Hände auf meinen Schultern eine Distanz überbrückt hätten.

Dann erzählte er mir, dass er früher verrückte Träume hatte. Jetzt träumte er nicht mehr. „Was passiert ist, hat mir meine Träume genommen", sagte er und seine Stimme klang finster. Vielleicht hätte mich das warnen sollen.

Das Bier schmeckte plötzlich bitter. Ich schob das Glas von mir weg, winkte dem Kellner zu und warf einen Zwanzig-Pfund-Schein auf den Tresen. „Ich muss. Geben Sie den Jungs am Fenster ein Bier von mir. Das Wechselgeld können Sie behalten."

Erst als der Kellner mit den Gläsern zum Tisch ging, verließ ich schnell die Kneipe, versteckte mich hinter einer kleinen Litfaßsäule, damit ich die Jungs sehen konnte, ohne selbst gesehen zu werden, und genoss die prüfenden Blicke, als der Kellner auf den leeren Hocker zeigte. Die Jungs zuckten mit den Schultern und stießen dann an. Ich wurde nicht mehr vermisst.

Sally wartete auf der untersten Treppenstufe auf mich und sprang auf.

„Du bist noch da, Sally?"

„Sicher", antwortete sie erstaunt, „was wollte dieser Inspektor Banks von dir?"

„Eine Frau wurde in einem Waldstück in der Nähe von Paddock ermordet aufgefunden. Sie sah Julia ein wenig ähnlich, aber sie war es ganz sicher nicht. Dieser Inspektor hat offenbar etwas gesehen, was er sehen wollte."

„Gott sei Dank." Sally ging vor mir in die Küche und setzte sich an den Esstisch. Sie zog eine Skizze an sich heran. „Ich kann mir nicht erklären, wie Julia verschwinden konnte. Es ist bewundernswert, wie sie das angestellt hat. Zuerst dachte ich an ein Loch im Boden, aber das ist unmöglich. Dann dachte ich an einen doppelten Boden, aber den hätte man von hinten gesehen. Du hast ja den Käfig anschließend inspiziert."

Ich betrachtete Sallys Rücken, sah, wie sich ihr Oberkörper beim Sprechen sanft bewegte. Meine Gedanken gingen zurück zu dem Wald, dem leblosen, grausam entstellten Körper auf dem Moos. Miranda hatte trotz des vielen Blutes dennoch erstaunlich schön ausgesehen, da der Täter ihr Gesicht verschont hatte. Der Tod sah nicht anders aus als das Leben. Ich fragte mich, warum ich keine Träne vergossen hatte, als ich Miranda dort liegen sah.

Ich richtete den Blick wieder auf Sally, die immer noch mit mir sprach, was aber nicht zu mir durchdrang, und etwas auf meine Skizze kritzelte. Meine Unterlippe begann leicht zu zittern.

„Ich möchte, dass du damit aufhörst", flüsterte ich.

Sie drehte sich zu mir um. „Was meinst du?"

„Mit diesem Gekritzel auf meinen Skizzen. Ich will, dass du sofort damit aufhörst."

Ich sah die Verzweiflung in ihren Augen, als die Spitze des Stiftes auf dem Papier innehielt. „Leg den Stift weg", bellte ich sie an. „Wie kannst du das nur tun?"

„Ich verstehe nicht, was du von mir willst", stammelte Sally. „Wie kann ich was nur tun?"

Ich nahm eine Skizze vom Tisch, hielt sie ihr vors Gesicht. „Das hier. Wie kannst du nur so berechnend sein? So unterkühlt auf das Verschwinden meiner Assistentin reagieren?" Die Skizze glitt mir aus den Händen. „Bereits ein paar Stunden nach Julias Verschwinden deutest du an, dass du ihren Part übernehmen willst. Du gehst in meinem Haus herum, als wärst du seit Jahren meine persönliche Assistentin, nimmst meine Telefonate entgegen, kritzelst alles Mögliche auf meine Skizzen, während Julia in diesem Moment vielleicht ein schreckliches Schicksal erleidet. Vielleicht wurde sie entführt und ein Psychopath hält sie gefangen. Und du sitzt hier und machst dir Notizen. Wie kannst du nur?"

Sally setzte sich aufrecht hin. „Es tut mir leid", sagte sie traurig und verließ die Küche.

Ich ließ mich auf einen Stuhl sinken und starrte ausdruckslos vor mich hin, bis Sally wieder in der Tür auftauchte, mit Mantel und Reisetasche in der Hand. „Ein Mann hat heute Nachmittag ein paar Mal für dich angerufen. Mindestens fünfmal", sagte sie kühl.

Mir fiel ihre plötzliche Unsicherheit auf, eingeschlichen wie bei einem Künstler, der zum ersten Mal die Bühne betritt. „Ich soll dir sagen, dass du bald mehr von ihm hören wirst", fuhr sie fort.

„Wer war es?"

„Ich soll dir sagen, dass er bald mit einem neuen Angebot komme, du wüsstest dann, wer er sei", antwortete Sally und verließ dann mein Haus.

Ihre letzten Worte blieben wie ein dichter Nebel zurück. Ich sprang vom Stuhl auf und nahm die Visitenkarte in die Hand, die seit dem Morgen auf meinem Küchentisch gelegen hatte. Unmittelbar nachdem Banks meinen Anruf entgegennahm, fauchte ich ihn an.

„Wir müssen reden, sofort!"

WAHRE FREIHEIT

Canterbury - Oktober 2020

Nachdem ich das Telefonat mit Banks beendet hatte, schaute ich durch das Küchenfenster nach draußen. Sally ging über den Kiesweg zum Tor. Sie drehte sich nicht um, sondern schritt entschlossen über die Einfahrt. Die Reisetasche tanzte bei jedem Schritt um ihre Hüfte. *Das hast du nicht gut hinbekommen, Mr. Adams*, grübelte ich.

Sie war bereits fort, als ich schließlich nach draußen trat und die Tür hinter mir schloss. Ich lief zum Tor, blieb aber auf halbem Weg stehen und fragte mich, welchen Sinn es hätte, mich an eine junge Frau zu binden, die ich kaum kannte und der ich nichts schuldete.

Ich ging zurück zur Haustür, änderte aber meine Meinung und ging links um das Haus zu dem Gebäude, das durch eine Mauer vor der Außenwelt verborgen blieb und in dem die Werkstatt und das kleine Theater untergebracht waren. Ich hatte das Gebäude errichten lassen, als ich die Villa bereits ein Jahr lang bewohnte. Mir war nicht wohl bei dem Gedanken, dass meine Geheimnisse auf dem Industriegelände in einer alten Werkstatt wie auf einem Präsentierteller lagen und nur darauf warteten, entdeckt zu werden, während ich auf dem Lande lebte. Auf dem Anwesen war reichlich Platz vorhanden. Nach dem Verkauf der Firma meines Vaters erwies sich das Vermögen meiner Eltern als so groß, dass ich mich von meinen schlimmsten Befürchtungen freikaufen konnte. Der Architekt entwarf einen riesigen Lagerraum unter dem Theater, in dem meine Geheimnisse sicher aufbewahrt werden konnten.

Als ich das Gebäude betrat, ging ich sofort ins Lager zu den Regalen, in denen meine Trickutensilien darauf warteten, in meinen Händen zum Leben erweckt zu werden. Ich blieb vor dem Regal mit den schwebenden Spazierstöcken stehen, nahm den ältesten Stock in die Hand, mit dem ich einst geübt hatte, während meine Mutter mich mit der Kamera filmte. Ich roch daran, in der Hoffnung, einen Hauch der Vergangenheit zu erhaschen. Das Objekt fühlte sich kalt an und roch staubig. Ich schloss die Augen und versuchte, mir das Gesicht meiner Mutter in Erinnerung zu rufen, aber das Einzige, was ich sah, war Sallys trauriges Gesicht. Hatte ich tatsächlich vergessen, wie meine Eltern aussahen?

Sie hatten 2008 ein eher tragisches Ende genommen. Es war Noah, der mir telefonisch den Weg in ihre Tragödie auf distanzierte Weise beschrieb, was ich merkwürdig fand. Über Rochester tobte in jenen Tagen ein schwerer Sturm, der im Laufe des Tages zunahm. Als meine Eltern von einem Kurztrip nach Canterbury die Rückfahrt antraten, hatte der Sturm Orkanstärke erreicht. Bäume entwurzelten und fielen quer über die Zufahrtsstraße nach Rochester. Gerade als einer der entwurzelten Bäume dazu führte, dass meine Eltern in einen Stau gerieten, geschah die Katastrophe. Die obere Hälfte einer Pappel brach ab und landete auf dem nagelneuen Mercedes meines Vaters.

Bei der Beerdigung meiner Eltern lernte ich Arthur Austin, den Testamentsvollstrecker, kennen. „Ich bin seit vielen Jahren der Notar Ihres Vaters, Mr. Adams. Bitte kommen Sie zu mir, wenn Sie dazu bereit sind."

Zwei Tage später saßen wir uns in einem aufgeräumten Büro im Zentrum von Rochester gegenüber. Ich fühlte mich unwohl in dem makellosen, klinisch weißen Raum, der den Eindruck vermittelte, als klebte dort der Tod an den Wänden. Tee und Kaffee lehnte ich ab und wies darauf hin, dass ich die Dinge so schnell wie möglich erledigen wollte. „Ein Kamerateam der BBC hat sich angekündigt, um über den Unfall meiner Eltern zu berichten, Mr. Austin, und ich fliege morgen Abend zurück in die USA."

Austin sah mich an, wartete offenbar auf mehr.

„Las Vegas wartet. Alle waren dort einverstanden mit einer kurzen Unterbrechung der Show, aber mehr als eineinhalb Wochen sind nicht drin."

Austin nickte und schlug eine Akte auf. „Ich habe alles für Sie zusammengestellt", sagte er und rückte seine Brille zurecht. „Ihr Vater wollte stets ein Arbeiter unter Arbeitern bleiben, obwohl er das bei der Größenordnung der Firma längst nicht mehr war."

Ich verstand, worauf das Gespräch hinauslief. Von einem Moment auf den anderen war ich der Besitzer einer Fabrik, mit Angestellten, Gebäuden, Lieferanten und Kunden. Der Stuhl meines Vaters musste schnell besetzt werden.

Mr. Austin musste die Panik in meinen Augen gelesen haben, denn er stand hinter seinem Schreibtisch auf und nahm aus einer Nussbaumtruhe eine Whiskyflasche und zwei Gläser. „Kein Grund zur Panik, Mr. Adams. Mehrere Käufer haben bereits ihr Interesse an der Fabrik gezeigt. Ich glaube nicht, dass Sie jemals wieder arbeiten müssen."

Ich seufzte, hielt mein Erinnerungskarussell an und verließ das Lager. Im Technikraum schaltete ich die Bühnenbeleuchtung ein. Als ich auf der Bühne des Theaters stand, schloss ich kurz die Augen. In Gedanken zählte ich bis vier. Dann öffnete ich meine Hände und spürte, wie der Spazierstock von meinen Händen davonschwebte, wie der Kontakt abbrach und doch wiederum nicht. Ich hob die Hände über den Kopf und war mir sicher, dass der Stock meinen Bewegungen folgte. Dann ging ich ein paar Schritte nach links und spürte, wie der Stock mir wie ein gehorsamer Hund folgte.

Ich fing ihn mit der rechten Hand auf, öffnete die Augen und starrte in den leeren Raum, ohne auf etwas Bestimmtes zu achten. Langsam hob ich meinen Arm, wartete einen Moment. Dann schlug ich den Stock so hart auf den Boden, dass er in zwei Teile zerbrach. Die beiden Enden baumelten an den Schnüren direkt über der Bühne. Ich starrte sie an, bis sie sich nicht mehr bewegten und vollkommen regungslos waren.

Den Spazierstock nach dem Tod meiner Eltern zu zerstören, symbolisierte für mich wahre Freiheit. Endlich war ich frei.

Als ich auf den Ausgang zuging, hatte ich plötzlich meine Mutter vor Augen, die die Achtmillimeter-Kamera an ihr rechtes Auge presste, während hinter ihr mein Vater in der Tür stand und die schwarze Schlampe zurückforderte.

Ich grinste voller Spottlust. Meine Eltern hatten mich noch nicht verlassen.

DER VERTRAG

Rochester - 1997

Die Zwillinge standen Seite an Seite in der Mitte der Werkstatt. „Das ist völlig überflüssig. Wir wollen das nicht."

Auf einem Klapptisch standen eine Flasche Champagner und vier funkelnde Kristallgläser, die sie missbilligend betrachteten. Julia hatte die Arme verschränkt, Miranda zog sich die schwarze Perücke vom Kopf. Ihr blondes Haar war unter einem Netz gebändigt. Der lange Flug hatte Spuren in ihrem jungen Gesicht hinterlassen. Sie sah erschöpft aus.

„Eine Party ist unangemessen", sagte Miranda. „Unsere Eltern glauben, dass sie eine Tochter an einen unbekannten Kerl in Australien verloren haben. Es ist so zynisch, meine Rückkehr nach England zu feiern."

„Sie trauern schon seit Wochen", ergänzte Julia, „und ich stehe manchmal kurz davor, sie zu beruhigen. Es ist so verlockend."

„Das würde alles verderben. Wir müssen durchhalten", sagte ich.

Julia verschränkte die Arme. „Ein wenig Mitgefühl für unsere Familie wäre angebracht, Victor Adams. Aber für dich ist Empathie ja ohnehin ein Fremdwort."

„Blödsinn. Vergiss nicht, dass Mirandas Verschwinden uns die Möglichkeit gibt, die besten und schnellsten Illusionisten der Welt zu werden. Das ist auch zu deinem Vorteil!"

„Natürlich ist es für einen Vater schrecklich, ein Kind zu haben, das sich der Familie entzieht", gab Noah zu bedenken. „Aber wir können nicht zulassen, dass das Geheimnis um die Illusion gelüftet wird. Für Victor wäre es katastrophal, wenn du aussteigen möchtest."

Julia runzelte die Stirn. „So haben wir das doch gar nicht gemeint. Wir halten es für unangemessen, die Trauer meiner

Eltern zu feiern, das wollten wir klarstellen. Miranda und ich brauchen niemanden außer uns. Das heißt aber nicht, dass wir keine Gefühle haben. Gebt uns eine Woche Zeit, um uns daran zu gewöhnen, dann wird es schon klappen." Julia ging in die Küche, Miranda schlurfte müde hinter ihr her.

Noah und ich tauschten Blicke aus. „Ich denke, wir sollten mit dem Vertrag lieber noch warten", sagte Noah leise.

„Vertrag?" Julia drehte sich abrupt um. „Welcher Vertrag? Wir haben bereits einen Vertraulichkeitsvertrag und einen Arbeitsvertrag mit der gegründeten Firma unterzeichnet. Was ist denn jetzt noch?" Miranda erschien hinter ihr.

„Dieser Plan war Noahs Idee, also müssen wir ihn ihm abkaufen. Sonst können wir ihn nicht anwenden."

„So ein Unsinn", sagte Julia. „Daran hätten wir auch selbst denken können. So besonders ist das nicht."

„Aber das hast du nicht", erwiderte Noah kalt. „Ich habe den Plan mit der Illusion erfunden. Und da das Erfinden von Illusionen mein Beruf ist, möchte ich für meine Dienste bezahlt werden. Alle sind müde und angespannt. Ich schlage vor, dass wir dieses Gespräch jetzt beenden. Dann könnt Ihr das in Ruhe unter Euch besprechen. Nächste Woche werden wir weiter über den Vertrag verhandeln und dann…"

Miranda kochte vor Wut. „Ich habe nicht umsonst zwei verdammte Monate lang in den Betten der Jugendherbergen geweint", rief sie. „Wir werden unterschreiben, und zwar jetzt!"

Am Abend rief Julia mich an. „Miranda schläft. Hat Noah auf der Rückfahrt noch etwas gesagt?"

Ich entschied mich, ihr die Wahrheit zu sagen. „Er mag den Künstlernamen nicht. Er meint, ich sei viel authentischer, wenn ich meinen eigenen Namen behalten würde."

Julia schnaubte leise. „Noah mag dieser Meinung sein, aber jeder große Magier hat sich einen Künstlernamen zugelegt. Oder glaubst du, dass Kazan, Copperfield oder Houdini tatsächlich so heißen?"

Stille.

„Eben! Victor Horus ist ein guter Name. Aber am Ende entscheidest natürlich du."

„Es ist eine gute Idee, nur … eines solltest du wissen. Du bist und bleibst meine Assistentin *Julia*. Hekate kommt für dich als Künstlername nicht infrage. Hekate ist die Göttin der Magie. Nur bin *ich* hier der Magier, nicht du. Wenn du das nicht akzeptierst, kannst du sofort gehen!"

Julia war sichtlich irritiert über meinen barschen, aber entschlossenen Ton.

„Einverstanden", sagte sie und hielt einen Moment inne. „Wir können uns gemeinsam so viele schöne Dinge ausdenken, Victor. Ich habe vorhin auch über den Vertrag mit Noah nachgedacht. Wenn wir ihm jedes Jahr pünktlich die Tantiemen überweisen, werden wir nichts mehr mit ihm zu tun haben. Ich meine, wenn wir die Dinge selbst in die Hand nehmen und unsere Kreativität selbst einsetzen, dann ist die Rolle von Noah doch im Grunde erledigt, oder wie siehst du das?"

Noahs Rolle war zu Ende und erfreulicherweise kam er selbst bald zu diesem Schluss. Nach einem Brainstorming mit Julia und Miranda nahm er mich beiseite.

„Wenn du dich Victor Horus nennen willst, ist das deine Entscheidung. Wenn du glaubst, dass du ein Showballett brauchst, um deine Auftritte ‚unterhaltsam' zu gestalten, wie Julia es nennt, dann ist das deine Entscheidung. Wenn du der Meinung bist, dass du jeden Trick in einen Kontext mit grellen Dekors und schriller Musik stellen musst, dann steht es dir natürlich frei, das zu tun. Aber ich glaube an die Kraft der Magie, an die pure Magie auf einer fast leeren Bühne, an Tricks, die straff und ohne Schnickschnack ausgeführt werden. Du wirst eine Entscheidung treffen müssen. Ich denke, du solltest dich an diese Grundlagen halten. Wir können immer noch einen Schritt zurückgehen, was Julia und Miranda betrifft."

Ich schlief eine Nacht über Noahs Worte und erwartete ihn am nächsten Morgen vor den Schiebetüren der Werkstatt.

„Du bist bei meinen Eltern immer willkommen, Noah, aber jetzt, wo du nicht mehr Teil der neuen Pläne sein wirst, ist die Werkstatt auch für dich tabu."

Schweigend stellte er seine Aktentasche auf den Boden, öffnete sie und reichte mir einen Umschlag. „Ich mache dir keinen Vorwurf, Victor. Es ist das Gesetz der Natur, dass das Kind flügge wird, um am Ende nie wieder zurückzukehren", sagte er und drehte sich um, ohne mich eines Blickes zu würdigen.

In dem Umschlag befand sich eine Kopie des beglaubigten Vertrags, den die Zwillinge und ich mit Noah geschlossen hatten. In der rechten oberen Ecke, unter einer Büroklammer, befand sich die Visitenkarte des Notars, der den Vertrag für uns aufgesetzt hatte: Arthur Austin.

Irgendwann fand ich mich in meiner Küche wieder. Die Kaffeemaschine sah plötzlich anders aus. War sie schon immer rot? Ich schaute sie an, während ich langsam den Startknopf drückte. Das Wasser im Reservoir kochte. Es war das einzige Geräusch im Haus, in einer Küche, die mir fremd war. Selbst die Sonne, die den Geranien vor dem Fenster eine so leuchtende Farbe verlieh, wirkte anders. Das Wohnzimmer war kleiner geworden. Außer nachts, wenn der Kühlschrank abwechselnd zu brummen begann und wieder aufhörte. Am Abend war das Wohnzimmer viel zu groß. Dann ging ich mit suchenden Füßen lautlos von einer Ecke zur anderen, suchte nach Noah.

Es war verrückt, dass jemand, der nicht mehr da war, wieder einen so großen Platz einnahm. Noah war überall. Die Beine auf der Couch ausgestreckt, in der Küche ein Chaos, unter der Dusche Gesang. Ich sehnte mich nach seinen Geräuschen: das Klappern seines Schlüssels an der Haustür, seine Schritte auf der Treppe.

Aber als ich nach oben oder unten schaute, war das Haus leer. Auf der Treppe war niemand zu sehen, die Straße war menschenleer.

Gestern im Supermarkt hatte ich mich mit einem völlig Fremden unterhalten, weil der Mann Noah von hinten so ähnlich sah.

Es ging mir wieder besser, als der Duft von Kaffee im Haus aufstieg, wie gerne würde ich alle Räume mit diesem Duft füllen. Das war so viel besser als nichts.

Die Stille in der Küche hallte nach dem Aus der Kaffeemaschine in meinen Ohren wider. Ich schaltete das Radio ein und wählte einen Musiksender.

Noah war für immer fort. Seine Abwesenheit war ein Bleigeschoss in meinem Inneren, ein kalter Ball, der größer wurde, bis er meine gesamte Brusthöhle ausfüllte. Er drückte auf meinen Bauch, während mein Herz immer kälter wurde.

Ich sehnte mich nach Noah, nach seinen Armen, seiner Stimme, seinem Rat. Ich vermisste ihn mehr, als ich es für möglich gehalten hätte.

WER BIST DU?

Canterbury 2020

Der Junge steht in einem Sonnenblumenfeld.

Es ist totenstill. Ich will zu ihm gehen, aber der Zaun um das Grundstück ist zu hoch. Dann stehe ich plötzlich in meinem Zimmer vor dem Fenster. Der Junge winkt mir zu. Ich höre im Haus das Telefon klingeln und wieder verstummen. Erst nach minutenlangem Hämmern an der Haustür öffnet meine Mutter.

Es ist nicht meine Mutter, es ist eine fremde Frau in einem rosa Morgenmantel.

„Was machst du denn hier?", fragt sie. „Du gehörst nicht hierher."

Sie scheint traurig zu sein. Langsam gehe ich auf sie zu und umarme sie.

Plötzlich bin ich wieder in meinem Zimmer, neben mir hockt der Junge auf der Bettkante und starrt mich an.

„Du darfst nicht schlafen, Puppenmacher", sagt er. „Etwas Schreckliches ist passiert."

Ich nicke. „Ja, aber ich weiß nicht, was. Wenn ich weiß, was los ist, kann ich wieder zu meiner Mum zurückkehren. Erst muss ich es wissen."

Die Augen des Jungen blitzen auf. Wie eine kleine Furie steht der Junge vor mir. „Warte!"

„Immer warten! Sag mir, was los ist!"

„Und wer bist du überhaupt?", ruft der Junge.

Mein Herz rast. Ich presse die Hände zu Fäusten und die Lippen zusammen. Es macht mir das Atmen schwerer.

Der Junge rührt sich nicht, schweigt. Macht aber dann einen Schritt nach vorne. Fragt mich erneut.

„Ich weiß es nicht!", schreie ich ihm ins Gesicht.

Meine Stimme dröhnt gegen die Wände.

Ich wachte in Totenstille auf. Die Wände vibrierten immer noch. In meinen Ohren hallte die Frage wider. „Wer bist du?"

Es war ein seltsames Gefühl, die Antwort nicht zu kennen, es machte mich einsam, unfrei, traurig. Ich dachte über die vergangenen Wochen nach, und die Wochen, in denen Julia und Miranda zu mir gekommen waren. Wochen voller Erwartung und Spannung, voller Annäherung und Ablehnung. Als die Dinge noch gut liefen. Zumindest dachte ich das.

Ich schlief nie mehr eine normale Nacht. Es gab Tage und vor allem Nächte, in denen ich an mir selbst zweifelte. Stunden, die ich verloren hatte, in denen ich aber einfach funktionierte. Irgendwann musste ich mir eingestehen, dass ich so nicht weitermachen konnte.

Du hast den Verstand verloren, Mini.

Die Ereignisse vor Julias Verschwinden hatten mir gezeigt, dass ich mich nicht mehr im Griff hatte. Aus Angst, dass mein Geist wirklich krank war, hatte ich alle Termine abgesagt.

Es war eine Erleichterung, alles hinter sich zu lassen wie seinerzeit Noah. Aber war das wirklich so?

Nachts ging es oft schief. In meinen Albträumen schlummerte ich neuerdings in Luftballons, die mich an andere Orte brachten, dann aber wieder platzten und mich schweißgebadet aufwachen ließen. Die meiste Zeit saß ich später still im Keller, wo ich nichts anderes tat, als Holzblöckchen zu sortieren.

An manchen Morgen, an denen ich in meinem Bett aufwachte, war es gelegentlich mit roter Farbe an den Fingern, mit Schuhen und allem, als ob ich anstatt ins Bett zu gehen, mich für den Tag angezogen hätte.

Ich hatte mich mit Dr. Graham, meiner Psychiaterin, darüber unterhalten. Wir versuchten herauszufinden, woher meine Halluzinationen und Albträume kamen und ob sich das Trauma von der Amnesie trennen ließ. Dr. Graham glaubte nicht, dass ich während des Schlafwandelns arbeitete, obwohl es eine einleuchtende Erklärung wäre, warum ich es danach vergessen hatte. Aber war das Schnitzen von Holzpüppchen nicht auch Arbeit?

Immer wieder versuchte Dr. Graham, mich zur Einnahme von Medikamenten zu bewegen. Ich zögerte. Wegen eines Kindheitstraumas zur Therapie zu gehen, war eine Sache. Die Einnahme von Tabletten gegen eine Psychose fühlte sich nicht gut an. Ich war nicht psychisch krank und stellte keine Gefahr für die Gesellschaft dar. Wenn ich eine Gefahr für andere wäre, sagte ich mir, wenn ich mir selbst nicht mehr trauen könnte, würde ich zur Apotheke gehen und Dr. Grahams bunte Puppies schlucken.

Vertraust du dir noch, Mini?

Ich hatte oft das Gefühl, dass ich beobachtet wurde. Auf der Straße stand oft ein fremdes Auto, dessen Fahrer aber stets auf sein Handy schaute. Auch ertappte ich mich dabei, wie ich schnell von meinem Auto zur Haustür ging, um nicht gesehen zu werden. Oft stieg ich leise aus und parkte mein Auto nicht immer in der Einfahrt. Trotzdem konnte ich nicht umhin, mich umzusehen, wenn ich den Bürgersteig entlangging oder bevor ich die Haustür hinter mir schloss. Und ich führte eine Liste, auf der ich die Merkmale des Autos notierte, mit Ort und Zeit, wo und wann ich den Wagen gesehen hatte.

Eines Tages hing eine fremde Jacke in meinem Kleiderschrank, eine, die ich nicht gekauft hätte. Hatte ich wieder eine Amnesie gehabt? War ich jetzt schon tagsüber schlafwandelnd unterwegs? Später am Abend dachte ich stundenlang darüber nach, wie ich das bei Dr. Graham in Worte fassen sollte.

Ich wollte nicht glauben, dass Schlafwandeln und Vergessen etwas Alltägliches sei, und je öfter ich aber darüber grübelte, desto mehr zweifelte ich an der Normalität dessen, was ich tat und was ich vergaß.

Am nächsten Tag bestellte ich die Tabletten in der Apotheke, die die Psychiaterin mir verschrieben hatte. Ich las die Packungsbeilage und legte sie in den Medizinschrank.

Vielleicht hätte ich sie schlucken sollen. Mirandas entstellte Leiche ging mir einfach nicht aus dem Kopf. Ob sie die Bilder von Miranda aus meinem Kopf löschen könnten?

TEUFELSTRAUM

Canterbury – Oktober 2020

„Was kann ich für Sie tun, Mr. Horus? Heute Nachmittag am Telefon hatte ich das Gefühl, einen Hauch von Panik in Ihrer Stimme zu hören", sagte Banks. Während er sprach, änderte sich der Blick in seinen Augen. Der entspannte Ausdruck wich einem gestressten, den er mir gerade zugeschrieben hatte. „Sie haben Ihre Meinung doch nicht geändert? Ich habe soeben alles in Bewegung gesetzt, um Venice Reese in Windeseile diskret unter der Erde verschwinden zu lassen." Banks schien einen Moment lang den Atem anzuhalten. Er presste die Lippen aufeinander und seine Brust hob sich leicht.

„Nein, ich denke immer noch, dass meine Geheimnisse geheim bleiben müssen, Mr. Banks."

Banks atmete erleichtert auf und legte beide Hände auf sein Herz. „Ich war bei der Identifizierung wirklich schockiert über Ihr Aussehen", fuhr er fort. „Sie sahen plötzlich so... Wie soll ich es ausdrücken? Und seit heute Nachmittag scheint sich bei Ihnen etwas verändert zu haben, Mr. Adams."

Banks setzte sich wie neulich auf die Ecke des Tischs. „Der Klarheit halber: Ich habe die richtigen Leute gefunden, Venice ohne Aufsehen und ohne Fragen zu stellen, zu beerdigen. In zwei Tagen wird sie niemand mehr vermissen. Eine Frau ohne Familie interessiert niemanden, schon gar nicht einen Beamten in der Stadtverwaltung." Banks schwieg einen Moment. „Sie scheinen überrascht zu sein."

„Das Ganze kommt mir vor wie ein miserabler Film, während Sie sich benehmen, als wäre das alles die normalste Sache der Welt."

„Wenn Sie den Geldbeutel öffnen und keinen Ärger machen, dann mache ich Ihnen auch keine Schwierigkeiten. Diesen

Vorteil aus der Sache zu ziehen, macht mich nicht unbedingt zu einem schlechteren Menschen."

Nur zwei Millionen Euro reicher, schoss es mir durch den Kopf. „Aber zu einem Erpresser", erwiderte ich.

„Vielleicht wäre es besser, auch klarzustellen, dass es nicht möglich ist, jetzt umzukehren und zurückzugehen, Mr. Horus."

„Wie meinen Sie das?"

„Ich habe Venice verschwinden lassen. Sind solche Prozesse einmal in Gang gesetzt, können sie nicht mehr rückgängig gemacht werden. Eine Rückabwicklung hinterlässt immer Spuren, und diese Spuren führen unweigerlich zu eingehenden Untersuchungen und schließlich zu Suspendierungen, Entlassungen und Klagen. Das werde ich nicht zulassen, koste es, was es wolle!"

„Schon gut, ich ahne, dass Sie vor nichts zurückschrecken werden. Machen Sie sich keine Gedanken. Ich habe Sie wegen einer anderen Sache zu mir gebeten." Ich zeigte auf den Stuhl gegenüber meinem. „Bitte setzen Sie sich."

Banks bedankte sich mit einer abweisenden Geste. „Ich fühle mich sehr wohl auf der Tischkante. Fassen Sie sich bitte kurz, meine Frau wartet auf mich. Neuerdings hat sie das Warten ziemlich satt!"

„Und deshalb haben Sie mit sich vereinbart, öfter mal früher nach Hause zu kommen?" Blanker Hohn lag in meiner Stimme,

„Meine Frau hat diese Vereinbarung mit mir getroffen. Ich musste nur zustimmen."

„Also gut, ich nehme die gekürzte Fassung meiner Geschichte. Wollen Sie sich wirklich nicht auf einen Stuhl setzen?"

Offensichtlich verärgert stand Banks auf und setzte sich mir gegenüber. „Okay, jetzt steht Ihrer Geschichte nichts mehr im Wege."

„Wie Sie wissen, sind Julia und ich schon seit Jahrzehnten weltberühmt. Wir haben Auftrittsanfragen aus allen Kontinenten der Erde erhalten und sind für unser Können vielfach ausgezeichnet worden."

„Ich hoffe, Sie zwingen mich nicht, mir Ihre Biografie anzuhören."

„Geduld, Mr. Banks." Ich drückte mit den Händen auf die Sitzfläche des Stuhls, um meine Verärgerung zu unterdrücken.

„Eigentlich hatten wir vor fünfzehn Jahren schon alles erreicht, was wir erreichen wollten, aber seltsamerweise kam nie eine Einladung aus Amerika, dem Land, das im Showbusiness die größte Bedeutung hat. Das hat uns gestört, mich gestört, sollte ich besser sagen, denn ich bin überzeugt, dass Julia und ich, dass wir das beste Illusionistenpaar der Welt sind. Aber diese Anerkennung bekommt man erst, wenn man auch die Chance hat, in einer großen Show auf den berühmten Theaterbühnen in Las Vegas aufzutreten. Wer auf dem Strip Erfolg hat, dem liegt die Welt zu Füßen."

„Vor etwa zehn Jahren traf die Einladung, auf die ich so lange gewartet hatte, endlich ein und die Türen eines großen Theaters in Las Vegas öffneten sich für uns. Zwei Monate lang traten wir dort auf. Die amerikanische Öffentlichkeit war hellauf begeistert. Alle Talkshows und große Unternehmen luden uns ein, die großen Theater in den Vereinigten Staaten buhlten um ein Engagement mit uns. In den Zeitungskritiken wurde uns fast ein göttlicher Status zugeschrieben. Wer die Realität so manipulieren kann wie Victor Horus, schafft eine völlig glaubwürdige neue Realität und kann sich mit Recht als Schöpfer bezeichnen, schrieb damals die Times."

„Ich bin mir über Ihre Erfolge durchaus im Klaren, Mr. Horus."

„Adams, mein Name ist Adams."

„Sie nennen sich doch auch Horus", sagte Banks unwirsch.

Ich ignorierte seine Worte und fuhr fort. „Wir erkannten nur zu gut, dass wir eine Schlussnummer entwickelt hatten, die viele Illusionisten neidisch machte. Fachleute ertragen es nicht, wenn sie die Arbeit eines Kollegen nicht durchschauen. Die Elite der Illusionisten ist nicht zu beneiden. Ein Spitzenmagier weiß, wie jeder Trick funktioniert, an welchem Punkt die Manipulation der Realität beginnt und wo sie endet, und deshalb ist er per definitionem von der Arbeit seiner Kollegen enttäuscht."

Banks zuckte mit den Schultern. „Ich glaube, ich verstehe nicht, worauf Sie hinauswollen."

„Sobald ein Illusionist erfährt, dass ein Kollege eine großartige Nummer hat, wird er sich bemühen, sie zu entschlüsseln. Gelingt es ihm nicht, ist es nur eine Frage der Zeit, bis die ersten Illusionisten auftauchen und den Trick kaufen wollen. In der Regel dauert es ein bis zwei Jahre, aber sie werden kommen."

„Also auch bei Ihnen?"

„Wir hofften, dass berühmte Illusionisten auftauchen würden, aber es kam nur einer, der zudem unbekannt war."

Banks schaute auf seine Uhr.

„Julia und ich saßen eines Tages in unserer Theatergarderobe des Caesars Palace, als es an der Tür klopfte. Ein Bühnenmitarbeiter fragte, ob ein Fan kurz mit uns plaudern könne. Es stellte sich heraus, dass es sich um einen jungen, ehrgeizigen Illusionisten aus Deutschland handelte, der die Rechte an einem unserer Tricks erwerben wollte. Er musste ihn einfach haben, sagte er, weil er der beste Illusionist der Welt werden wollte, aber dazu brauche er meinen Trick, sagte er. Der Mann stammte wohl aus einer reichen Familie, denn für sein Angebot hätten Julia und ich jeweils ein prächtiges Haus kaufen können."

„Warum haben Sie den Trick nicht verkauft?"

„Es ist Ihr Beruf, die Wahrheit auf den Tisch zu legen, Mr. Banks. Illusionisten tun alles, um das Geheimnis hinter dem Trick zu bewahren. Ich hatte keine Lust, mein Geheimnis zu lüften. Ihn mit ins Grab zu nehmen, lautete mein Credo. Genau wie es einst Houdini tat."

„Und dann?"

„Ein paar Jahre später wurde dieser junge Mann als *The Shadow* eine Bereicherung für das Showbusiness. Er brauchte unsere Hilfe nicht mehr. Aber offenbar ging ihm unser Trick nicht aus dem Kopf, denn nach etwa fünf Jahren meldete er sich wieder und zwei Jahre später noch einmal. Und heute hat er mich zu Hause angerufen. Wenn ein Illusionist von einem Geheimnis ergriffen wird, kann er es kaum noch loslassen. Zu akzeptieren, dass man einen Trick nicht durchschaut, ist die größte Demütigung, die ein Illusionist sich selbst zufügen kann."

Banks rutschte ungeduldig auf den Stuhl hin und her. „Ich verstehe immer noch nicht, worauf dieses Gespräch hinauslaufen soll."

„In der Vergangenheit habe ich Tricks von anderen Parteien gekauft. Das ist so, als würde man ein Haus kaufen. Wenn ein Geschäft mit der Unterzeichnung eines Vertrages abgeschlossen wird, geschieht dies in der Regel mithilfe eines Notars oder eines Rechtsanwalts. Die eine Partei überweist das Geld auf das Konto des Notars, die andere erhält das Geld nach der Vertragsunterschrift. So wechseln große Geld-summen und gute Illusionen den Besitzer."

„Sie machen es mir immer schwerer, Mr. Horus."

„Mr. Banks, ich schlage vor, dass Sie heute Abend ein Skizzenbuch in die Hand nehmen, einige Zeichnungen kritzeln und Texte dazu schreiben. Stecken Sie das Buch in einen großen Umschlag und bringen Sie es an dem Tag, den ich Ihnen noch mitteilen werde, zum Notar. Ich werde Ihnen einen angeblichen Trick im Wert des vereinbarten Betrags abkaufen. Sollten sich Ihre Kollegen jemals fragen, wie ein Kommissar plötzlich zu so viel Geld gekommen ist, haben wir eine Geschichte, die nicht entlarvt werden kann. Jeder kann abends einem geheimen Hobby nachgehen, und Ihres ist schon seit einigen Jahren das Entwerfen von Illusionen."

Banks hob die Augenbrauen. „Letzteres kann ich nachvollziehen. Ich verstehe allerdings nicht, warum Sie die Geschichte von *The Shadow* aufgegriffen haben."

„Ist es nicht ein seltsamer Zufall, dass er sich so kurz nach Julias Verschwinden wieder bei mir meldet? Ich kann mir vorstellen, dass Sie mit ihm über diese Angelegenheit sprechen möchten, deshalb habe ich seine Daten für Sie..."

Banks stand auf. „Sie glauben, er hätte etwas damit zu tun?"

„Ich habe keine Ahnung, was mit Julia passiert ist", antworte ich leise. Es klang wie ein Geständnis.

Banks holte tief Luft. „Mr. Adams, bitte verstehen Sie mich nicht falsch. Wir haben eine Vereinbarung, was den Tod von Miranda Willow alias Venice Reese betrifft. Ich finde Ihre Lösung für die Überweisung des Geldes großartig und schlage vor, dass wir diese Angelegenheit schnell regeln. Julias Verschwinden ist meiner Meinung nach etwas ganz anderes. Diesen Fall können wir erst abschließen, wenn wir sie gefunden haben. Bis dahin sind Sie unser Hauptverdächtiger, aus Gründen, die ich Ihnen bereits genannt habe. Es passt nicht zu Ihnen, wenn Sie versuchen, den Verdacht auf eine andere Person zu lenken. In neun von zehn Fällen tun die Leute das, weil sie selbst schuldig sind. Mit anderen Worten: Sie haben gerade ein halbes Geständnis abgelegt, soweit es mich betrifft."

„Ich verstehe."

„Und sollten Sie wegen meinem… äh Honorar zur Polizei gehen, ist das Ihr Untergang, denn ich besitze die Möglichkeit, Sie für den Rest Ihres Lebens hinter Gittern zu bringen. Kapiert?"

In der Nacht wälzte ich mich durch einen Teufelstraum…

Der Eindringling bewunderte ihre Schönheit, ihr ansprechendes Wesen und ihre Entschlossenheit, durch ein aufgeräumtes Zuhause zu gehen, was seinen Zwecken weitaus besser diente als durch eine wahllose Ansammlung von Besitztümern zu schleichen, von denen sich auch jedes zum gewalttätigen Widerstand ergreifen ließe.

Das Haus mit der Treppe hatte zwei Stockwerke in zwei verschiedenen Grautönen, den dunkleren im Erdgeschoss. Weiße Zierleisten überall. Ein Gehweg aus Ziegelplatten führte über einen Rasen, so kurz gestutzt wie ein Fairway. Das Grün schimmerte beinahe in der Nachmittagssonne.

Im ersten Stock hingen Vorhänge, was seinen Beifall fand – es war zweifellos zu seinem Vorteil –, allerdings wusste er aus irgendeinem unerklärlichen Grund, dass die Treppe im Haus sich direkt zur Eingangstür hinabwand. Die ganze Energie floss zur Straße hinaus, wie ein zarter Currygeruch. Das Haus verkündete Unheil für alle, die hier lebten. Er bezweifelte, dass die Leute im Haus das wussten, aber sie würden es erfahren, und zwar schon bald. Auch da war der Eindringling sich sicher.

Sie waren zu zweit: Ein Mann – Mitte vierzig und die wunderschöne Frau, nicht älter als fünfundzwanzig, mit einer so vollkommenen Haut, dass man sie berühren, streicheln und nie mehr loslassen wollte. Kein Hund, nur eine streunende Katze auf dem Grundstück.

Gut. Hunde verursachten Lärm, eine Katze konnte andererseits in ihrem Verrat amüsant sein. Vielleicht würde er sie verschonen. Er hatte schon früher mit Vergnügen den Kanarienvogel oder Sittich der Familie an den gierigen Rachen der Katze entsorgt und er scheute sich nicht, das lange unterdrückte Verlangen der Katzentiere zu befriedigen. Das eine oder andere hatte er gelernt, indem er sie als Kind beim Jagen und Fressen dieser Vögel beobachtet hatte. Sittiche, zum Beispiel, wehrten sich am heftigsten, und Kanarienvögel starben manchmal vor Angst. Nachdem sie in die Ecke getrieben oder mit einem Schlag zu Boden geworfen wurden, hatte er sie ins Maul der Katze starren und buchstäblich tot umfallen sehen.

Bei Menschen war es ganz ähnlich, sie hatten alle ein unterschiedliches Niveau an Angst, aber das Erstaunliche dabei war, dass die Familien, die er bei seinen Streifzügen beobachtete, ein gewisses Maß an Freundlichkeit gemeinsam hatten. Das Paar in dem Haus würde nicht anders sein; es wirkte so normal wie ein Zaunpfosten. Es war traurig, dass die beiden so einem scheußlichen Verbrechen zum Opfer fallen würden.

Er legte sie auf einen Teppich aus Stroh, fesselte sie aneinander, drapierte die Holzpuppen um das Paar herum und *gab der Schönheit einen letzten Keks, eine Art Belohnung für ihr gutmütiges Wesen. Sie verschlang ihn.*

„Es tut mir sehr leid", sagte der Eindringling leise, „aber ich werde euch jetzt mit Benzin überschütten und anzünden…"

Ich schreckte schweißgebadet aus dem Albtraum auf. Meine Hände waren gerötet und juckten.

Ich sollte morgen endlich die Papiere meiner Mutter durchforsten, um zu sehen, ob irgendwo noch Verwandte lebten, die mir von den alten Zeiten erzählen konnten. Am Ende ging es um diese Wahrheit: meine Suche nach der Vergangenheit, um herauszufinden, woher meine Albträume und die Halluzinationen kamen.

Aber jedes Mal, wenn ich die Augen schloss, sah ich Julia vor mir. Ihr Gesicht, kurz bevor sie verschwand. Hätte ich ihr besser zugehört und über ihre Worte in den vergangenen Wochen nachgedacht, wäre es vielleicht nicht zu der Täuschung gekommen.

MIT DEM STROM

Rochester 2007- 10 Jahre später

Die Rezeptionistin des Hotels Mercure in Bordeaux zeigte auf die Telefonzelle. „Ich lege das Gespräch dorthin."

Kurz darauf hörte ich ein Klicken, gefolgt von einer zischenden Stille. Dann ertönte die Stimme meiner Mutter. „Er nimmt nicht…" Das Gespräch wurde unterbrochen, noch bevor sie ihren Satz beendet hatte.

Ich ging in meine Hotelsuite und rief sofort zurück, verärgert, weil eine Probe im Grand Théâtre anstand, gleichzeitig beunruhigt, weil meine Mutter versucht hatte, mich in Bordeaux zu erreichen.

„Wie schön, dass du zurückrufst", begrüßte mich meine Mutter.

„Mum, du hast mich vorhin angerufen und aufgelegt!"

„Wir haben uns gefragt, ob etwas nicht in Ordnung ist, Victor?"

„Warum?"

„Wir haben nichts mehr von dir gehört. Das letzte Mal hast du uns vor zwei Wochen angerufen. Dad hat sich plötzlich Sorgen gemacht, also habe ich vorgeschlagen, dass ich dich anrufe."

„Wir haben so viel zu tun", sagte ich unwirsch.

„Das freut mich, mein Junge."

Vor meinem geistigen Auge sah ich, wie sie ihre Hände an ihrer Schürze abwischte.

„Läuft die Tournee gut, Victor?"

„Die Kritiken sind überwältigend."

Meine Mutter verstummte. Offenbar hatte sie mehr von mir erwartet als vier Worte. „Morgen fahren wir weiter nach Lyon, dann nach Nizza, von dort nach Perpignan und dann nach Paris. In einem Monat sind wir wieder zu Hause, Mum."

„Prima." Wieder schwieg sie einen Moment lang. „Ruf mich an, kurz bevor du nach Hause kommst. Ich sorge dafür, dass der Kühlschrank in deinem Appartement aufgefüllt wird."

„Mache ich."

Wieder verstummte das Gespräch.

„Ich muss los, Mum. Die Proben fangen gleich an."

„Warte noch einen Moment. Dad will mit dir reden."

Im Hintergrund hörte ich ein Rascheln und meine Mutter leise sagen: „Er ist in Eile."

„Ich verstehe, dass du beschäftigt bist, also komme ich gleich zur Sache. In eineinhalb Jahren feiert meine Firma ihr 25-jähriges Bestehen."

Stille. Offenbar erwartete auch er eine Reaktion von mir.

„Ich gebe ein großes Fest für alle Mitarbeiter und Geschäftspartner und ich wollte dich fragen, ob du und Julia als Höhepunkt des Abends auftreten würdet."

Jemand klopfte an meiner Tür. Ich nahm das Telefon vom Nachttisch und versuchte, damit zur Tür zu gehen, aber das Kabel war zu kurz.

„Natürlich", antwortete ich und streckte meinen Arm nach dem Türknauf aus, der einfach unerreichbar für mich war.

„Ich zahle dir auch ein Honorar, Victor."

„Das kriegen wir schon hin, Dad."

Im Hintergrund hörte ich meine Mutter fragen, ob ich zugesagt hätte. Ich schloss kurz die Augen und sah Dad, der Mum mit einer verärgerten Geste aufforderte, still zu sein. „Es wäre großartig, mein Junge."

„Wir machen das sehr gerne, Dad."

Es klopfte erneut an der Zimmertür. Ich legte das Telefon zurück auf den Nachttisch, beugte mich vor und wollte gerade auflegen, als mein Vater sagte: „Am 25. Januar im kommenden Jahr."

„Gut."

„Könntest du es in deinen Terminkalender eintragen?"

Ich seufzte. „Ich werde es nicht vergessen."

Eine kalte Stille trat ein. Das x-te Mal in drei Minuten.

„Kümmerst du dich auch gut um dich selbst, Junge?"

„Dad, ich muss wirklich auflegen. Sie warten auf mich."

„Eine schöne Französin, hoffe ich."

„Nein. Ein leeres Theater und zwanzig Mitarbeiter!", antwortete ich, knallte den Hörer auf und öffnete die Tür des Hotelzimmers. Ich blickte direkt in die lächelnden Augen von Pete, einem der Showtänzer. Er breitete die Arme aus, die Linien seiner Brustmuskeln und Schultern traten so deutlich hervor, dass ich sie anstarren musste.

„Kommst du? Du wirst schon sehnsüchtig erwartet."

„Ich brauche noch einen Moment für mich, Pete."

Leise schloss ich die Tür und dachte an meine Eltern, die mir so fremd geworden waren. Nein, dachte ich plötzlich, ich wusste, dass es schon immer so gewesen war.

Unsere Tournee durch Frankreich war gerade zwei Tage zu Ende, als mich die Nachricht erreichte, dass der Intendant eines großen Revuetheaters in Las Vegas den ausdrücklichen Wunsch geäußert hatte, dass Victor Horus und seine Julia zwei Monate lang und an fünf Abenden pro Woche dort auftreten sollten. Ich zögerte keinen Moment. Endlich bekamen wir die Anerkennung, auf die wir in den letzten zehn Jahren hingearbeitet hatten.

„Julia und ich haben uns in der vergangenen Woche Gedanken über die Show in Vegas gemacht", bedeutete Miranda, als wir uns nach einer einwöchigen Pause zum ersten Mal in der Werkstatt trafen.

Julia lag auf dem kleinen Ledersofa, das der Stylist in der Küche aufgestellt hatte, Miranda saß auf der Rückenlehne des Möbelstücks, ihr langes Haar unter dem Netz gebändigt. Ich stand neben dem Flipchart, bereit mir Notizen über ihr Brainstorming zu machen.

„Wir müssen die Dinge in Amerika anders angehen und die Dinge ändern", fuhr Miranda fort.

„Was stimmt denn nicht an unserer Show?"

„Keine Panik, Victor", fiel Julia ihrer Schwester ins Wort. „Natürlich ist an unserem Programm nichts auszusetzen, aber die Amerikaner sind anders. Die USA sind das Land der Übergröße, alles muss groß, bombastisch sein, weil die Menschen es dort einfach lieben. Außerdem lieben die Amerikaner Geschichten. Man kann alles Mögliche über unsere Show sagen, aber nicht, dass sie eine Geschichte hat. Wir führen verschiedene Aktionen durch, deren gemeinsamer Nenner unsere Schnelligkeit und Explosivität ist. Das muss sich auf dem Strip ändern."

„Wir wurden aber genau deswegen nach Las Vegas eingeladen, oder habe ich da etwas nicht mitbekommen?"

Julias Gesichtsmuskeln zuckten, sie sprang vom Sofa auf. „Hast du vergessen, dass nach Noahs Ausstieg erst die Erneuerung der Show uns diesen Erfolg gebracht hat? Jeder Magier, jeder Illusionist hat vor zehn Jahren während seiner Shows noch gesprochen, aber wir haben es anders gemacht und dafür Anerkennung bekommen. Weißt du überhaupt, wie viele Magier heute unserem Beispiel folgen, Victor?"

„Allein die Tatsache, dass wir kopiert werden, zeigt, dass wir stark sind."

„Ich sage nicht, dass wir die Stärke unserer Auftritte abschwächen sollten, ich denke, wir sollten sie aufstocken. Amerika ist ein großes Land mit eigenem Willen. Wir sollten ihnen unser europäisches Repertoire nicht aufzwingen. *Go with the flow* – geh mit dem Strom, das ist es, was die Vereinigten Staaten ausmacht."

„Hm... Ich bin mir nicht sicher."

„Du bist deinem Onkel Noah manchmal so verdammt ähnlich", konterte Julia scharf. „Wenn es nach ihm gegangen wäre, hätten wir kein Showballett, keine ausgefallenen Kulissen, keine mitreißende Musik. Stell dir vor, wie langweilig das damals gewesen wäre."

Ich zeigte auf das Flipchart. „Lasst uns mit dem Brainstorming weitermachen!"

Julia drehte sich abrupt um und stapfte wütend aus der Küche. „Dann denke dir doch selbst etwas aus!"

Miranda folgte ihrer Schwester. Kurz bevor die Tür hinter ihnen ins Schloss fiel, rief ich ihnen hinterher. „Das werde ich ganz sicher tun!"

DER JOGGER

Canterbury - Oktober 2020

Ohne das Licht einzuschalten, und noch bevor ich in der Dunkelheit etwas erkennen konnte, wusste ich, dass mich jemand beobachtete. Die Haare auf meinen Armen stellten sich auf. Ich konnte seine Anwesenheit spüren, als würde sein Atem die Luftströme in meinem Schlafzimmer in Bewegung setzen.

„Hallo?", murmelte ich.

Der Schatten, der aus dem Dunkel der Ecke auftauchte und langsam Gestalt annahm, antwortete nicht und blieb am Fußende meines Bettes stehen.

„Was soll das?", wollte ich sagen, aber die Worte entwichen nicht meinen Lippen. Sie hallten in dumpfer Resonanz um mich herum, als wäre ich in einer Glaskugel gefangen.

Ich starrte den formlosen Schatten an, der sich direkt vor mich stellte. Es musste ein Mann sein. Plötzlich beugte er sich herunter und griff nach meinen Knöcheln.

Ich zog meine Beine blitzschnell an und richtete mich auf, die Fäuste unter der Bettdecke geballt, das Herz klopfte in meiner Brust.

Ich holte tief Luft und schaute ins Schlafzimmer. Ich war allein. Ein Blick auf den Wecker bestätigte mir, dass es nicht mitten in der Nacht, sondern sieben Uhr morgens war. Ich stand auf und trank am Küchentisch einen Kaffee. Die Skizzen, die ich von der Bühne angefertigt hatte, lagen immer noch an ihren Platz, so wie die Liste der Journalisten, die mit mir sprechen wollten. Während ich die lange Liste durchging, rief ich Sally an, legte aber auf, als ich mit ihrem Anrufbeantworter verbunden wurde. Fünf Minuten später wählte ich die Nummer erneut, und wieder forderte mich ihre Stimme auf, eine Nachricht zu hinterlassen.

„Tut mir leid wegen gestern Abend", sagte ich. „Könntest du heute Nachmittag vorbeikommen? Die Journalisten müssen zurückgerufen werden."

Ich hatte Sally jetzt vor Augen, wie sie sich in der Küche eine Tasse Kaffee einschenkte, die Nachricht abhörte und erstaunt die Frage des Mannes vernahm, der sie als Schmarotzerin bezeichnet hatte. Ich sah, wie ihre Fassungslosigkeit in Wut umschlug, wie sie die Kaffeetasse quer durch die Küche schleuderte und wie diese an der Wand zerschellte.

„Vielleicht möchtest du mir behilflich sein? Wenn wir fertig sind, sprechen wir über die Zukunft!"

Ich legte auf, sagte nicht, dass ich mit ihr über ihre mögliche Rolle als meine Assistentin sprechen wollte. Mir wurde plötzlich klar, wer mich im Traum an den Knöcheln gepackt hatte.

Gruselige Dinge passieren im Haus, Mini.

Jede Nacht dachte ich über die letzten Wochen nach und warf einen flüchtigen, fast sehnsüchtigen Blick darauf, wie mein Leben hätte sein können, wenn ich ein normaler Mann gewesen wäre, mit Kindern und Familie.

Es war eine aufregende Zeit mit Julia und Miranda gewesen, vielleicht zu aufregend, weil so viel schief gelaufen war.

Ich seufzte. Durch das Kommen und Gehen der Menschen war es unmöglich, sicher zu sein, ob in der Zwischenzeit jemand mein Haus betreten hatte. Jeden Tag kontrollierte ich das Lager und das Theater. Und immer bemerkte ich das in der Nähe meines Hauses geparkte Auto.

Als ich an einem Nachmittag mein Auto aus der Garage fahren wollte, bemerkte ich den Jogger wieder. Er lehnte am Zaun und spähte an meinem Haus vorbei auf das Theater hinter meinem Grundstück. Ich blieb im Auto und wartete. Aber er stand einfach nur da. Der Mann war sehr attraktiv, und ich musste ihn einfach nur ansehen. Er war groß, geheimnisvoll, schrie nach Aufmerksamkeit. Seine ganze Präsenz beunruhigte mich auf angenehme Weise. Ich wäre gerne auf ihn zugegangen. Aber weswegen? Was sollte ich ihm sagen?

Plötzlich ging der Mann ein paar Mal in die Knie, sprintete auf der Stelle, drehte sich mit den Armen im Kreis. Als er sich umdrehte und mit großen Schritten davonlief, fiel mir wieder auf, wie athletisch er sich bewegte. Er lief an meinem Grundstück entlang und entfernte sich aus meinem Blickfeld.

Wenig später fuhr ich mit dreißig Stundenkilometern die Allee entlang in Richtung Canterbury. Aber ich konnte nirgendwo eine graue Kapuze sehen, so sehr ich auch suchte. Er schien sich in Luft aufgelöst zu haben. Erst drei Stunden später wurde mir klar, wie enttäuscht ich deswegen war.

VERGESSEN

Canterbury - Oktober 2020

Am Morgen wehte ein unangenehmer Ostwind, das ideale Wetter, alte Familienfotos zu sichten. Ich duschte und zog mich an. Beim Anblick des Schuhschranks erschrak ich. In den Schuhen steckte jeweils ein Holzpüppchen.

Zögernd hob ich einen Schuh auf, betrachtete ihn von innen und außen.

Du machst viele verrückte Sachen, Mini.

Wie war es nur möglich, dass ich mich nicht daran erinnern konnte, die Schuhe in den Händen gehabt und die Holzpuppen hineingesteckt zu haben? Ich zuckte mit den Schultern, griff nach einem leeren Karton im oberen Regal, nahm die Puppen aus den Schuhen und legte sie in den Karton. Dann ging ich hinunter.

Auf meinem Schreibtisch standen vier Schuhkartons, die ich gestern vom Speicher geholt hatte. Es war eine seltsame Sammlung: Fotos einschließlich zerknitterter und halb zerrissener Umschläge, und sogar einige Zeitungsartikel.

Plötzlich war mir meine Mutter sehr nahe. Ich hatte oft gesehen, wie sie zur Schere griff, um einen Artikel aus der Zeitung auszuschneiden. Diese aktuellen Ereignisse werden bald Geschichte sein, würde sie jetzt sagen.

Als Erstes sah ich mir die Fotos an. Bei den meisten fehlte ein Datum oder ein Hinweis. *Mein Engel* stand auf der Rückseite, *mein Engel.* Wer hatte Mum so genannt? Dieses Bild musste in den späten siebziger Jahren aufgenommen worden sein. Ich wurde 1979 geboren. Davon gab es keine Bilder. Keine Babyfotos, seltsam.

Ich leerte den zweiten Schuhkarton auf dem Esstisch aus und sortierte den Inhalt. In einem Ordner fand ich ein Bild meiner Mutter mit einem dicken Bauch.

Erst nach langem Suchen fand ich ein Foto von mir und meinen Eltern. Alle trugen Mützen und Fäustlinge und standen vor dem Buckingham Palace in London. *1984* hatte Mum auf die Rückseite geschrieben. *Glücklich mit Dad.* Aber da war ich schon fünf. Es gab ein Passfoto, schwarz-weiß, aus der Zeit. Der Junge schaute stets ernst, als würde er sich fragen, was der Fotograf da macht.

Auf allen anderen Bildern war ich älter und auf keinem der Fotos war das Treppenhaus zu sehen. Ich erkannte den Strand bei Deal an der Ostküste, mit einem Sandhaufen und einem Drachen.

Drachen!

In einem Umschlag fand ich weitere Hinweise. Mein Vater und meine Mutter vor ihrem Haus in Rochester. Es blieb mir nichts anderes übrig, als alles nach Jahren zu sortieren und zu sehen, ob ich danach klüger sein würde. Immerhin war es das, was ich mir vorgenommen hatte: Spuren meiner frühesten Kindheit zu finden. Aber ich fand nichts, kein Treppenhaus, das mit mir in Verbindung stand.

Ich sah mich im Spiegel, ein kleiner verlorener Junge.

„Ich habe mich vergessen", sagte ich laut.

Dann zerbrachen der Spiegel und ich in tausend Stücke.

DIE SKIZZE

Las Vegas - 2018

Die Tür zu Noahs Werkstatt war nicht verschlossen. Ich öffnete sie vorsichtig ein wenig und steckte meinen Kopf hinein. Es war niemand da, das einzige Geräusch, das ich hörte, war das blecherne Geräusch des Transistorradios, das offenbar nach all den Jahren immer noch funktionierte.

Ich zog den Kopf zurück und sah zu Noahs Haus.

„Dann denke du dir doch selbst etwas aus!". Julias Worte sprudelten wieder in mir hoch. Sie hatte Recht, es war an der Zeit, dass ich mir einen brillanten Plan ausdachte, der es uns ermöglichen würde, das Publikum in Amerika zu begeistern.

Ich sah mich um. Die Werkstatt war kleiner als in meiner Erinnerung. Auch älter. Die Metallbalken an der Decke waren gerostet, und einige Teile des Daches waren durch gelbliches Wellblech ersetzt worden, das ein trübes Licht durchließ. In der Mitte lagen sechs gleich große Holzbretter, ich vermutete, dass sie einmal einen Sarg gebildet hatten. Wahrscheinlich hatte Noah die Seiten nach außen geklappt, der Deckel war abgerutscht und neben den anderen Brettern auf dem Boden gelandet. Nur der Boden der Kiste schien noch an der ursprünglichen Stelle zu liegen. Auf dem Zeichentisch, der neben dem Sarg stand, lagen Skizzen.

Ich ging auf das Zeichenbrett zu, aber nach zwei Metern hielt ich plötzlich inne. Alle Kraft schien aus meinem Körper zu fließen. So sehr ich auch wollte, ich konnte das Zeichenbrett nicht erreichen. Als ob eine unsichtbare Glaswand davor stünde.

Aus der Ferne betrachtete ich die darauf liegende Skizze. Es bedurfte einiger Mühe, um zu erkennen, dass es sich um sechs kleine Zeichnungen eines Sarges handelte. Auf der ersten Zeichnung war der Sarg völlig intakt, auf der letzten sahen die

Holzwände genauso aus wie die Platten in der Mitte der Werkstatt. Die vier dazwischen liegenden Zeichnungen zeigten in mehreren Schritten, wie die einzelnen Sargteile von der aufrechten in die Waagrechte gelangten.

Ein Schaudern ging durch meinen Körper. Ich betrachtete gerade das Geheimnis hinter dem Geheimnis. Offenbar arbeitete Noah an einer neuen Illusion und hatte seine Arbeit für eine Weile unterbrochen. Ich sah auf die Uhr, es war ein paar Minuten nach Mittag. War er beim Mittagessen? Wie lange würde er noch weg sein? Warum hatte er die Werkstatt nicht abgeschlossen? Ich starrte auf die Zeichnungen.

Mein Herzschlag beschleunigte sich, und das war der Moment, in dem ich mit Sicherheit wusste, dass ich die Werkstatt nicht verlassen würde, ohne alle Skizzen zu studieren und die Holzplatten gründlich zu inspizieren. Ich durchbrach das Glas, trat zwei Schritte vor und hob die oberste Skizze an. Darunter befand sich eine zweite Zeichnung des Sarges, auf der deutlich zu erkennen war, dass es eine doppelte Rückwand gab. Auch in dieser Skizze zeigten mir sechs kleine Bilder einen Mechanismus: Die äußere Planke konnte herausfallen, während die innere Planke nach innen klappte und den Hohlraum am Boden des Sarges abdeckte, einen Raum, in dem sich leicht jemand verstecken konnte.

Die Zeichnung darunter zeigte die Scharniere und Federn und wie sie mit einem Hebel verbunden waren, der so klein war, dass man ihn kaum sehen konnte. Die untere Skizze zeigte, wie der Illusionist und sein Assistent den Kasten benutzen sollten. In fünfzehn Bildern wurde der gesamte Trick erklärt.

Ich blätterte den ganzen Stapel drei oder viermal durch und nahm die Quintessenz der Bilder auf. Dann hockte ich mich neben die Kiste und suchte nach dem Griff. Er war in der Bodenplatte versteckt.

Ich stand auf, ging zur Tür der Werkstatt und spähte wieder zum Haus – nichts rührte sich dort. Fast lautlos zog ich die Tür so weit wie möglich zu, ohne sie zu verriegeln. Ich hockte mich wieder neben die Holzbretter und legte meinen Zeigefinger um den Hebel. Einen Moment lang zögerte ich, dann zog ich den Hebel. Mit einer gleichmäßigen Bewegung hoben sich die vier Platten an und bildeten einen ordentlichen Kasten. Ich zog den Hebel erneut, und die Kiste schien sich aufzulösen, als wäre sie durch einen harten Schlag zerschmettert worden. Dann wiederholte ich den Vorgang noch dreimal, bis die Kiste wieder aufrecht stand. Es war genial gemacht.

Ich hob den Deckel der Kiste an und ging um sie herum. In keiner Weise war zu erkennen, dass sie aus einzelnen Teilen bestand, die durch Scharniere und Federn zusammengehalten wurden. Das war genau das, weswegen ich gekommen war. Dennoch ging mir eine Frage durch den Kopf: Ist *das* der Weg, den du dir vorgestellt hast?

Mein Herz schien einen Schlag auszusetzen, es kribbelte in meinen Fingerspitzen. *Wenn du jetzt gehst, wird niemand wissen, dass du heute hier warst.* Die Möglichkeiten, die sich mir plötzlich eröffneten!

Ich eilte zur Werkstatttür. Gerade als ich die Klinke in die Hand nahm, trat Noah ein. Er war offenbar tief in Gedanken versunken, denn er stieß mit gesenktem Kopf fast gegen mich und war sichtlich erschrocken über meine Anwesenheit.

Mein Körper verlor exakt im selben Tempo die Kontrolle über seine Funktionen, wie ein Mensch die Kontrolle über seine Angst verlor.

Noah sah mich bestürzt an, wie jemand, der unsanft aus dem Schlaf geweckt wurde, machte einen Schritt rückwärts, stieß mit dem Absatz seines Schuhs an die Schwelle und fiel rückwärts durch die Tür. Ich verspürte den Drang, über ihn hinwegzuspringen und davonzulaufen, der Anblick meines Onkels lähmte mich aber vorübergehend in jeder Bewegung. Er stöhnte schmerzhaft auf, als er zu Boden stürzte, und erneut, als er zu mir aufblickte.

Noah war in den letzten Jahren gealtert. Er hatte Tränensäcke unter den Augen und seine Wangen waren eingefallen.

Ertappt blickte ich auf die Skizzen zurück. Wie lange würde es dauern, bis ich das Wesentliche der Zeichnungen vergessen hätte? Es bestand keine Eile.

„Victor", sagte Noah leise. Er versuchte aufzustehen, fiel aber mit schmerzverzerrtem Gesicht zurück. Ich reichte ihm die Hand und half ihm hoch.

Noah klopfte den Kies von seiner Hose, drehte sein Handgelenk und rieb es mit der anderen Hand. Mir fiel eine kleine Schürfwunde auf.

Noah lächelte. „Wie schön, dass du mich mal wieder besuchst." Er umfasste meine Schultern.

Ich wandte mich wieder den Skizzen zu. Als sich mein Blick wieder mit dem von Noah kreuzte, traf ich eine blitzschnelle Entscheidung. Ich machte einen Schritt rückwärts, um mich aus Noahs Griff zu befreien. „Ich muss gehen", murmelte ich und lief den Weg hinunter zu meinem Auto, das ich vor seinem Haus geparkt hatte. Der Schotter knirschte unter meinen Schuhen. Ich konnte mich nicht erinnern, dass die Entfernung zwischen seinem Haus und seiner Werkstatt so groß war. Durch das Küchenfenster sah ich mich selbst auf das Haus zulaufen. Ich sah athletisch aus, explosiv wie ein Sprinter. Mein dunkles Haar flatterte im Wind.

Sämtliche Informationen, alles, was ich in Noahs Werkstatt gesehen hatte, speicherte ich in meinem Kopf ab. Und den Zwillingen würde ich mit der Illusion eine Lektion erteilen.

Im darauffolgenden Monat unternahm ich nichts mit den Skizzen, die ich nach meiner Rückkehr zu Papier gebracht hatte. Nachdem ich mit Genugtuung festgestellt hatte, dass ich mir Noahs Entwürfe gut gemerkt hatte, legte ich die Zeichnungen zusammengerollt hinter eine Reihe von Büchern in meinem Bücherregal und beschloss, sie dort unbenutzt zu lassen und die schnellen Kritzeleien einfach zu vergessen. Aber jedes Mal, wenn ich vom Wohnzimmer in die Küche und wieder zurück am Schrank entlang ging, hatte ich das Gefühl, als würden die Skizzen mich darum bitten, ihnen Leben einzuhauchen. Immer wieder drehte ich unwillkürlich den Kopf in Richtung Bücherregal, wobei Noahs müder Blick unweigerlich vor meinem geistigen Auge auftauchte. Jedes Mal sagte ich mir: *Vergiss die Skizzen, solange du noch kannst.*

Aber als die täglichen Brainstorming-Sitzungen mit Julia und Miranda immer weniger Ideen für die Show in Vegas erbrachten, wagte ich es, mich von dem Gedanken zu lösen, dass ich die Skizzen illegal erworben hatte. Schließlich war es unmöglich, etwas aus dem Gedächtnis exakt zu reproduzieren, sagte ich mir. Und wenn das bedeutete, dass sich meine Skizzen von denen meines Onkels unterschieden, dann bedeutete das doch auch, dass mein Gehirn eine eigene Idee entwickelt hatte. In der Kunst war es völlig normal, dass sich die Götter untereinander inspirierten. Inspiration war nicht dasselbe wie Diebstahl. Wenn sich jemand weigerte, nachts die Vorhänge zu schließen, konnte er nicht verlangen, dass die Passanten vorbeigingen, ohne hineinzuschauen.

An einem Mittwochmorgen holte ich die Skizzen dann doch hervor und brachte sie in die Werkstatt. Ich breitete sie auf dem Tisch in der Küche aus und wartete mit klopfendem Herzen auf Julias und Mirandas Eintreffen.

„Du schaffst es, mich nach zehn Jahren immer noch zu verblüffen", sagte Julia wenig später fröhlich und schob die Unterlagen auf dem Tisch hin und her. „Diese Skizzen sind großartig. Wenn die Box so funktioniert, wie du es dir ausgedacht hast, wird sie uns viele Möglichkeiten bieten."

Die Begeisterung in Julias Stimme war ansteckend und brachte mich dazu, mich ein wenig zu entspannen. Natürlich war ich ohne Sinn und Zweck nervös gewesen. Ich quetschte mich zwischen die Zwillinge und zeigte auf den Text, den ich auf eine der Skizzen gekritzelt hatte. „Am liebsten würde ich einen Doppeltrick durchführen. Ein Verschwinden und ein Auftauchen in einem Akt. Oder ein Personenaustausch in Verbindung mit einem Verschwinden. Das Wie und Was muss noch ausgearbeitet werden, aber die Grundlage ist mit der Idee des Sarges mehr oder weniger vorhanden."

Miranda sah sich die Skizzen genauer an. „Wie bist du plötzlich auf diese geniale Idee gekommen? Ich wusste nicht, dass du technisch so begabt bist."

Von einem Moment auf den anderen wurde es dunkel. Genau wie geplant. Ich blieb einen Moment lang regungslos stehen. Als auch die Bühnenspots nicht mehr nachglühten und es für ein paar Sekunden völlig dunkel im Theater war, lief ich von der Bühne in die Richtung der Seitenflügel. Ich hatte vier Sekunden Zeit, damit sich die Augen meines Publikums an die Dunkelheit gewöhnen konnten, zehn Sekunden, bis die Musik der letzten Illusion – das Verschwinden – einsetzte, und dann hatte ich eine halbe Minute Zeit, um mich in Al Capone zu verwandeln. Vierundvierzig Sekunden insgesamt. Alles drehte sich um Timing und Geschwindigkeit, vor allem für die Roaring Twenties – die wilden zwanziger Jahre.

Julia wartete hinter den Kulissen in einem kurzen Charleston-Kleid, das unten mit Fäden voller glänzender Pailletten besetzt war. Schnell rückte sie die Spaghettiträger zurecht, drapierte die Boa über ihre Schultern und in dem Moment, als die ersten Jazzklänge von Louis Armstrong über dem Publikum ertönten, lächelte sie mich selbstbewusst an und zwinkerte mir zu. Dann betrat sie die Bühne. Ihr Timing war perfekt.

Obwohl ich nur dreißig Sekunden Zeit hatte, um mich in Al Capone zu verwandeln, erlaubte ich mir, einen kurzen Blick auf meine Assistentin zu werfen, die vor dem Publikum in verführerischen Schritten die Hüften schwang und das glänzende schwarze Kleid zum Tanzen brachte. Sie sah fabelhaft aus, als hätte sie eine Zeitreise aus einem verrauchten Nachtclub im Chicago des vergangenen Jahrhunderts gemacht und wäre hier zum Leben erwacht.

Mit routinierten Bewegungen zog ich den Maßanzug an, setzte den Hut mit den zwei Dellen auf und hängte mir den langen Mantel mit einem dicken Pelzkragen über die Schultern. In Gedanken zählte ich die Takte des nachklingenden Jazz. Noch zehn Sekunden, dann musste ich weitermachen. Ich holte tief Luft, atmete kräftig aus, und von diesem Moment an war ich wirklich Al Capone, denn das Theater wurde zu einer Werkstatt im alten Chicago und die Musik gab den Rhythmus des Tages vor. Ich hob mein Kinn und betrat die Bühne.

In Wahrheit begann der Akt, als der Slow-Jazz überging in Uptempo-Dixieland. Ich hätte diesen plötzlichen Übergang mit einem Hüpfschritt unterstreichen sollen, aber ich vergaß zu beschleunigen, weil ich mir plötzlich der Anwesenheit von Zuschauern bewusst wurde. Jahrelang war das Publikum für mich eine Ansammlung von Umrissen gewesen, aus denen gelegentlich Geräusche drangen, aber jetzt konnte ich deutlich einen Jungen in der ersten Reihe sehen, ein Teenager, mit einem Piercing in der Augenbraue. Neben ihm saß ein Mann mittleren Alters, der so aufmerksam zuzuschauen schien, dass sein Mund leicht geöffnet war, und neben ihm ein Mann in den Fünfzigern mit aschfahlem Gesicht und verschränkten Armen, als würde er sich durch den letzten Akt durchbeißen.

Ich wartete zwei volle Sekunden und begann dann meine Runde über die Bühne. Indem ich meine Schritte ein wenig verlängerte, gelang es mir, mit der Choreografie Schritt zu halten. Genau im richtigen Moment hielt ich an dem Pick-up an, der hinten auf der Bühne stand. Im Rhythmus der Musik schleppte ich eine Kiste von der Ladefläche des Lastwagens, schob sie in die Mitte der Bühne und nahm den Deckel ab.

Und wieder geschah etwas, was mir noch nie zuvor passiert war: Zum ersten Mal in meiner Karriere, ausgerechnet während unserer Premiere auf The Strip und während der ersten Aufführung von Roaring Twenties, wurde mir schmerzhaft bewusst, dass ich beobachtet wurde. Nicht meine Handlung, sondern ich. Ich spürte den Blick auf meinen Händen, meinen Armen, meinem Oberkörper und meinen Beinen, meinem Kopf, meinem Mund, meinen Augen, jeder Pore, jeder Zelle in meinem Körper, der Farbe meines Herzens.

Ich riss mich zusammen und reichte meiner Assistentin einladend die Hand, führte sie zum Sarg und ließ sie meinen

Oberschenkel als Stufe benutzen. Sie verschwand aus dem Blickfeld und rollte sich zusammen wie ein Fötus. Ich schloss den Sarg und sicherte den Deckel mit Nägeln, die ich mit einem Hammer tief in das Holz schlug. Mit einem großen Schwung warf ich den Hammer auf die Ladefläche des Pick-ups und zeigte dem Publikum, dass der Deckel wirklich fest saß, indem ich mit großer Geste daran zog, aber in dem Moment, als die Sirene eines Polizeiautos durch die Musik schallte, ließ ich den Sarg erschrocken los. Ich spielte einen Hauch Panik, schaute erschrocken nach links und rechts, und rannte von der Bühne. Kurz bevor ich aus dem Blickfeld der Zuschauer verschwinden sollte, blieb ich stehen, hob die Hände und ging langsam rückwärts auf den Sarg zu. Ein Beamter, der mich mit einer Waffe bedrohte, betrat die Bühne.

Die Musik wurde langsamer. Bei jedem lauten Ton machte ich einen Schritt zurück, bis ich schließlich mit der Kiste zusammenstieß und rückwärts auf den Deckel fiel. Ich erholte mich, schlängelte mich um den Sarg herum und kam drei Meter entfernt wieder zum Stehen. Ich nahm mir den Mantel von den Schultern und hielt ihn vor mich, um mich vor den Blicken des Publikums zu verbergen.

Der Beamte ging zum Sarg und versuchte, den Deckel abzunehmen, als das nicht gelang, hörte die Musik plötzlich auf. Er ging ein paar Schritte zurück, richtete seine Waffe auf den Sarg und schoss drei Kugeln durch das Holz.

Die Musik setzte wieder ein. Der Beamte holte den Hammer aus dem Pick-up, stellte sich vor den Sarg und schlug mit einem kräftigen Schwung auf das Holz. Der Deckel fiel mit einem Knall herunter und die Wände sprangen heraus, aber Julia war verschwunden.

Noch bevor das Publikum applaudieren konnte, kam der Beamte im Rhythmus der Musik auf mich zu. Er packte den Mantel, wartete einen Moment, sah das Publikum an und riss mir mit einer festen Bewegung den Mantel aus den Händen. Nicht ich, sondern Miranda erschien. Sie tippte dem Polizisten mit dem Ende der Boa ins Gesicht. Weniger als drei Sekunden später beleuchtete ein Scheinwerferspot den Pick-up. Ich sprang aus einer der Kisten im Pick-up. Mit einer Pistole in der Hand zielte ich auf den Polizisten. Als der Schuss fiel, wurde es schlagartig wieder dunkel.

Ich schloss kurz die Augen und ließ den Beifall auf mich wirken. Er sagte mir genau das, was ich hören wollte: Der letzte Akt unserer ersten Las Vegas-Show war die Apotheose geworden, die wir uns immer vorgestellt hatten.

Als Julia und ich auf die Bühne zurückkehrten, um die stehenden Ovationen des Publikums entgegenzunehmen, nahm sie meine Hand, verbeugte sich vor mir und flüsterte, als sich der Vorhang zum allerletzten Mal öffnete: „Ich glaube, ich könnte nicht glücklicher sein als in diesem Moment."

Ich lächelte sie kurz an, schaute ins Publikum und verbeugte mich tief.

Später in der Woche lief ich durch die Gänge des Hotels in Las Vegas zum Aufzug. Mein Herz klopfte heftig in meiner Brust, eine angenehme Unruhe hatte mich erfasst. Ich drückte fünfmal hintereinander auf den Aufzugsknopf, aber da sich die Türen nicht sofort öffneten, drehte ich mich um, schoss ins Treppenhaus und machte mich auf den Weg in den dritten Stock, zwei Stufen auf einmal nehmend.

Julia öffnete die Tür nicht ganz, sondern steckte ihren Kopf durch die Öffnung, als ob sie sich hinter der Tür verstecken wollte.

„Du bist es", sagte sie verärgert. „Ich habe noch geschlafen."

„*The Late Night Show*, Julia!"

„Weckst du mich, damit ich mir eine Fernsehsendung ansehe?" Julia rieb sich das Gesicht und wuschelte sich durch ihr blondes Haar. Sie hatte eine Schlaffalte auf der Wange, leicht geschwollene Lider und drei feine Linien unter den Augen.

Sie seufzte, ich betrat den Raum. „Wir werden in der Sendung *The Late Night Show* auftreten. Und David Letterman wird uns interviewen."

Julia drehte sich zu mir um und kniff für einen Moment die Augenlider zusammen. Ich nickte, sie lächelte.

„Weißt du, wie viele Leute diese Sendung sehen?", fragte sie. Ich nickte erneut.

Julia trat an mich heran, legte ihre Arme um mich und küsste mich auf den Mund. Sie trat zurück, nahm mich in sich auf und küsste mich wieder und wieder. Das letzte Mal weich und länger. Ich wollte das nicht und wandte mich schnell ab.

„Nächsten Donnerstag werden wir live im Fernsehen zu sehen sein."

„Donnerstag?" Ihre Stimme klang plötzlich hart. „Das ist überhaupt nicht möglich." Sie schlüpfte wieder zwischen die Laken. „Wir fliegen am Montag nach London." Sie drehte sich auf die Seite und sah wieder zu mir auf. „Am Mittwoch treten wir auf der Jubiläumsfeier deines Vaters auf!"

In der Euphorie hatte ich den Jahrestag völlig vergessen. Während des Gesprächs mit der Talkshow-Redakteurin hatte ich nicht daran gedacht, in meinem Terminkalender nachzusehen.

„Du wirst das Studio anrufen müssen, Victor. Vielleicht können wir an einem anderen Tag kommen. Wir sind noch zwei Monate in Vegas und *The Late Night Show* wird jeden Tag ausgestrahlt, sie haben gewiss noch einen anderen Termin." Julia zog sich die Bettdecke über ihren Kopf. „Und jetzt raus hier", sagte sie mit erstickter Stimme.

Ich schlenderte zurück in mein Zimmer. Auf dem Nachttisch lag neben dem Telefon der Zettel, auf dem ich die Daten der Redakteurin notiert hatte.

Ich nahm den Hörer ab und wählte mit zitternder Hand die Rufnummer. „Ich habe schlechte Nachrichten, Mama."

„Du warst grandios", sagte Julia, als wir wieder im Taxi zum Hotel saßen. „Victor Horus war fantastisch! Die Art und Weise, wie du die Krawatte von David Letterman hast verschwinden lassen. Den Trick kannte ich gar nicht.“

Ich reagierte nicht, starrte aus dem Fenster und sah die Stadt, die ihre Dynamik verloren zu haben schien. Zwei Männer, die an der Ampel standen und darauf warteten, die Straße zu überqueren, schienen für mich zu posieren.

„Deine Antworten waren so verdammt aalglatt. Als ob du seit Jahren ein Sidekick in einer Fernsehsendung wärst. Amerika liebt dich, Victor. Du und ich passen so gut zu diesem Land, in dieses Showbusiness.“

Ich hatte meine Eltern vor Augen, wie sie das Betriebsfest begannen. Sie standen in der Mitte des Ballsaals, umgeben von Menschen, die einen Teil ihrer Existenz meinem Vater zu verdanken hatten. Mein Vater würde wahrscheinlich alles tun, um von sich abzulenken, und meine Mutter würde ihm natürlich ins Ohr flüstern, dass es ihr leidtut, dass ihr Sohn heute Abend nicht da ist. Ich beschloss, sie am nächsten Tag anzurufen.

„Eines verstehe ich allerdings nicht“, sagte Julia. „Warum hast du vor einem Millionenpublikum behauptet, dass wir eine Beziehung haben?“

„Letterman fragte danach.“

„Aber warum hast du seine Suggestion bejaht?“

„Ich weiß es nicht“, sagte ich. „Ich weiß es wirklich nicht.“

Während unseren Auftritt in *The Late Night Show* hatte jemand für mich im Hotel angerufen. Die Empfangsdame übergab mir eine Gesprächsnotiz. Ob ich dringend zurückrufen könnte. Sie zeigte auf die Telefonzelle am anderen Ende der Empfangshalle.

Auf dem Zettel stand in zierlichen Buchstaben *dringend,* und eine englische Telefonnummer. Darunter *Bitte ruf mich sofort zurück. Noah.*

TROTZDEM

Canterbury - Oktober 2020

„Würden Sie sich bitte mit einem Glas Wein in der Hand vor den Kamin setzen?", fragte der Kameramann der BBC.

„Nein", widersprach sein Kollege, der mich interviewen sollte. „Das ist unpassend. Als ob Mr. Horus das Verschwinden seiner Assistentin feiern würde."

„Adams", korrigierte ich ihn.

Der Journalist schaute auf seinen Notizblock. „Adams?"

„Jeder kennt mich als Victor Horus, es ist mein Künstlername."

Er zuckte mit den Schultern. „Wir müssen uns beeilen. Ich werde mich sonst zum nächsten Termin verspäten."

Ich stapfte hinter den beiden her. „Sie sind der Erste, der mich nach dem Zwischenfall interviewt. Sind Sie zufällig hier oder wurden Sie angerufen?"

„Angerufen? Nein, aber das hören wir oft."

„Ich verstehe nicht …"

Die beiden Männer tauschten einen vielsagenden Blick aus.

„Können wir jetzt?", fragte der Kameramann. „Also, draußen ist es zu kalt für Aufnahmen, im Flur herrscht kaum Atmosphäre und ein Interview im Schlafzimmer ergibt keinen Sinn."

Wir machten einen Rundgang durch die Villa, aber seltsamerweise gab es in den Augen der beiden Männer in meinem Haus keine Ecke, die für Aufnahmen geeignet war.

„Haben Sie nicht eine Vitrine mit ihren Auszeichnungen?", fragte der Kameramann irritiert. „Oder einen anderen Ort mit einem Hinweis auf Ihren Beruf?"

„Auf der Rückseite des Anwesens gibt es ein kleines Theater", schlug ich vor.

Eine halbe Stunde später saß ich mitten auf der Bühne, mit Blick auf das imaginäre Publikum. Der Journalist wartete auf ein Zeichen des Kameramanns und legte los.

„Victor Horus, Sie haben einen ziemlich turbulenten Abend hinter sich, nicht wahr?"

Ich lächelte den Mann an. „Das können Sie laut sagen. Es war die seltsamste Nacht meiner Karriere, und ich bin am Boden zerstört."

Der Interviewer hielt inne, tauschte einen kurzen Blick mit dem Kameramann aus. Dann wandte er sich wieder an mich. „Vielleicht sollten Sie ein bisschen mehr nach unten schauen. Wir machen Fernsehen, und die Leute wollen nicht nur hören, dass man am Boden zerstört ist, sie wollen es *sehen*. Ein bisschen mehr Schmerz im Gesicht anstelle eines Lächelns wäre willkommen. Wir machen einfach da weiter, wo wir aufgehört haben. Wenn nötig, schneiden wir das Band und den Ton. Sind Sie bereit?"

Ich nickte und überlegte, wie ich betroffen aussehen könnte. Indem ich meine Stirn runzelte? Die Mundwinkel ein wenig herunterhängen ließ?

„Können Sie den Zuschauern der BBC, die vor einigen Tagen nicht dabei waren, kurz erzählen, was im Marlowe Theatre in Canterbury passiert ist, Mr. Adams?"

„Wir begannen mit unserer letzten Show und wollten die Saison mit einem guten Gefühl abschließen, damit wir *trotzdem* auf eine erfolgreiche Tournee zurückblicken konnten."

„Wieso *trotzdem*?"

„Wie meinen Sie das?"

„Sie sagten, damit wir *trotzdem* auf eine erfolgreiche Tournee zurückblicken könnten. Daher meine Frage."

„Es ist nur so eine Redensart."

„Haben Sie den Begriff *trotzdem* unbewusst verwendet?"

„Nein, Sie hinterfragen etwas Belangloses."

„In den vergangenen Jahren waren nicht alle Veranstaltungen ausverkauft. Das muss unbefriedigend sein, denke ich. Mit dem Wort *trotzdem* spielen Sie möglicherweise darauf an?"

„Auch hier suchen Sie nach etwas, das keine Rolle spielt. Soll ich mit meiner Geschichte fortfahren? Oder möchten Sie bei dem Wort *trotzdem* bleiben?"

Der Journalist machte eine abweisende Geste.

„Der ganze Abend in Canterbury verlief reibungslos, bis wir zur letzten Illusion kamen…"

Wieder unterbrach mich der Journalist. „War das Theater ausverkauft?"

Ich seufzte herausfordernd, das Geltungsbedürfnis des Mannes irritierte mich. „Die Illusion ist gescheitert. Ich hatte meine Assistentin in einen Käfig gesperrt und ließ sie verschwinden. Und wie Sie wissen, wird die Assistentin danach immer wieder von mir zurückgeholt. Wenn nicht, ist der Trick misslungen. In diesem Fall ging es völlig daneben, denn als ich das Tuch vom Käfig nahm, war er leer. Und meine Assistentin war unauffindbar. Niemand hat sie seit ihrem Verschwinden mehr gesehen."

„Ich glaube, dass die Zuschauer zu Hause das kaum glauben können."

„Das kann ich mir gut vorstellen, aber es ist die Wahrheit. Sie verschwand und kam nicht mehr zurück. Es ist für uns alle…"

„Wie hat sie das denn am Ende angestellt?"

Irritation sprudelte in mir auf. „Jeder weiß, dass in unserem Geschäft alles geheim ist."

„Aber Sie wissen es, nicht wahr?", fragte der Journalist mit einem scharfen Unterton.

„Nochmals, in unserem Geschäft ist alles geheim, und ich möchte, dass das auch so bleibt."

„Eine winzige Andeutung?"

Ich schüttelte den Kopf, lächelte weiter.

„Dann noch eine letzte Frage. Ist das nicht alles ein großer Werbegag? Viele Menschen gehen davon aus."

„Keinesfalls", antwortete ich wie aus der Pistole geschossen.

Der Journalist musterte mich kritisch. „Wenn eine Behauptung vehement bestritten wird, dann entspricht sie in der Regel der Wahrheit, hat mir mein Vater einmal gesagt."

Die Kamera kam näher, zoomte mein Gesicht heran. Jetzt ruhig bleiben, dachte ich, spürte aber sogleich, wie sich die Muskeln in meinem Gesicht verkrampften.

„Auch Väter können sich irren", erwiderte ich.

„Sind Sie sicher?", fragte der Journalist provozierend.

„Wo soll dieses Gespräch hinführen?"

„Wir wurden gestern Abend von einem jungen Mann angerufen, der behauptete, dass er mit Ihnen gesprochen hat und dass Sie ihm gegenüber zugegeben hätten, dass das Verschwinden ein Trick war."

„Ich habe mit niemandem darüber gesprochen."

„Ganz sicher, Mr. Horus, in der Kneipe ein paar Kilometer weiter. Und seine Freunde, mit denen er in besagter Kneipe war, bestätigten die Geschichte."

Erst da verstand ich, dass der Journalist die Jungs meinte, denen ich ein Bier spendiert hatte. Ich machte eine Geste der Abwehr. „Das war eine lächerliche Unterhaltung, Kneipengeschwafel sozusagen."

„Der Kellner, mit dem wir gesprochen haben, bevor wir zu Ihnen kamen, hat uns erzählt, dass Sie ein ernstes Gespräch mit dem Jungen geführt hätten. Sie beide hätten miteinander geflüstert und Sie hätten den Finger dann an die Lippen gelegt, um anzudeuten, dass der Junge nicht über das Gespräch sprechen soll. Sie müssen: ‚Halt bloß die Klappe. Das ist unser Geheimnis.', gesagt haben. Das klingt nicht gerade nach Kneipengeschwafel."

Die Hitze schoss mir in die Wangen, mir wurde heiß. Ich stand schnell auf. Die Kamera filmte jetzt eine leere Bühne.

„Wir beenden das Gespräch. Ich bestreite alles, und zwar mit Nachdruck."

Mit einer Handbewegung forderte mich der Journalist auf, wieder vor der Linse Platz zu nehmen, aber ich schüttelte verärgert den Kopf.

„Vielleicht sollten Sie sich die Sendung heute Abend ansehen, Mr. Horus. Wir haben eine Überraschung für Sie."

Der Interviewer gab dem Kameramann ein Zeichen und innerhalb von fünf Minuten waren sie verschwunden.

Hinter dem Fenster beobachtete ich, wie die beiden den Kiesweg zum Tor entlanggingen. Sie hielten vor der Villa kurz inne. Der Kameramann machte einige Aufnahmen und filmte das Theater aus der Ferne.

Würden die Zuschauer mich heute Abend hinter dem Fenster stehen sehen? Es interessierte mich nicht mehr. Trotzdem schloss ich schnell die Lamellen.

Ich liebte die Nacht und die Nacht liebte mich. Mir machte es nichts aus, im schwärzesten Dunkel durch Rochester zu fahren. Die Zwillinge empfanden früher das verlassene Industriegelände entlang der Gleise und des Medway River nachts stets als unheimlichen Ort. Ich hingegen kam früher gerne mitten in der Nacht hierher, wenn alles still war und sich der Staub des Tages gelegt hatte. Kein Lärm, keine Aktivität, nur leere, vom Mondlicht beschienene Gleise und ein ruhiger Medway River.

Ich war auf der Suche nach dem Haus mit den Stufen und stand mit einem Mal vor meiner alten Werkstatt. Die Laternen auf dem Gelände warfen scharf umrissene Schatten auf den Asphalt, die in geometrischen Mustern übereinander flossen. In kalten Nächten kroch der Nebel vom Medway River oft die Landzunge hinauf und machte die Linien weicher.

Die Stille und Dunkelheit war schon damals für mich eine Oase der Ruhe. Der einzige Nachteil war hin und wieder eine zu kurze Nacht. Und selbst damit hätte ich kein Problem, wenn ich neuerdings nicht jede Nacht mit dem Gedanken aufwachte, ich hätte etwas vergessen. Etwas Wichtiges, das mein Herz zum Rasen brachte.

Die Nacht war schön. Ich parkte den Wagen, stieg aus und ging auf die andere Straßenseite. Ich spürte, wie mir die Kälte in die Lungen drang, als ich in die Lichtkuppel hinaufstarrte, die

die Sterne verbarg. Reif schwebte in einem ätherischen Ring um die Straßenlaterne und wartete darauf, sich niederzuschlagen. Ich spürte, wie er durch den dünnen Stoff meiner Hose hindurch die Schienbeine erreichte. Eine Weile blickte ich über den Medway River auf die ehemalige Fabrik meines Vaters. Ein Frachter näherte sich mit leichtem Geräusch. Die Vorderdeckbeleuchtung warf ihr Licht kurz auf das Ufer und spiegelte sich dann in den Wellen. Das Schiff glitt vorbei, nur die Wellen des Kielwassers blieben zurück, bis sie mit dem dunklen Wasser verschmolzen.

Plötzlich hatte ich nicht mehr das Gefühl, allein zu sein. Wurde ich beobachtet? Ich wusste nicht, woher der Gedanke plötzlich kam. Wer sollte mich beobachten, und warum?

Ich blickte über die Straße zum Kings Crown. Vor dem Pub voller Wärme, Lärm und Fusel, stand eine kleine Gestalt, die ich vorher nicht bemerkt hatte.

Ich stieg wieder in meinen Wagen. Mir fehlte in diesem Moment ein Bier wie eine Geliebte, mit einem Sehnen in der Brust und einem trockenen Kloß im Hals. Dennoch würde ich nicht hineingehen. Oder an irgendeinem anderen Abend. Es war ein Spiel, das ich gerne mit mir selbst spielte. Vorbeifahren, langsamer werden, hinüberspähen. Nicht anhalten. Sich beherrschen, wenn ein Bedürfnis vorlag. Ich schloss einen Moment die Augen ...

Ich halte dennoch neben der kleinen Gestalt an und lasse das Fahrerfenster herunter. In dem weißen Licht glaube ich, eine Gänsehaut zu erkennen, die die dünnen Arme des Jungen überzieht. Er ist nicht für eine kalte Nacht angezogen: ein dünnes T-Shirt, Jeans und Sneakers. Sein Gesicht hat etwas Verkniffenes, Unterernährtes, die Wangenknochen treten scharf hervor und lassen seine Augen riesengroß wirken.

Der Junge wirft mir einen raschen Blick zu und zuckt mit seiner knochigen Schulter. „Ich ... ich warte auf einen Zug", sagt er.

Ich gebe ein humorloses Grunzen von mir. „Da hast du aber Pech, Junge. Seit zehn Jahren fahren hier keine Züge mehr entlang."

Der Junge nickt bedächtig zu den Gleisen hinunter; sein strähniges dunkles Haar verhüllt alles außer seiner Stirn und der roten Nasenspitze. Er furcht die Stirn und wischt sich die Nase mit dem Handrücken ab.

Erst jetzt sehe ich seine Tränen.

Weinen ist nicht mein Ding, daher entscheide ich mich gegen ein tröstendes Wort oder ein Rückentätscheln, durch das sich vielleicht irgendwelche emotionalen Schleusen hätten öffnen können.

Der Junge steht einfach nur da und schluchzt leise vor sich hin.

„Komm, steig in den Wagen, ich fahre dich nach Hause."

Der Junge beäugt mich argwöhnisch, als könnte ich plötzlich aussteigen, nach ihm greifen, ihn packen und auf die Gleise werfen. Doch er stößt nur einen langen zitternden Seufzer aus und nickt leicht. „Okay", sagt er, geht um den Wagen und steigt ein.

Ich bin völlig verblüfft. Das war einfach. Zu einfach.

„W-wie spät ist es jetzt?", fragt der Junge, ohne den Kopf zu heben.

„Eine Stunde nach Mitternacht."

„Oh, dann schläft der Puppenmann", sagt er und zieht eine kleine Holzpuppe aus der Hosentasche. „Wir werden dich im Auge behalten, Mini", wimmert er.

Ich erstarrte, öffnete die Augen und blickte zur Seite. Der Beifahrersitz war leer. Was war das? Ein seltsamer Traum? Verdammt, was hatte es nur mit dem Jungen auf sich? Warum träumte ich von dem Kind?

Plötzlich kam mir die Gegend unsicher vor. Kalter Schauder lief mir über den Rücken. Rasch trat ich aufs Gaspedal und schaute in den Rückspiegel. Nichts. Nur die Augen der Nacht ...

Am nächsten Tag wachte ich schweißgebadet auf der Couch in der Villa auf. Neben mir lag eine geschnitzte Holzpuppe.

VERHALTENER ZORN

Canterbury - 2018

Die Zwillinge lehnten lässig an der Werkstatttür, eine mit der linken Schulter, die andere mit der rechten, so dass sich ihre Körper perfekt spiegelten. Ihre Haare hatten den gleichen Glanz, der einzige Unterschied war die Farbe der beiden Sommerkleider. Ich kannte die beiden nun schon seit dreiundzwanzig Jahren, aber sie schafften es immer wieder, mich mit ihrem charmanten Auftreten zu überraschen. Der Kritiker der New York Times hatte Recht: Julia und damit auch Miranda sahen einfach hinreißend aus.

Sie sagten kein Wort, nicht einmal als ich sie begrüßte. Irritiert schritt ich an den Zwillingen vorbei und schloss die Werkstatttür auf. Während ich mich mit dem Vorhängeschloss beschäftigte, begriff ich plötzlich, dass ich gerade Julia und Miranda und nicht Julia und Venise begrüßt hatte. Mit einem Ruck drehte ich mich um. Die Zwillinge sahen mich herausfordernd an.

„Was soll das?", zischte ich. Mein Blick schweifte über die Umgebung, ich wollte sicherstellen, dass niemand die beiden vor dem Eingang der Werkstatt gesehen hatte, dann zog ich Miranda grob ins Gebäude.

„Wo ist die Perücke, wo ist die Brille?" Wütend drückte ich fest ihr Handgelenk. „Wo ist Venise?"

Miranda riss sich los. „Wir müssen reden."

Julia stellte sich neben sie und legte einen Arm um die Schulter ihrer Schwester. „Es ist wichtig, Victor. Es geht um Will, unseren jüngeren Bruder."

Bleiernes Schweigen.

„Er ist krank", fuhr Julia fort, „Unser kleiner Bruder ist krank."

Ich nahm mir nicht die Zeit, ihre Worte abzuwägen; meine Verärgerung lähmte mein Denken. Wie konnten die beiden diese unverantwortliche Entscheidung treffen und als Zwillinge zur Werkstatt kommen? Damit setzten sie alles aufs Spiel, was wir uns aufgebaut hatten, und das wussten sie doch auch.

Ich machte eine abweisende Geste. „Man ist nur krank, wenn man nie wieder gesund wird. Und seit wann bedeutet die Krankheit des einen, dass der andere das Ergebnis von zehn Jahren harter Arbeit in den Abfluss werfen darf? Wenn dich jemand hier vor der Werkstatt gesehen hat, dann…"

„Will ist ernsthaft krank, Victor", wiederholte Julia. „Er hat noch eine Lebenserwartung von zwei Monaten. Man kann kaum kränker sein!"

Ein anderer, jämmerlicher Tod ging mir durch den Kopf. Ich sah meine Eltern Seite an Seite in ihrem Auto, sie wussten nicht, was sie erwartete.

Mein einziger Kommentar war ein „Ja…?"

Julia betrachtete es als Zeichen, mir die Geschichte ihres Bruders zu erzählen. Ich hörte nur halb zu und steckte die Hände in die Hosentaschen, weil ich plötzlich nicht mehr wusste, wie ich mich verhalten sollte.

Wie hatten meine Eltern wohl ausgesehen, nachdem der Ast auf ihr Auto gefallen war? Waren sie durch den Schlag zusammengequetscht worden oder war der Ast wie eine Axt zwischen ihnen heruntergesaust?

„Als ich gestern Abend bei meinen Eltern war, kam mein Bruder auf mich zu. Mir fiel sofort auf, dass etwas nicht stimmte. Der Blick in seinen Augen war so trüb." Julia starrte auf den Boden. „Als wir nach Las Vegas aufbrachen, war alles mit ihm in Ordnung. Er fühlte sich gut und hatte keine Beschwerden. Doch vor vierzehn Tagen hatte er plötzlich Schmerzen im Rücken, und weil sie nicht nachließen, gingen meine Eltern mit ihm zum Arzt. Innerhalb einer Woche wurde ihm mitgeteilt, dass sie nichts mehr für ihn tun können." Julia weint. „Ich konnte es einfach nicht glauben. Sie haben einen Jungen aufgegeben, der äußerlich völlig gesund wirkt. Den Ärzten zufolge wucherte der Tumor schon seit einiger Zeit in seinem Körper. Will hat nicht bemerkt, dass sich der Krebs in seinem Körper ausbreitete."

„Plötzlich habe ich mich daran erinnert, wie relativ alles ist", sagte Miranda leise. „Unser Erfolg ist uns nicht wirklich wichtig. Ich versuche, mir anhand von Julias Beschreibungen vorzustellen, wie er gestern Abend ausgesehen haben muss, aber ich habe stets das Gesicht meines Vaters vor mir. Sie sehen sich nicht einmal ähnlich."

Ich schaute Miranda in die Augen und sah eine noch nie dagewesene Traurigkeit, die mich seltsamerweise den Drang verspüren ließ, die Werkstatt wortlos zu verlassen, nach Hause zu gehen und mich ins Bett zu legen.

„Er will Miranda noch einmal sehen", sagte Julia plötzlich. Ich war sofort wieder auf der Hut. „Er hat mich gebeten, nach Australien zu reisen, um unsere Schwester zu suchen, bevor er..." Julia sah mich erwartungsvoll an. „Was soll ich ihm sagen? Was sagt man zu jemandem, der einen unmöglichen letzten Wunsch hat?"

„Vielleicht Letzteres", antwortete ich schroff. Der Tod war eine schreckliche Sache, ich hatte ihn selbst erlebt, aber musste der Tod von jemandem, den ich kaum kannte, wirklich mein Leben bestimmen?

Julias linke Augenbraue schoss nach oben. Sie schüttelte verärgert den Kopf.

„Ich habe nachgedacht. Und wenn ich nächste Woche mit meinem Bruder nach Canterbury fahre, in Mirandas Wohnung? Ausnahmsweise. Er wird mit niemandem darüber sprechen, dass Miranda nicht wirklich verschwunden ist, nicht einmal mit meinen Eltern. Davon bin ich überzeugt. Wir riskieren damit nichts."

„Das Geheimnis existiert durch die Gnade der Geheimhaltung. Grundregel Nummer eins. Wir dürfen nicht so töricht sein, zu glauben, dass jeder mit der Last der Geheimhaltung umgehen kann."

„Die Last?"

Ich spürte ihren verhaltenen Zorn. Sie presste einen Moment lang die Zähne zusammen. „Zu wissen, dass man sterben wird, scheint mir eine Last zu sein, und sicher nicht die Wahrung eines Geheimnisses!"

„Es ist unmöglich, was du da verlangst."

„Als deine Eltern starben, haben wir dich unterstützt. Wir haben uns darauf geeinigt, dass Auftritte abgesagt wurden, dass alles für mehr als eine Woche stillgelegt wurde. Das war vor weniger als drei Monaten. Aber jetzt, wo wir deine Unterstützung brauchen, gibst du nicht nach."

„Ich bin dazu bereit, aber nicht so, wie ihr es von mir verlangt. Wenn etwas schief geht, sind unsere Karrieren ruiniert."

Julia drehte sich um und Miranda nickte ihr aufmunternd zu. „Dann werden wir die Rollen tauschen", sagte Julia.

Ich verstand sofort, was sie meinte. „Ausgeschlossen! Es muss nur eine Person geben, die die kleinen Unterschiede erkennt, und schon ist es geschehen. Wir alle kannten die Risiken, die wir eingegangen sind, als wir unseren Vertrag geschlossen haben. Wir dürfen uns durch einen Vorfall nicht aus dem Gleichgewicht bringen lassen."

„Vorfall?", wiederholte Miranda entsetzt.

„Wenn wir tauschen", fuhr Julia fort, „wird es niemanden auffallen, dass es Miranda ist, die Will ab und zu besucht. Mein Bruder wird nichts davon erfahren, verdammt noch mal!"

Als ich nicht reagierte, kam Julia auf mich zu. Die Härte verschwand aus ihrem Gesicht. Sie legte ihre Hand um meine Schulter, drückte mich sanft und legte ihre Lippen an mein rechtes Ohr. „Dann tu es für Miranda", flüsterte sie. „Gewähre ihr die Möglichkeit, Will ein letztes Mal zu sehen." Einige Augenblicke lang sahen wir uns direkt in die Augen.

Ich schüttelte entschlossen den Kopf. „Es spielt keine Rolle, was du sagst. Jedes Risiko muss vermieden werden, das sind wir uns nach all den Jahren gegenseitig schuldig."

Julia schenkte mir ein zynisches Lächeln. „Das ist genau das Argument, mit dem Miranda mich davon überzeugt hat, dass wir dir unsere Bitte unterbreiten können."

„Es muss jemanden geben, der dafür sorgt, dass diese Art von Gefühlen uns nicht in den Weg gestellt werden."

„Diese Art von Gefühlen? Du empathieloses Arschloch!", wiederholte Miranda. Sie drehte sich um und verließ die Werkstatt.

Julia folgte ihr, doch an der Tür drehte sie sich um. „Ich will ehrlich zu dir sein, Victor Adams", sagte sie mit eintöniger Stimme, um den Groll gegen mich zum Ausdruck zu bringen. „Es ist mir eigentlich egal, was du über den Rollentausch denkst. Es wird geschehen, ob es dir nun gefällt oder nicht." Sie hob ihren Zeigefinger, als hätte sie ein Miniaturschwert gezogen – eine gleichmütige, verächtliche Geste, eine leidenschaftslose Verachtung.

Eine Woche lang hörte ich nichts von den Zwillingen und vermied es auch, sie zu kontaktieren. Es schien besser, den beiden ein paar Tage Zeit zu geben, um die Enttäuschung und den drohenden Verlust ihres unheilbar kranken Bruders zu verkraften.

Ich hatte am eigenen Leib erfahren, wie der Tod – ob nun angekündigt oder unerwartet – den Alltag lähmen konnte, wenn man sich nicht mit der Tatsache versöhnte, dass die Verbindung mit geliebten Menschen stets vorübergehend war.

Jeden Morgen redete ich mir ein, dass ich in die Werkstatt musste, um Tricks zu üben, die ich auch alleine machen konnte, aber sobald ich aus der Tür war und durch die überfüllten Straßen zum Industriegebiet fuhr, wollte ich nur noch nach Hause und mich in die Wärme meines Bettes verkriechen. Ich riss mich jeden Morgen zusammen und fuhr weiter.

Ich füllte meine Vormittage mit Kartentricks, ließ Gehstöcke erscheinen und verschwinden und andere Gegenstände schweben. Aber all diese Aktionen erschienen mir plötzlich sinnlos, jetzt, wo ich sie ohne die Zwillinge übte; wem wollte ich hier in der Werkstatt weismachen, dass ich tatsächlich Geld hervorzaubern oder die Schwerkraft überwinden konnte?

In der Regel verließ ich die Werkstatt gegen Mittag mit einem unguten Gefühl, das durch die Leere der darauffolgenden Stunden noch verstärkt wurde. Ich hatte keine Ahnung, wie ich die Nachmittage füllen sollte. Es gab keine Pressetermine und keine Auftritte, weil wir gerade in diesen Wochen Zeit gefunden hatten, um an einer neuen Show zu arbeiten.

Die meisten Nachmittage verbrachte ich auf dem Sofa in meinem Wohnzimmer. Manchmal sah ich mir Soaps an, aber immer häufiger waren es die Telefonspiele, die mich faszinierten. Ein dunkelhaariger Moderator, groß, charismatisch, werbewirksam, vielleicht sogar ein wenig verführerisch, sagte: „Rufen Sie mich an! Rufen Sie mich jetzt an und ich garantiere Ihnen, dass sich Ihr Leben völlig verändern wird." Je länger ich ihn ansah, desto mehr hatte ich das Gefühl, dass er nur mit mir sprach. Einmal griff ich sogar zum Telefon, aber nachdem ich die Nummer gewählt hatte, legte ich auf.

Ich fuhr ich zu meinem Elternhaus, das seit drei Monaten leer stand. Mrs. Stewart, die achtundsiebzigjährige Nachbarin, winkte mir hinter dem Fenster zu, als ich mein Auto vor dem Haus parkte, und als ich den Gartenweg zum Haus hinunterging, trat sie heraus. Ihr Gesicht strahlte.

„Wie schön, dich wiederzusehen, Victor", sagte sie und streckte mir ihre Hand über die Hecke hinweg entgegen. Ich musste ein paar Schritte durch das hohe Gras machen, um ihre faltigen Finger zu ergreifen. Sie legte ihre andere Hand auf die meine. Es fühlte sich kalt an.

„Der große Magier ist also wieder im Lande?" Ihr Lächeln ließ die Falten um ihre Augen und ihren Mund noch deutlicher hervortreten. Ich hatte Mrs. Stewart anders in Erinnerung. Damals waren die Konturen ihrer Schönheit noch deutlich in ihrem Gesicht zu erkennen. Wann hatte ich sie das letzte Mal gesehen? Sie das letzte Mal mit Interesse angeschaut?

„Ja, seit einiger Zeit, Mrs. Stewart", antwortete ich.

„Wollen wir nicht zusammen eine Tasse Tee trinken. Ich habe deine Eltern sehr gemocht. Deine Mutter und ich waren sogar sehr eng befreundet."

Vielleicht wusste Mrs. Stewart etwas über das Haus mit den Treppen.

„Gerne."

Mrs. Stewart hatte einen Schrank voller Fotoalben. „Schau mal, Victor. Ich habe eure Familienfotos für dich zusammengestellt. Deine Mutter hat mir immer wieder ältere Fotos vorbeigebracht, die ich dann in der Firma bearbeitet habe. Sie dachte, dass es eine schöne Erinnerung für dich sei."

„Sind das alles Familienfotos?"

„Ja. Familie, Reisen. Deine Mutter liebte die Fotografie. Das war schon immer so."

„Wir hatten kaum Fotos zu Hause", sagte ich. „Ich habe nur einen Schuhkarton voll mit Urlaubsfotos. Keine Baby- oder Kindheitsfotos."

Ich hatte sie genau an diesem Wochenende gesucht. Die einzigen Fotos, die ich von mir kannte, waren Schulfotos. Erst als Noah in unser Leben trat, wurden mehr Fotos gemacht und in Alben eingefügt.

„Du warst so ein wunderbarer kleiner Junge", schwärmte sie. Mrs. Stewart machte es mir sehr leicht, über meine Kindheit zu sprechen.

„Haben wir außer Noah noch Familie in Rochester?", wollte ich wissen.

„Nicht, dass ich wüsste. Abgesehen von deinen Eltern und deinem Onkel, der noch heute hier lebt, glaube ich nicht. Wir haben ihn immer hinter seinem Rücken mit seinem Waliser Akzent gehänselt."

Ich lächelte. „Ich kann mich kaum an meine frühe Kindheit erinnern", sagte ich. „Eigentlich erinnere ich mich nur an Dinge ab dem Alter von sechs, sieben Jahren oder so, damals als ich lesen und schreiben lernte."

„Vielleicht habe ich noch etwas für dich." Sie nahm ein Fotobuch in die Hand und blätterte es durch. „Schau mal, hier, eine Familienfeier." Sie zeigte auf meine Mutter, die meine Hand hielt. „Sie war schon immer in dich vernarrt. Damals warst du vier Jahre alt."

Meine Mutter erkannte ich sofort. Mein Vater stand hinter ihr, ein hagerer Mann mit schwarzen Haaren und dunklen Augen.

Ja, dachte ich. Ich sah diese Augen jeden Morgen im Badezimmerspiegel, diese Augenbrauen. Mein Mund war ein wenig breiter, mehr wie der meiner Mutter.

„Ich habe nur wenige Bilder von meinem Vater."

„Das Foto gehört dir." Mrs. Stewart suchte weiter und fand weitere Kinderfotos von mir mit meinen Eltern und einigen mit Noah, der stets die Hand auf meine Schulter gelegt hatte, als wäre ich sein Eigentum.

Auf dem Foto blickte mir ein schüchterner Junge mit braunen Augen und schwarzen Locken entgegen.

Mrs. Stewart nahm das Foto in die Hand.

„Ihr seht euch definitiv ähnlich. Diese braunen Augen, die dunklen Locken und die gleiche Nase", fuhr sie fort, „ich glaube aber nicht, dass ich jemals Babyfotos von dir gesehen habe. Du warst schon größer, als wir hierherzogen."

Plötzlich wurde ihr Blick sehr sanft. „Man sieht, dass sie einander sehr gern hatten", sagte Mrs. Stewart, „und dich."

Du meine Güte. „Davon gehe ich aus, dass meine Eltern sich geliebt haben, Mrs. Stewart", sagte ich.

Sie warf mir einen seltsamen Blick zu. „Ja, Victor. Sie haben sich gemocht und respektiert." Dann nahm sie meine Hand. „Es ist keine leichte Zeit für dich." Sie schloss ihre Hand etwas fester um meine.

„Wie meinen Sie das, Mrs. Stewart?"

„Der Tod deiner Eltern!"

Ich zuckte mit den Schultern. „Ich gewöhne mich langsam daran."

„So lange ist es doch noch gar nicht her."

„Drei Monate", antwortete ich. „Wenn ich in meinem Leben etwas gelernt habe, dann ist es, dass der Tod das Leben nicht übernehmen darf. Sonst stirbt man, bevor der Tod sein Werk zu Ende bringt. Trauern ist nichts für mich, Mrs. Stewart."

„Drei Monate", wiederholt sie murmelnd und starrt mich an. Sie schien in ihren Gedanken versunken nach den vergangenen Tagen zu suchen, als hätte sie Teile davon verloren.

„Es muss seltsam für dich sein, so ohne Eltern. Du hast keine Geschwister, mit denen du deine Trauer teilen kannst. Es war ein tragisches Schicksal. Stell dir einen solchen Ast vor, der dich erschlägt." Mr. Stewart seufzte tief. „Drei Monate sind nicht lang."

Ich schaute auf ihre Hände, die meine immer noch umklammerten. Die Hand, die sie auf meine gelegt hatte, wurde von Sekunde zu Sekunde kälter, und die vielen Falten ließ sie aussehen, als trüge sie zu große Einweghandschuhe.

„Ich muss gehen, Mrs. Stewart", sagte ich abrupt und entzog meine Hand ihrem Griff.

„Du bist aber doch gerade erst gekommen und deinen Tee hast du auch nicht getrunken", sagte sie irritiert, „möchtest du das Album mitnehmen? Vielleicht möchtest du ein anderes Mal reden?"

„Nein, danke. Ich muss gehen", wiederholte ich, während ich zur Haustür ging.

Plötzlich hielt ich inne. „Kennen Sie das Haus mit den Treppen, Mrs. Stewart?"

„Sicher. Deine Mutter hat mir davon erzählt. Du wurdest 1984 in dem Haus an den Gleisen geboren."

Ich floh durch das kniehohe Gras zu meinem Auto. „Ich komme bald wieder, Mrs. Stewart. Der Rasen muss gemäht und das Haus ausgeräumt werden, bevor es verkauft wird." Ich stieg ein, wendete das Auto und fuhr los.

Wieder warf ich einen Blick zur Seite. Mrs. Stewart hob die Hand und winkte jemanden zu, der nicht wirklich da war, der auf der Suche nach seiner Kindheit und dem Geheimnis dahinter war.

„Du bist keine große Sache, Mini."

Vielleicht hatte Noah noch die Fotoalben von früher. Vielleicht enthielten sie Bilder des Jungen, von dem ich träumte. Ein kleiner Kerl mit einem Ball, oder auf einer Rutsche oder einer Schaukel.

Ein Puzzleteil, das ich dem Rätsel meiner Kindheit hinzufügen konnte.

Ich konnte sehen, dass Julia zuhause war, obwohl die Dämmerung bereits den Tag ablöste. Das Licht in ihrer Wohnung im Obergeschoss des Hauses änderte ständig Farbe und Intensität, und knapp über der Fensterbank konnte ich sie sehen. Ich überquerte die Straße und klingelte an ihrer Haustür. Sie ließ sich Zeit. Erst nachdem ich zum dritten Mal geklingelt hatte, öffnete sie die Tür.

Julia sah sogar im Jogging-Outfit fantastisch aus und als sie vor mir die Treppe zu ihrer Wohnung im Obergeschoss hinaufging, betrachtete ich ihren wohlgeformten Hintern und fragte mich, warum ich nie in Versuchung gekommen war, sie zu berühren.

„Kümmere dich nicht um die Unordnung", sagte Julia, als wir oben ankamen. „Ich habe mir gerade etwas zu essen gemacht."

Ich blickte auf den Couchtisch, auf dem ein Teller mit Essensresten stand.

Julia schaltete den Fernseher aus und nahm schnell den Teller vom Tisch. Ich schaute erstaunt über die Krümel, die förmlich danach schrien, aufgefegt zu werden. Julia schien den Schrei aber nicht zu hören. Sie ging auf die Küchenzeile zu, drehte sich aber auf halbem Weg zu mir um. „Was willst du hier?"

Ich zeigte auf die mitgebrachte Tüte. „Ich habe ein Geschenk für dich. Ich wollte es dir so schnell wie möglich vorbeibringen."

Sie neigte ihren Kopf, um den Text auf der Tüte zu lesen. „Eine Wiedergutmachung?"

„Ich hätte nicht so schroff sein sollen", antwortete ich und stellte die Tüte auf den Couchtisch.

Julia setzte sich aufs Sofa und nahm die Schachtel aus der Plastiktüte.

„Hast du dir die Hand verletzt?"

Überrascht schaute ich auf meine Hände. Auf dem linken Handrücken hatte ich einen roten Fleck neben den feinen Narben, den ich mit der rechten Hand rieb.

„Nein. Ich weiß nicht, was es ist. Vielleicht eine Art Ekzem"

„Da hilft nur eincremen. Oh … Eine Videokamera?"

Ich nahm das Gerät aus der Verpackung. „Wenn du zu Will gehst und ihn filmst, kannst du Miranda später das Video zeigen." Ich hielt die Kamera an mein Auge und tat so, als würde ich Julia filmen. Sie lächelte unbehaglich, nahm mir die Kamera aus der Hand und betrachtete sie von allen Seiten.

„Heute Nachmittag dachte ich, dass es für Miranda schwer sein muss, sich nicht von ihrem Bruder verabschieden zu können", fuhr ich fort. „Aber mit der Videokamera wird sie noch einen letzten Blick auf ihren Bruder werfen können."

Julia blickte von der Kamera auf und sah mich mit zusammengepresstem Mund an. Plötzlich fühlte ich mich bei ihrem Blick unwohl, als ob sie etwas sehen könnte, was ich nicht sah. Ich ging zum Fenster. Auf der anderen Seite der Straße gingen zwei Männer Arm in Arm über den Bürgersteig, ein älterer Mann führte einen Golden Retriever aus, ein Junge eilte mit dem Fahrrad vorbei.

„Du könntest deinem Bruder vielleicht sagen, dass du versucht hast, Miranda über die Botschaft aufzuspüren, dass der Versuch aber gescheitert ist und dass du jetzt eine Videobotschaft für den Tag aufnehmen möchtest, an dem Miranda zurückkehren wird."

Ich wartete vergeblich auf eine Reaktion von Julia. „Weißt du, was ich zurückstellen musste, um weltberühmt zu werden? Ich möchte das nicht in die Waagschale legen, erwarte aber das gleiche Engagement von euch. Letztendlich haben wir auch eine Geschäftsvereinbarung. Ich bin euer Vorgesetzter und ihr beide seid meine Mitarbeiterinnen. Wir haben einen Vertrag geschlossen. Das mag ein wenig hart und grob klingen, aber hier geht es nur ums Geschäft."

„Das klingt nicht gerade geschäftsmäßig, eher wie eine Drohung."

Ich drehte mich zu ihr um und setzte mich auf die Fensterbank. „Das ist keine Drohung. Es geht ums Geschäft!"

Sie zuckte lässig mit den Schultern. „Was soll's. Das ist offenbar ein Teil deiner Unfähigkeit, menschlich zu empfinden. Ich frage mich, woher das kommt. Du stellst dich über die Norm, außerhalb des realen Lebens. Du vermeidest Kontakte, die nicht zu deinem Beruf gehören, und lässt dich im Alltag immer von deiner Karriere leiten. Du bist eine soziale Null. Oder nein, eigentlich bist du das nicht, aber du verhältst dich wie eine soziale Null. Ein absoluter Misfits!"

Ich reagierte nicht, sondern stellte mich wieder vors Fenster.

„Sieh dich doch mal an!", hörte ich sie sagen. Ich tat, was sie verlangte, und starrte mich im Fenster an. Ich war dunkelhaarig, groß, stark, charismatisch, ein Mann, der seine Arbeit mit Überzeugung machte.

„Das Leben ist keine Illusion, Victor. Du kannst die Wahrheit nicht manipulieren, du kannst nur den Eindruck einer Manipulation erwecken. Auf der Bühne reicht das aus, aber nicht hier in der realen Welt. Es geht nicht darum, ob die Menschen dir glauben. Die Menschen, die dich lieben, wollen deine Gegenwart erleben und sich verbunden fühlen."

„Du tust so, als wäre ich ein Freak."

Julia klatschte erfreut in die Hände. „Ich hätte mir kein besseres Wort ausdenken können. Du bist wirklich ein asozialer Idiot, Victor. Du zeigst keine Empathie. Du nimmst keinen Kontakt zu den Menschen auf, du duldest sie nur um dich herum in der Hoffnung, dass sie dir eines Tages von Nutzen sein werden. Du hast Miranda und mich gerade als Mitarbeiter bezeichnet, was genau zeigt, was ich dir zu sagen versuche. Seit mehr als zehn Jahren arbeiten wir zusammen, haben in denselben Hotels geschlafen, sind um die Welt gereist, waren auf Premieren, Partys, und du nennst uns immer noch meine Mitarbeiterinnen." Julia hielt inne und dachte einen Moment lang nach. „Ich wette, du kennst nicht einmal die Namen der fünfzehn Tänzerinnen und Tänzer unserer letzten Show." Sie sah mich trotzig an, hielt ihren rechten Daumen hoch. „Na dann los. Ich nenne dir die erste Tänzerin: Denia. Jetzt du, Nummer zwei." Sie zeigte nun auf ihren rechten Zeigefinger.

Ich starrte schweigend auf die erhobenen Finger.

„Genau", sagte Julia nach einer halben Minute, woraufhin sie alle Namen der Tänzer in einem Atemzug nannte. „Du kennst weder ihre Namen noch weißt du etwas über sie. Du nimmst keinen Kontakt zu den Menschen auf, wenn Sie mit dir sprechen, sondern du überprüfst ihre Aussagen auf ihre Nützlichkeit. Und in diesem Sinne bist du ein Freak. Du lebst von innen nach außen. Alles, was nach außen gerichtet sein sollte, ist bei dir nach innen gerichtet und umgekehrt."

Ich betrachtete wieder mein Spiegelbild. Ich sah einen Mann neben einer Frau, die offensichtlich zusammengehörten und sagte: „Ich erkenne mich darin überhaupt nicht wieder."

„Ich weiß, Victor. Vielleicht ist das das eigentliche Problem."

Julia kam und stellte sich direkt hinter mich, so wie sie es Jahre zuvor getan hatte, als ich versuchte, die alte Werkstatt meines Vaters abzuschließen, aber dieses Mal spürte ich nicht, wie ihre Nähe meine Wirbelsäule hinaufkletterte. Ich spürte ein Schaudern und dachte an meine seltsamen Träume.

„Miranda und ich haben heute Nachmittag das Problem mit unserem kleinen Bruder besprochen. Wir haben entschieden, dass wir dir zustimmen. Wir dürfen im Leben keine Risiken eingehen, die alles kaputt machen könnten."

„Entschieden? Kannst du überhaupt jemandem zustimmen?"

„Unser Bruder wird sterben, aber unser Leben geht weiter. Wir müssen aufpassen, dass wir keine Entscheidung treffen, die uns benachteiligt. Wir sind am Montag wieder dabei."

Was sollte ich darauf antworten? Ich starrte nur auf mein Spiegelbild, das direkt vor mir in dem Raum hinter mir schwebte und so durchsichtig war, dass die Fassaden der gegenüberliegenden Häuser durchschimmerten.

In der Nacht träumte ich von Tim.

„Du bist derzeit nicht in der Lage, eine Beziehung einzugehen, Victor" flüsterte er. *„Solange du nicht wirklich weißt, wer du bist und woher du kommst, kann ich dir nicht geben, was du brauchst."*

„Woher weißt du, was ich brauche, Tim?"

„Glaub mir, ich weiß es, aber du hast keine Ahnung, wer du bist", antwortet Tim und berührt mein Gesicht. *„Vielleicht später, in diesem Herbst, wenn du authentischer bist, wenn du wie Victor statt Horus empfindest, wenn dein Hausarzt dir ein Attest der Zurechnungsfähigkeit ausgestellt hat, dann werde ich mich dir nähern."*

Tims Augen sprühen Funken.

Ich nicke. „Nicht mehr als das, Tim."

Dann höre ich wieder die Stimme: „Er ist froh, dich los zu sein, Mini."

Plötzlich spiele ich wieder an den Gleisen. Der stürmische Wind zieht meinen Drachen und bläst meine Holzpuppen durch die Luft, bis sie in den Wolken verschwinden. Mit letzter Kraft halte ich die Spule mit beiden Händen. Ich darf den Drachen nicht loslassen ….

KEINE LINIEN

Canterbury - Oktober 2020

Müde von den vergangenen achtundvierzig Stunden und genervt von dem Interview für die BBC schlenderte ich zurück zu meinem Haus. Kurz bevor ich die Tür öffnen wollte, fiel mir wieder der Jogger vor dem Tor auf.

Ich musste jetzt mit ihm sprechen, bevor er sich wieder in Luft auflöste. Langsam ging ich auf ihn zu. Was sollte ich sagen?

„Kann ich Ihnen helfen?", waren die einzigen Worte, die mir in den Sinn kamen, als ich vor ihm stand.

„Diese Frage sollte ich besser Ihnen stellen." Die Stimme des Mannes passte nicht zu seiner kräftigen Erscheinung. Sie klang weich und freundlich.

„Wie bitte?"

Er zeigte auf die Villa. „Ich komme seit ein paar Jahren regelmäßig an dem Haus vorbei, aber ich sehe Sie fast nie. Ich benutze immer Ihr Tor, wenn ich meine Wadenmuskeln dehne."

„Möchten Sie ein Autogramm?"

Der Mann lächelte, wodurch seine ganze Präsenz noch lebendiger wurde. Seine hellblauen Augen sprühten Funken. Was würde er in mir sehen? Ich streckte meinen Rücken so unauffällig wie möglich, schob meine Brust vor, fuhr mir lässig mit der Hand durchs Haar und wusste plötzlich nicht mehr, wohin mit meinen Händen. Ich ließ sie an meinem Körper baumeln, faltete sie auf dem Rücken und steckte sie schließlich in meine Hosentaschen.

„Ich möchte Ihnen seit Ewigkeiten etwas sagen. Als die früheren Eigentümer noch hier wohnten, habe ich mich all die Jahre um die Instandhaltung des Anwesens gekümmert."

Um seine Augen herum erschienen Lachfältchen, seine Augen wirkten jetzt noch sanfter.

„Ich arbeite in einer Gärtnerei am Stadtrand." Er nickte in Richtung Canterbury. „Damals hat man mich speziell für die Arbeit auf Ihrem Grundstück eingestellt, aber seit Sie das Grundstück übernommen haben, arbeite ich in der Gärtnerei und verkaufe Pflanzen und Blumen. Es ist ein schöner Job, aber um ehrlich zu sein, vermisse ich die Arbeit hier draußen auf dem Landgut. Deshalb mache ich hier immer eine Pause, wenn ich jogge. Ich wollte Ihnen schon längst sagen, wie schade ich es finde, dass Sie dieses wunderschöne Grundstück so vernachlässigen."

Der Mann schob die Kapuze von seinem Kopf. Ich fragte mich, wie alt er wohl sein mochte? Vierzig, fünfundvierzig Jahre? Ich ließ meinen Blick kurz über seine Schultern und seine breite Brust gleiten, aber ich wagte es nicht, ihn näher anzusehen.

Mich machte seine Offenheit ein wenig betroffen. Erstaunlicherweise reagierte ich aber nicht verärgert, wie sonst, wenn ich kritisiert wurde. „Ein Junge aus Canterbury mäht regelmäßig den Rasen."

„Das Mähen ist nicht das Wichtigste. Der Rasen muss mit Dünger und Kalk gepflegt und die Bäume, Hecken und Sträucher sollten zurückgeschnitten werden. Sie haben bereits ihre Form verloren."

Der Jogger zeigte auf die Baumreihe entlang des Weges, der zum Theater führte. „Wenn Sie diese Bäume nicht beschneiden lassen, kann bei einem Herbststurm ein Ast abreißen. Das ist gefährlich, es macht einen Baum auch nicht schöner, wenn ein ganzer Ast fehlt. Ich würde das alles gerne in die Hand nehmen und dem Garten wieder seine ursprüngliche Schönheit zurückgeben."

Ich starrte in seine Augen, die mit einem Mal grünlich schimmerten.

„Wenn Sie jemanden für die Instandhaltung einstellen möchten, dann denken Sie bitte an mich. Sie wissen, wo das Gartencenter ist?"

Ich nickte und lächelte den Mann zum ersten Mal an. Ich wusste nicht, was ich sagen sollte. Er zwinkerte mir zu und drehte sich um.

„Moment noch. Nach wem soll ich fragen?"

„Ich bin Tim."

„Tim", wiederholte ich leise. „Und weiter?"

Er überlegte einen Moment. „Das wird sich zeigen."

Tim legte sanft einen Arm um meine Schulter. Es war viel zu lange her, dass mich jemand auf diese Weise berührt hatte. Ich wollte seine warme Haut ganz nah an mir spüren. Seine Schenkel gegen meine, spüren, wie seine Finger mein Hemd aufknöpften, und keinen Einspruch erheben. Haut, mehr Haut, und Tims Hand, die mich unter meinem T-Shirt streichelte. Ich wollte seine sonnengewärmte Sanftheit.

Warum hatte ich eine Sekunde lang die Augen geschlossen? Ich wollte ihn doch ansehen, wollte wissen, dass Tim schon immer mein Mann war, der sonnige, glückliche Tim, der zu mir nach Hause kam.

Seine Augen lächelten in meine, er grinste gegen meinen Mund. Tim ließ keinen Zweifel daran, dass er mich wollte, doch mit einem Mal senkte er seine Hand. Ich wollte protestieren, tat es aber nicht, sondern ließ ihn gehen.

Tim zwinkerte mir noch einmal zu und joggte weiter.

Ich beobachtete ihn, bis er aus meinem Blickfeld verschwand und fragte mich, ob das gerade real gewesen oder meiner Einbildung entsprungen war.

Plötzlich hatte ich das Foto des Jungen in Noahs Wohnzimmer vor Augen und spürte ein zaghaftes Lächeln auf-kommen. Dasselbe symmetrische Gesicht, die scharfe Kieferlinie und das blonde Haar, als hätte der Wind die Farbe eines Sonnenblumenfelds hinein geweht. Daran musste ich denken, an dieses Bild und an meine damals aufkommende Sehnsucht.

Im Nachhinein betrachtet, hätte ich zu jener Zeit aufhören sollen, vom großen Welterfolg zu träumen.

In der abendlichen BBC-Sendung erkannte ich sofort die glänzende Nase, den gegelten Mittelscheitel und die Studentenbrille. Der Junge an der Theke lächelte triumphierend und zeigte auf den Hocker, auf dem ich am Vortag gesessen hatte. Im Hintergrund war der Barmann mit dem Abtrocknen der Gläser beschäftigt, ab und zu schaute er schuldbewusst in die Kamera, als wolle er sich bei mir entschuldigen.

„Victor Horus saß hier und wir saßen dort hinten am Fenster." Während er sprach, ging der Junge von der Bar zu dem Tisch, an dem er an jenem Abend gesessen hatte. Seine Freunde waren auch da. „Ich habe ihn sofort erkannt, aber sie haben mir nicht geglaubt." Der Junge zeigte auf seine Freunde. „Also ging ich auf ihn zu und fragte ihn, ob er Victor Horus sei. Und da er es war, gewann ich die Wette und verdiente mir ein paar Pfund. Nicht wahr, *Leute?*"

Die Jungen grinsten. Nur der junge Mann, der sich in der Bar später zu mir gesetzt hatte, lächelte nicht. Er starrte nur auf seine Hände. Einer der Jungs nahm sein Mobiltelefon. „Ich weiß nicht genau, warum ich wieder zu Mr. Horus ging, aber mein Gefühl sagte mir, dass es richtig war. Ich hatte im Fernsehen gesehen, dass seine Assistentin während eines Auftritts plötzlich verschwunden war. Das ist natürlich unmöglich, das ist mir klar, deshalb dachte ich, es sei ein Werbegag."

Am Tresen nahm er das Handy und steckte es in seine Brusttasche. Ab da hörte ich meine eigene Stimme. „Halt bloß die Klappe. Das ist unser Geheimnis."

Meine Worte wurden am unteren Rand des Bildschirms als Untertitel wiederholt, in der rechten oberen Ecke erschien der Text *‚versteckte Kamera'*.

Unmittelbar danach war ich auf der Bühne meines Theaters zu sehen. „Ich habe mit niemandem darüber gesprochen", sagte ich energisch. Nachdem der Journalist mich gefragt hatte, ob ich mir sicher sei, stand ich auf und verschwand aus dem Bild.

„Ich werde alles vehement leugnen." Meine Stimme klang hohl.

Der Film ging langsam in eine Außenaufnahme des Theaters über, die Kamera zoomte mich hinter dem Fenster heran. Als ich die Lamellen schloss, nahm der Film seine normale Geschwindigkeit wieder auf.

Mich nach Julias Verschwinden nur mit Fragen zu beschäftigen, die *mir* in den Sinn kamen, war ein Fehler. Besser wäre es, den Journalisten die Klarheit zu verschaffen, auf die sie ein Recht hatten.

Ich spiegelte mich im Fensterglas. Das Glas zeigte mir nur meine dunklen Augenbrauen, die fast zusammengewachsen waren, und meine Augen, die mich an meinen Vater und an Noah erinnerten.

Wütend warf ich die Fernbedienung in Richtung Fenster. Sie flog im Sturzflug auf das Glas zu. Landete auf dem Boden. Zerbrach in alle Richtungen, wie mein Leben.

Ich hob die Überreste der Fernbedienung auf und prüfte das Fenster, das intakt geblieben war. Am Küchentisch versuchte ich, die Teile mit Sekundenkleber wieder zusammen zu kleben, aber der Schaden war irreparabel. Ich warf das Ganze in den Mülleimer.

Ich ging die Treppe hinauf ins Schlafzimmer, legte mich ins Bett und schlief sofort ein...

Wieder zieht der Sturmwind den Drachen hoch über die Gleise und den River Medway. Er bläst die Holzpüppchen von den beiden Leinen weg, bis sie in den Wolken verschwinden. Wieder hält der kleine Junge die Spule mit beiden Händen. Nur mit Mühe kann er den Drachen halten. In der Luft flattert der Schwanz des Drachens hin und her.

Plötzlich reißt eine Schnur, dann die zweite. Der Drachen schießt in die Höhe, der Sturm trägt den Drachen mit sich, höher, weiter. Langsam senken sich die Leinen. Auf dem Boden liegen später die wellenförmigen Schlingen der gebrochenen Schnüre...

Ich öffnete die Augen im Halbschlaf. Grübelte. Immer wieder derselbe Traum. Warum? Nicht die Linien hatten mich zum Treppenhaus geführt, sondern die Leine eines Drachen.

Ich war der Junge an den Gleisen.

TEIL 2

Wie alles endete

Wer das Gewisse aufgibt und das Ungewisse verfolgt, der verliert das Gewisse, und auch das Ungewisse ist verloren. (Narájan)

GEGENWIND

Canterbury - 2019

Julia stand frühmorgens vor meiner Wohnungstür. Sie sah müde aus, ihre Augen waren stark gerötet, und sie zitterte wie Espenlaub.

„Will ist gestern Abend eingeschlafen. Wir werden erst in ein paar Tagen wieder hier sein können."

Ich hatte meine Reaktion seit Wochen in Gedanken vorbereitet, nahm sie in die Arme, drückte ihr einen Kuss auf die Wange. „Wie war der Abschied?"

„Er war so klar, und in den letzten Sekunden sagte er, dass er spürte, wie das Leben aus seinem Körper wich. Als würde ich mit hoher Geschwindigkeit über eine Bodenwelle fahren, waren seine letzten Worte. Dann schloss er die Augen." Sie holte tief Luft, löste sich aus meiner Umarmung und wischte sich eine Träne von der Wange. „Dann sah ich, wie er aufhörte, zu atmen."

„Tapferes Mädchen." Ich merkte sofort, wie dumm diese Bemerkung war. Was war schon mutig am Sterben?

„Nimm dir eine Woche, um alles in Ruhe zu regeln und zu verarbeiten, Julia", sagte ich. „Kann ich etwas für dich tun?" Auch den Satz hatte ich vorbereitet.

„Uns geht es gut, Victor."

„Und Miranda?"

Julia ging zu dem Spiegel im Flur und betrachtete die dunklen Ränder unter ihren Augen. „Miranda kommt mit mir zur Beerdigung."

Mir war, als ob ich in einen Hurrikan geraten würde. „Was soll das jetzt?"

„Miranda kommt auch zur Beerdigung. Wir sollten beide dort sein. Unser Bruder ist tot, wir müssen meine Eltern und uns gegenseitig unterstützen."

„Bist du deshalb hierhergekommen? Um mich um Erlaubnis zu bitten?"

Julias Stimme klang sehr ruhig. „Keineswegs. Ich setze dich nur in Kenntnis!"

Ich stand hinter ihr und betrachtete sie im Spiegel. „Du weißt, wie ich darüber denke, wir hatten dieses Gespräch auch schon vor Wochen."

Mit einem Stift korrigierte sie die Fältchen unter ihren Augen. „Natürlich, aber da war unser kleiner Bruder krank, jetzt ist er tot. Das ändert alles."

„Für mich hat sich nichts geändert." Meine Worte klangen schärfer als beabsichtigt.

Julia blieb ruhig. Sie holte Mascara hervor und tuschte ihre Wimpern. „Ich werde mich nicht mit dir streiten, Victor. Wir gehen beide zur Beerdigung, und wenn du das aufhalten willst, dann hören wir auf. Dann kannst du dir andere Zwillinge suchen!"

„Aufhören?" Blanker Hohn lag in meiner Stimme.

„Wir werden mit diesem Zirkus aufhören. Du zahlst uns den uns zustehenden Gewinnanteil aus und…"

„Mir ist da wohl etwas entgangen."

„In unserem Arbeitsvertrag steht, dass wir jedes Jahr Anspruch auf eine Gewinnbeteiligung haben. Das hatte ich vergessen, aber weil ich mit dieser Reaktion gerechnet hatte, habe ich den Vertrag noch einmal gelesen. Wir haben nie einen Cent gesehen, also ist es an der Zeit, dass wir bekommen, was uns zusteht. Danach werden wir getrennte Wege gehen."

„Es gibt keinen Gewinn."

„Unmöglich."

„Ich sage die Wahrheit."

„Das glaube ich dir nicht. Wir haben in den letzten zehn Jahren so viele Eintrittskarten verkauft. Es muss etwas übrig sein."

„Du hast nicht den blassen Schimmer, wie viel es kostet, Kulissen zu bauen, Säle zu mieten, Kostüme zu entwerfen,

Illusionen zu bauen oder sie zu kaufen. Die Gehälter der Tänzer und Statisten, die wir im Laufe der Jahre angeheuert haben."

„Dennoch muss noch Geld übrig sein. Wir haben so viel verdient. Ich möchte die Bücher sehen."

„Mit dem wenigen Geld, das noch übrig war, habe ich die Einlage meines Vaters zurückgezahlt."

„Zurückgezahlt? Er hat dir das Geld gegeben."

„Ich wollte alles zurückzahlen, um ihm zu zeigen, dass ich es aus eigener Kraft geschafft habe."

„Aber das stimmt nicht."

„Es fühlt sich so an."

„Für uns ist kein Geld vorhanden, weil du das Gefühl der Unabhängigkeit suggerieren wolltest?"

„Das ist eine zu schnelle Schlussfolgerung."

„Wir wollten durch unsere Arbeit reich werden. Miranda und ich wollten eine Villa kaufen, um dort gemeinsam alt zu werden."

Der Zorn flackerte in ihren Augen. „Wir hören sofort auf. Jetzt, in diesem Moment. Ich kündige die Zusammenarbeit auf. Suche dir andere Zwillinge."

„Erinnerst du dich, dass du eine Geheimhaltungs- vereinbarung unterzeichnet hast? Wenn du aufhörst und sich herausstellt, dass Miranda kurz darauf nach zwölf Jahren Abwesenheit aus Australien zurückgekehrt ist, dann verrätst du, ob absichtlich oder unabsichtlich, immer noch die Illusion. Wir sind zu berühmt, um nicht auf uns aufmerksam zu machen. Erinnerst du dich an die Vertragsstrafe, die wir für die Enthüllung dieses Geheimnisses vereinbart haben? Ich garantiere dir, dass du nicht genug Geld hast, um diese Strafe zu bezahlen. Du kannst dieses Risiko einfach nicht eingehen."

In ihrer Iris wich die Wut, das Entsetzen nahm langsam Besitz von ihren Augen.

„Ihr seid an mich gebunden. Wir haben einen Vertrag."

Julia und ich tauschten einen Blick im Spiegel. Sie atmete tief durch und richtete sich kerzengerade auf.

„Du machst einen Denkfehler, Victor. Wir haben dich in der Hand." Dann drehte sie sich schweigend um und verließ das Haus.

Die Wahrheit ihrer Worte traf mich hart: Mein Erfolg war in der Tat an das Engagement der Zwillinge und ihre Bereitschaft, meine Ambitionen mitzutragen, gebunden. Sie waren an mich gebunden, aber sie brauchten mich nicht, obwohl ich von ihnen abhängig war. Sie hatten sich gegenseitig, ich hatte meinen Erfolg.

Ich hörte Julias Schritte im Treppenhaus widerhallen. Die Außentür schlug zu. Sie ging. Ich blieb zurück.

Es war wichtig, den Schaden zu begrenzen.

Kurz bevor sie um die Ecke verschwand, rief ich ihren Namen, aber sie machte keine Anstalten innezuhalten.

Ich stürzte die Treppe hinunter, sprintete nach draußen und stieß kurz darauf fast mit ihr zusammen. Sie lehnte an der Fassade des Blumenladens Needful Flower.

Ich trat ein paar Schritte zurück und hob entschuldigend die Hände. „Ich weiß nicht, warum ich immer so reagiere."

„Lügner", sagte sie scharf.

Ich beugte mich zu ihr hinunter und brachte meine Lippen an ihr Ohr.

Die Passanten gingen in Zeitlupe an uns vorbei und sahen, wie der beste Illusionist der Welt ganz leise, fast unhörbar, seiner Assistentin seine neueste Manipulation intonierte. „Irgendwie finden wir eine Lösung."

DIE BEERDIGUNG

Rochester 2019

„Sind Sie bitte vorsichtig in den Kurven!" Der Inhaber von Needful Flower sah mich besorgt an. „Bitte nicht zu schnell fahren, sonst rutschen die Blumen hin und her und die Lilienblüten brechen am Stiel ab."

„Es ist in meinem eigenen Interesse, dass die Blumen vorzeigbar sind", antwortete ich und setzte mich hinters Lenkrad. „Ich kann aber nicht garantieren, dass ihr Wagen unbeschadet zurückkommt", scherzte ich. Der Mann erwiderte mein Lachen nicht und stapfte wortlos in den Blumenladen.

Eine Dreiviertelstunde später kam ich am Friedhof in Rochester an. Ich parkte den Wagen in der Nähe der Kapelle und schaute in den Rückspiegel.

„Es geht los", sagte ich laut, fuhr mir schnell mit der Hand durchs Haar, richtete die Krawatte und stieg aus.

In diesem Moment kam Julia aus der Kapelle. Sie trug ein elegantes Kleid, das ihr bis knapp über die Knie reichte, mit spitzen Schultern, einem kleinen Stehkragen und einer doppelten Knopfreihe, die vom Kragen bis zum unteren Saum reichte. Ihre blonden Locken leuchteten im Sonnenlicht.

Ich küsste sie auf die Wange. „Schaffst du es?"

„Wir geben unser Bestes", antwortete sie kühl. Sie betrachtete den Wagen von Needful Flower einen Augenblick lang, drehte sich abrupt um und ging vor mir in die Kapelle.

Sie hielt mir die Tür auf und zeigte auf die vorderen Reihen. „Ich habe für dich einen Platz in der dritten Reihe reserviert. Du sitzt direkt hinter mir, damit du mich gut im Auge behalten kannst. Ich nehme an, das wird dir gefallen?"

Julia wartete meine Antwort nicht ab. Sie verschwand und ließ mich zwischen all den Menschen zurück, die ich nicht kannte, die aber alle wussten, wer ich war – das war die

Krönung des Ruhmes. Ich sah auf zwei leere Stühle in der letzten Reihe. Dort hätte ich mich viel lieber hingesetzt, weit entfernt vom Tod.

Ich nahm Platz und warf einen Blick auf den Sarg, der auf einer Bühne im vorderen Teil des Raumes stand. Zwei Angestellte des Friedhofs hatten den Sarg soeben geschlossen und den Holzdeckel mit sechs Schrauben festgezogen. Ihre Bewegungen waren koordiniert und wurden in einem Tempo ausgeführt, das Mitgefühl und Respekt ausstrahlte. Danach nahmen beide Männer ihre Hüte ab, hielten sie vor die Brust und verneigten sich vor dem Sarg. Im selben Moment traten sie zurück und verließen gemeinsam das Podest.

Dann wurde es still in der Kapelle. Eine Tür wurde geöffnet. Die Verwandten von Will traten ein, und mit dem Einzug der Familie kam auch die Trauer in die Kapelle. Hier und da fingen die Menschen an zu weinen, Taschentücher wurden hervorgeholt, Köpfe nach vorne gebeugt, Körper zitterten, Arme um die Schultern gelegt. Ich fragte mich, ob diese Menschen wegen der Willkür des Todes weinten oder wegen all der Menschen, die erfreulicherweise am Leben geblieben sind? Vielleicht aus Angst, selbst dem Ende entgegentreten zu müssen?

Julia ging hinter ihren Eltern und legte ihre Hand auf die Schulter ihres Vaters. Als sie an mir vorbeiging, warf sie einen kurzen Blick in meine Richtung und nickte mir kurz zu.

„Will hat seinen eigenen Gottesdienst geschrieben", sagte der Pfarrer wenig später. „Er hat mich gebeten, seine Texte zu rezitieren, ein Wunsch, den ich mit Ehrfurcht respektiere und nachkommen werde."

Julia drehte sich um und nickte mir noch einmal kurz zu. Sie war fokussiert, konzentriert. Ich erkannte den Blick sofort.

„Ich bin nie so gewachsen wie meine Schwester Julia", sagte der Pfarrer. „Das war meine Entscheidung. Ich dachte, ich müsse klein bleiben, damit ich nicht von etwas verschluckt werde, das mich von Mama und Papa wegziehen könnte. Diejenigen, die sich Ziele setzen, müssen selbst entscheiden, ob sie sie verwirklichen wollen. Natürlich hatte ich eine Vorstellung davon, wie mein Lebensweg aussehen könnte, aber das habe ich mir aus dem Kopf geschlagen. Nachdem wir Miranda verloren hatten, wollte ich verhindern, dass meine Eltern noch jemanden verlieren. Das wurde mein Ziel. Dieses Ziel – das können wir heute sagen – konnte ich nicht realisieren."

Der Pfarrer verstummte und schaute mit einem ernsten Blick in den Saal. Neben mir begann ein Mann zu weinen. Durch die tiefen, kehligen Laute verlor ich das Interesse an dem Pfarrer. Der Mann zuckte die Schultern, dann erschüttert den Kopf und blickte an die Decke.

Erst als der Pfarrer die letzte Zeile von Will für seine Angehörigen sprach, konnte ich mich wieder konzentrieren. „Für ein Vaterunser ist es nie zu spät", las er und breitete die Arme aus. „Amen."

Nach einer halben Stunde war der Gottesdienst zu Ende. Während der Zeremonienmeister die Familie aufforderte, zuerst zum Grab zu gehen, und die anderen in Reihen folgten, stand Julia auf und machte mir mit einer Kopfbewegung klar, dass ich mitkommen müsse. Es war Zeit, die Blumen zu holen.

Sie ging mit Schwung vor mir in Richtung des Lieferwagens. Bevor sie die Schiebetür öffnete, blieb sie stehen. „Ich danke dir."

„Das Mindeste, was ich tun konnte, Julia."

Julia stieß die Tür auf, stieg ein und fünf Sekunden später stieg Miranda, in genau demselben Kleid, mit denselben blonden Locken, rückwärts aus dem Bus, zwei Sträuße weißer Lilien in den Händen. Wenn ich nicht von der Veränderung gewusst hätte, wäre sie mir nicht aufgefallen. Selbst die Mascara war auf dieselbe traurige Weise bis zu den Mundwinkeln hinuntergelaufen.

Mein Herzschlag beschleunigte sich, als Miranda zwischen ihren Eltern stand, am Fuß des Grabes und im Blickfeld der meisten Anwesenden. Ich stand hinter einer Hecke, die ich gerade noch überblicken konnte, und hielt meinen Blick auf

Julias Zwillingsschwester gerichtet. Es hätte nur ein Familienmitglied gebraucht, um den kleinen Unterschied zu bemerken, und meine Karriere wäre ruiniert gewesen. Ein vielsagender Blick von Miranda zu ihren Eltern und die Traurigkeit würde sich in ein emotionales Wiedersehen verwandeln, das alle miterleben würden. Meine Güte ist meine Achillesferse.

Während ich die Menschen betrachtete, die ungeordnet, willkürlich zwischen den Gräbern standen, um Will die letzte Ehre zu erweisen, wurde mir plötzlich klar, dass dies alles vorsätzlich geschah. Natürlich nicht der Tod, aber der Trick die Zwillinge auszutauschen. Warum ist mir das nicht früher aufgefallen? Die Zwillinge hatten geplant, hier zwischen den Grabsteinen, die wie drohende Zähne aus dem Boden ragten, die Zusammenarbeit zu beenden, um ihre Eltern zu trösten. Wenn heute jemand herausfand, dass Miranda nie wirklich verschwunden war und damit das große Geheimnis von Victor Horus lüftete, dann waren die Zwillinge nicht schuld, es gab keinen Vertrag, auf den ich mich berufen konnte; schließlich war ich es selbst, der sich diesen Trick ausgedacht hatte.

Ich biss die Zähne zusammen und ballte meine Hände zu Fäusten. Wie konnte ich nur so unvorsichtig sein? An diesem Oktobertag könnte Victor Horus geschlachtet werden und sich zu Will ins Grab legen, wenn die Sache aufflog. War es kein Zufall, dass Julia einige Tage zuvor am Blumenladen auf mich gewartet hatte? Natürlich hatte sie das nur getan, weil sie wusste, dass ich ihr folgen und nachgeben würde.

Die Trauerfeier am Grab schien eine Ewigkeit zu dauern. Ich verstand kein einziges Wort, drückte meine Füße fest in die Erde und faltete die Hände wie zum Gebet. Meine Augen schloss ich nicht, schließlich sprach ich nicht zu einer höheren Macht. Ich starrte Miranda aufmerksam über die Hecke hinweg an und wartete auf den Moment, in dem sie sich entlarven würde. Aber nichts geschah.

In der Halle vor der Kapelle stand plötzlich Mr. Willow vor mir. Er sah mich mit wässrigen Augen an. Ich reichte ihm meine Hand zum Beileid. Er wartete einen Moment, bevor er die ausgestreckte Hand annahm, aber als er seine in meine legte, verbeugte er sich vor mir. „Wenn meine Töchter Sie nie kennengelernt hätten, hätte ich jetzt eine normale Familie", sagte er leise, aber deutlich hörbar. „Wegen Ihnen leben meine Töchter getrennt, Sie haben Miranda verjagt, indem Sie sich für eine von ihnen entschieden haben, und meine andere Tochter haben Sie auf einsamen Reisen durch die ganze Welt geschleppt. Wussten Sie, dass man Zwillinge niemals trennen sollte? Zwillinge sind nicht wirklich zwei Menschen. Sie sind Eins!"

Er hielt meine Hand fest und drückte sie noch etwas fester.

„Julia ist so oft von zu Hause weg, dass wir uns jedes Mal wieder aneinander gewöhnen müssen, wenn sie für eine Weile zu Hause ist. Wissen Sie, wie schmerzhaft es für Eltern ist, wenn sie die Vorstellung haben, dass ein Kind nicht ihr eigenes Kind ist? Das verbitte ich mir."

„Ich verstehe das."

Mr. Willow winkte heftig ab. Er drückte meine Hand noch fester. „Sie verstehen gar nichts, sonst hätten Sie das alles ganz anders gemacht. Und ich kann sehen, was in Ihnen vorgeht. Sie glauben, der alte Will ist heute so emotional, er kann sich nicht beherrschen, aber ich weiß genau, was ich sage. Ich habe seit Jahren auf eine Gelegenheit gewartet, Ihnen dies zu sagen. Es ist schade, dass heute dieser Tag ist."

Ich drehte mich schweigend um und wollte gehen, aber Will packte wieder meine Hand. „Wenn ich jemals die Chance bekomme, Ihnen ein Stückchen Glück zu nehmen, werde ich es tun. Nur damit Sie es wissen", zischte er.

Er ließ meine Hand los, drehte sich um und betrat das kleine Café neben der Kapelle.

Irgendwann zwischen der ersten und zweiten Tasse Kaffee muss Miranda verschwunden sein. Sie war nirgends zu sehen.

Die ganze Zeit hatte sie neben ihren Eltern am Tisch gesessen, aber nachdem ich der Bedienung meine Tasse hingehalten und zwei Stück Zucker in den Kaffee getan hatte, sah ich mich im Raum um, Miranda konnte ich aber nirgends entdecken.

Ich lief nach draußen zum Lieferwagen und zog die Schiebetür auf. Der Laderaum war leer.

Was war hier los. Was hatten die beiden vor?

Es gab nur einen Ort, wo sie sein konnten. Ich lief so schnell ich konnte. Der Kies knirschte unter meinen Füßen, ich hörte meinen eigenen Atem, der Kragen meines Mantels flatterte nach oben. Von weitem sah ich sie am Rande des Grabes stehen. Sie umarmten sich innig.

Ich versteckte mich schnell hinter einem Baum und beobachtete die Frauen, plötzlich beeindruckt von der Schönheit der Umarmung. Inmitten all dieser harten Linien und Zeichen des Verfalls sahen die Schwestern weich und vollendet aus. Der Wind spielte mit ihrem langen blonden Haar, und das wenige Sonnenlicht ließ alles wie Seide glänzen.

Meine Unterlippe zitterte, ich holte tief Luft und es dauerte einen Moment, bis mir auffiel, dass ich kurz davor war, in Tränen auszubrechen. Ich holte noch einmal tief Luft, schloss die Augen und wurde in die Vergangenheit zurückversetzt...

Rochester 2018

Ich stand auf einem anderen Friedhof und starrte in das Grab, in dem meine Eltern begraben worden waren. Noah stand auf der anderen Seite des Grabes. Er hatte mich nicht ein einziges Mal angesehen. Ich wusste, dass er sich zurückgehalten hatte, als er mir von dem tragischen Unfall meiner Eltern erzählt hatte, und dass eine Konfrontation jetzt unvermeidlich war.

Erst als die anderen Anwesenden gingen – es waren viele, denn mein Vater war ein beliebter Mann – und mein Onkel und ich allein waren, sagte er: „Ich habe gehört, dass du in Las Vegas einen fulminanten Erfolg hattest. Der Schlussakt muss ziemlich beeindruckend sein."

Ich antwortete nicht, sondern starrte weiter in das Grab.

„Du verstehst , dass ich nicht auf dich stolz bin, sondern darauf, was du aus der Illusion gemacht hast?"

Ich sah Noah an und biss mir auf die Innenseite der Wange, um meine Tränen aufzuhalten. Atmete tief ein und aus.

Noah schüttelte den Kopf. „Du bist..." Er hielt sich zurück. „Offenbar habe ich dir verziehen, wegen dem, was du getan hast. Oder vielleicht, weil ich mir selbst Vorwürfe mache. Ich hätte an diesem Tag die Tür meiner Werkstatt abschließen sollen."

„Das hättest du tun sollen. Ich habe die Chance ergriffen, obwohl ich wusste, dass der Schmerz, den ich dir zugefügt habe, kälter ist als alles andere."

„Ist das deine Art, dich zu entschuldigen? Du solltest allerdings wissen, dass mein Kunde sich sehr wohl betrogen und hintergangen fühlt."

Dann drehte er sich wortlos um. Ich wartete, bis ich seine Schritte nicht mehr hörte und sicher war, dass ich allein war. Wahrhaftig allein. Ich blickte nach oben, aber unter dem Himmel hing eine dicke schwarze Wolkenschicht.

Ich hatte mit nur einer gestohlenen Illusion einen großen Erfolg erzielt. Mein Erfolg beruhte auf Noahs Genialität. Mein Unvermögen hatte mich noch skrupelloser gemacht und tiefer in die Selbstsucht getrieben.

Ich hatte plötzlich Angst.

Ich war traurig.

Einsam.

Ich fiel auf die Knie und weinte, nein, ich schrie wie ein Kind. Nicht wegen meiner Eltern, nicht wegen Noah, nicht einmal wegen dem Tod, sondern wegen allem, was ich vor mir selbst geheim gehalten hatte und geheim halten musste ...

Als ich die Augen öffnete, waren die Zwillinge fort.

DAS PÄCKCHEN

Canterbury - November 2020

Am nächsten Morgen wurde mir ein Paket zugestellt.

„Kennen wir uns?", fragte der Zusteller, als ich das Paket entgegen nehmen wollte.

Ich zuckte mit den Schultern.

„Aus dem Fernsehen vielleicht?"

Ich betrachtete das Päckchen in den Händen des Paketzustellers. Er war an Victor Frederik Adams adressiert. Wie viele Leute kannten meinen vollen Namen? Mir fielen nicht mehr als fünf Personen ein, von denen zwei nicht mehr lebten.

„Ich bin Victor Horus, der Illusionist."

„Horus?", wiederholte der Mann und warf einen prüfenden Blick auf das Etikett auf dem Paket. „Hm… Da steht aber Adams."

„Horus ist mein Künstlername?"

„Seltsam", murmelte der Zusteller und reichte mir das Paket. Dann drehte er sich um und ging den Schotterweg zum Tor hinunter.

Ich fragte mich nicht, was der Zusteller seltsam fand, das Päckchen faszinierte mich mehr. Es war leicht wie eine Feder, obwohl ich das Gefühl hatte, einen bleiernen Gegenstand in mein Haus zu tragen. Vielleicht weil ich glaubte, seinen Inhalt deutlich zu erkennen: Die Antwort auf die Frage, die mich in den letzten Tagen beschäftigt hatte.

In der Küche entfernte ich das braune Packpapier und nahm mit zittriger Hand den Deckel von der Schachtel. Mein Herzschlag beschleunigte sich, mein Blut sprudelte in den Adern, ein Kribbeln breitete sich von meinem Hals über meinen Körper aus.

Natürlich hatte ich einen Brief oder zumindest eine Skizze von Julia erwartet, wie sie von der Bühne verschwunden war, aber das Einzige, was in der Schachtel lag, war die Kopie eines Flyers vom Café Theatre Moirae in Cannes. Ich nahm das Blatt aus der Schachtel.

Auf der Vorderseite befand sich eine unscharfe Abbildung des Innenraums des Theatercafés, darunter ein französischer Text und die Adresse. Die Rückseite des Blattes war bis auf einen Fingerabdruck in Tinte leer.

Zwei Minuten lang starrte ich auf den Flyer, aber ich konnte nicht klar denken, als ob mein Gehirn vorübergehend abgeschaltet hätte. Mein Kopf befand sich in einem Vakuum, aus dem ich erst befreit wurde, als meine Uhr die Zeit signalisierte: zehn Uhr morgens.

Cannes, schoss es mir in diesem Moment durch den Kopf. *Julia ist in Cannes.* Der Flyer war der Hinweis, auf den ich so lange gewartet hatte.

Ich setzte mich an den Computer. Der letzte Flug von London nach Cannes hatte bereits britischen Boden verlassen. Mein Verstand war ein einziges Chaos.

In Windeseile nahm ich meinen Pass aus dem Safe und schnappte mir Autoschlüssel und Brieftasche. Fünf Minuten später fuhr ich in Richtung Dover.

FALSCHE TATSACHEN

Cannes - November 2020

Die ersten fünfzehn Minuten war ich unruhig. Ich rutschte auf dem Autositz hin und her und versuchte, die Rückenlehne während der Fahrt zu verstellen, obwohl ich den Hebel seit dem Kauf meines Wagens noch nie angefasst hatte. An der Ampel bremste ich viel zu spät, in einer Kurve fuhr ich auf den Bürgersteig, ich vergaß einem von links kommenden Autofahrer die Vorfahrt zu gewähren. Wir hielten beide gerade noch rechtzeitig an. Ich hob entschuldigend die Hand und ließ das Fenster herunter, als der Mann ausstieg.

„Entschuldigung", sagte ich, bevor der Mann seine Wut auf mich richten konnte.

„Sie müssen sich nicht entschuldigen. Mir wäre es lieber, Sie würden zukünftig umsichtiger fahren." Er schlug mit der flachen Hand auf das Dach meines Wagens.

„Tut mir leid", wiederholte ich und drückte aufs Gaspedal. Durch den Innenspiegel sah ich, wie der Mann den Kopf schüttelte. Ich glaube, er hatte mich nicht erkannt.

In Calais packte mich die Melancholie, die Landschaft wurde unberechenbar, der Charme des englischen Südens verwandelte sich abrupt in eine düstere karge Landschaft. Ich spürte, dass ich etwas hinter mir ließ, das bei meiner Rückkehr womöglich völlig verändert sein würde. Es spielte aber keine Rolle mehr. Ich hatte die Grenzen überschritten.

Benommen flossen die Schatten der Städte im Dunkeln ineinander, jede Stadt umgeben von einem Heiligenschein aus Nachtlichter. Arras, Reims, Dijon und Lyon folgten in raschem Tempo aufeinander, ohne einen Eindruck zu hinterlassen: Mein Blick war auf das Licht gerichtet. Ich kannte weder Zeit noch Entfernung und erst in Aix-en-Provence, der Geburtsort des postimpressionistischen Malers Paul Cézanne, wo sich die

Route in einer Ostkurve Richtung Cannes teilte, wurde mir zum ersten Mal bewusst, dass ich keinerlei Erwartungen an das hatte, was ich in Cannes vorfinden würde.

Ich warf einen Blick auf den Flyer, der auf dem Beifahrersitz lag. Wie war es möglich, dass ich mich von einem kopierten Flyer ermutigen ließ, den ganzen Weg nach Südfrankreich zu fahren, ohne zu essen und mit zehn Dosen Red Bull, um mich aufzuputschen? Ich war mir nicht einmal sicher, ob der Flyer von Julia war. Und sollte sich meine Vermutung bewahrheiten, was hatte Julia nach Cannes geführt? Wir waren während unserer Karriere schon zweimal in der Filmstadt gewesen. Das erste Mal, nachdem wir mit Weltruhm überschüttet wurden, das zweite Mal vor einem Jahr, als Julia eines Morgens im Frühstücksraum des Hotels wieder angefangen hatte, über Geld zu reden…

Cannes 2019

Julia sah schläfrig aus, rieb sich kurz die Augen und seufzte laut. „Ich möchte etwas mit dir besprechen."

„Schieß los. Ich bin ganz Ohr."

„Das wäre neu", murmelte sie. „Wir sind nach Cannes gekommen, um uns zu entspannen, aber es gelingt mir nicht. Es gibt etwas, das du wissen musst." Wieder ließ sie ein bedeutungsvolles Schweigen folgen. „Ich habe die letzten Nächte wach gelegen und letzte Nacht bin ich sogar auf dem Boulevard spazieren gegangen, weil ich nicht schlafen konnte. In der Nähe des großen Kinos setzte ich mich auf eine Mauer und starrte auf das Meer. Plötzlich setzte sich ein Mann neben mich. Er erschreckte mich, aber ich ließ mich nicht von ihm einschüchtern. Wir saßen fünfzehn Minuten lang schweigend nebeneinander und als ich schließlich aufstand, um zurück ins Hotel zu gehen, sagte er: „Es wird nicht mehr lange dauern, bis die Verrückten die Stadt wieder übernehmen." Er meinte die Filmstars. Und dann sagte er noch: „Wissen sie, was das Problem mit Künstlern ist? Sie leben in einer Welt, die es nicht gibt."

„Was versuchst du mir wirklich zu sagen?"

Ein gequälter Ausdruck erschien auf ihrem Gesicht. „Was dieser Mann gesagt hat, deckt sich mit dem, was Miranda und ich besprochen haben, bevor ich mit dir nach Cannes gefahren bin. Wir wollen realistisch sein; wir sollten uns nicht der Illusion hingeben, dass unsere Karriere unendlich ist. Es wird ein Moment kommen, in dem all dies endet, und wenn das passiert, wird nicht mehr viel für uns übrig sein. Finanziell, meine ich. Miranda und ich haben nichts für das Alter gespart. Unser Gehalt ist jeden Monat für Diverses drauf gegangen."

„Wer redet denn vom Aufhören? Wir haben noch eine lange Karriere vor uns."

Julia lächelte zynisch. „Vielleicht ist es besser, die Einleitung zu überspringen und gleich zur Sache zu kommen. Miranda und ich haben beschlossen, dass wir das Geheimnis unseres Tricks mit dem Sarg an *The Shadow* verkaufen wollen. Sein letztes Angebot war exorbitant hoch. Wenn wir verhandeln, können wir den Preis vielleicht noch ein bisschen höher treiben und..."

„Hast du mich deshalb dazu überredet, einen Monat Urlaub zu nehmen, um in Cannes zu entspannen? Damit du mich dazu überreden kannst, unsere Geheimnisse in einer entspannten Atmosphäre zu verkaufen?"

„Ich spreche von einem Geheimnis – das von unserem letzten Auftritt in Las Vegas."

„Aber diese Nummer benutzt die Zwillinge, und wenn jemand dieses Geheimnis kennt, durchschaut er sofort unser ganzes Repertoire. Mit anderen Worten: Kein einziges Haar auf meinem Kopf würde auf die Idee kommen, gerade dieses Geheimnis zu verkaufen."

„Du brauchst das Geld nicht. Wir schon. Du hattest dein Erbe, um ein lächerlich großes Anwesen, Autos und dein eigenes Theater kaufen zu können. Aber wir können das Geld gut gebrauchen."

Schweigen.

„Das bist du uns schuldig, Victor". Ihre Stimme klang plötzlich niederträchtig. „Indem du deinem Vater das Geld zurückgezahlt hast, das er in uns investiert hat, um vermeintlich unabhängig zu sein, hast du dich an unserer Gewinnausschüttung bereichert."

„Das ist eine Verfälschung der Tatsachen."

„Du wusstest, dass das Geld deines Vaters eines Tages dir gehören würde. Du frisst und lebst von unserer Rente."

„Unsinn."

Julia seufzte. „Was zählt, ist, dass Miranda und ich den Trick an *The Shadow* verkaufen wollen und wir erwarten, dass du kooperierst."

„Unser Geheimnis wird uns bis ins Grab begleiten. Das ist der Deal, den wir geschlossen haben. Wir verkaufen nichts. Das Geheimnis besteht durch die Gnade der Geheimhaltung, Grundregel eins."

„Grundregel eins", wiederholte Julia verächtlich, stand auf und verließ den Frühstücksraum…

Damals dachte ich, dass ich den Zwillingen zuvor kommen musste. Aber wie? Und welchen Grund sollte ich angeben?

Heute, ein Jahr später, fuhr ich auf das Autobahnkreuz Aix-en-Provence zu. Ich war den Zwillingen nicht zuvor gekommen, denn ein Jahr lang hatte ich mich nicht getraut, ihnen zu sagen, dass ich sie entlassen würde und sie an die Geheimhaltung gebunden waren.

„Kehre um, solange du noch kannst", murmelte ich, als ich in Richtung Fähre abgebogen war, mein Körper weigerte sich aber, der Weisheit meines Geistes zu gehorchen. Unbeirrt lenkte ich den Wagen direkt in die aufgehende Sonne.

Ich nahm einen Schluck Red Bull, das mich schon seit Stunden antrieb.

HALL OF SHAME

Cannes - November 2020

Ich parkte vor dem Hotel, in dem Julia und ich im letzten Jahr abgestiegen waren, aber in dem Moment war mir klar, dass ich nicht über den roten Teppich zur Drehtür gehen würde, dass ich nicht vom Portier begrüßt werden wollte und dass ich nicht wie im letzten Jahr nach der verschwenderischen Ausstattung der Hochzeitssuite fragen würde. Ich war nicht nach Cannes gekommen, um in einer Fünf-Sterne-Unterkunft zu übernachten.

Ich griff nach meinem Handy auf dem Beifahrersitz, um Julia anzurufen, aber es lag nicht mehr da. Mein Handy war weg. Ich leerte die Taschen meines Mantels, durchsuchte den Wagen. Hatte ich es verloren? Ich versuchte, mich zu erinnern, wann ich es das letzte Mal benutzt hatte. Es fiel mir nicht ein, was ich mit meinem Handy gemacht hatte. Ich hatte aber Geld und Papiere. Der Verlust des Handys war keine Katastrophe.

Die ganze Nacht war ein dunkles Loch in meiner Erinnerung. Es war ohnehin ein Wunder, dass ich es bis nach Cannes geschafft hatte und nicht irgendwo im Sekundenschlaf gegen eine Leitplanke gerast war.

Der letzte Abschnitt mit all seinen Kurven hatte das Brüten zu einer riskanten Angelegenheit gemacht. Wenn ich eine Haarnadelkurve zu hart nähme und durch eine der bröckelnden Mauern krachte, würde es Tage dauern, bis sie mich fanden. Immerhin wäre das der ultimative Frieden.

„Sie sind sowieso alle froh, dass du weg bist, Mini."

Ich stieg aus dem Auto und stützte mich mit einem Arm auf dem Dach und mit dem anderen an der offenen Autotür ab. Die Sonne stand schon hoch am Himmel, auf dem Deck einer monströsen Yacht frühstückte eine Frau, und auf der Terrasse direkt neben mir suchte ein Kellner Schutz unter einem Sonnenschirm. Er hob sein Kinn und grüßte mich.

War es eine Einladung, die Terrasse zu betreten? Ich lächelte zurück, aber der Kellner wandte sich ab.

Es war elf Uhr vormittags. Cannes schien kaum noch zu leben, seit Julia und ich die Stadt vor einem Jahr in einem Taxi verlassen hatten.

Ich stieg wieder in den Wagen, fuhr in die Hotelgarage und blickte in den Rückspiegel. Die lange Autofahrt hatte Spuren hinterlassen. Ich hatte Tränensäcke unter den Augen und die ersten zaghaften Fältchen meiner Haut waren nach der zehnstündigen Marathonfahrt von Canterbury in die französische Küstenstadt deutlicher sichtbar. Meine Augen waren trocken und brannten, meine Arme und Beine schwer, die Erschöpfung grub sich in meinen Körper. Ich schob die Rückenlehne des Autositzes zurück.

Nach drei Stunden Schlaf wachte ich wieder im Wagen auf. Im Waschraum des Hotels schüttete ich mir Wasser ins Gesicht und gurgelte mir den Schlaf aus dem Mund. Dann machte ich mich auf den Weg zum Café Theatre Moirae.

Vor einer Verkehrsampel fielen mir zwei Jungen auf, die nebeneinander auf einer Mauer saßen. Ein Junge drehte einen Rubikwürfel, der andere Junge legte seine Hand auf den Arm seines Freundes. Wie oft hatte Noah seine Hand auf meine Schulter oder auf meinen Arm gelegt. Die Geste berührte mich so sehr, dass mir die Tränen in den Augen standen und ich einen Moment brauchte, um zu realisieren, dass ich tatsächlich weinte. Schnell wischte ich mir die Tränen aus den Augen. Ich atmete tief ein und aus. Was war nur mit mir los? Es musste die Erschöpfung sein. Ich versuchte, mich zusammenzureißen und betrachtete mich im Rückspiegel. „Kopf hoch, Victor."

Ich parkte mein Auto gegenüber dem Eingang des Cafés Theatre Moirae. Ob mit meiner Ankunft gerechnet wurde? Ich lächelte bei dem Gedanken und fragte mich, ob das Leben, das wirkliche Leben, so manipuliert werden könnte, wie ich die Realität jahrelang innerhalb der Theatermauern manipuliert hatte. Es brauchte nicht viel: Man musste nur eine nicht existierende Verbindung herstellen, die Aufmerksamkeit von dem ablenken, was wirklich geschah, und schon sah die Welt ganz anders aus.

Das Innere des Theatercafés hielt nicht, was die schicke Außenfassade versprach. Das Auditorium war ein blasser Abklatsch der vielen Nachtclubs, die ich während meiner Tournee besucht hatte. Die runden Tische waren mit hässlichen Lampen geschmückt, deren Schirme nicht mehr gerade auf ihren Beinen standen. An der getäfelten Wand hingen Fotos von Berühmtheiten, die hier aufgetreten waren. Ich erkannte aber keines der Gesichter. An der gegenüberliegenden Wand hing ein abstraktes Gemälde, mit dem ich nichts anfangen konnte.

Ich setzte mich an einen kleinen Tisch direkt unter dem Gemälde, bestellte einen doppelten Espresso und wartete darauf, dass etwas passieren würde: ein Hinweis, ein Anhaltspunkt, etwas, das den Flyer erklären und mir die Antwort auf eine Frage brachte: Wie hatte dieses Miststück das geschafft?

Das Café *Theatre Moirae* füllte sich langsam. Ich bestellte einen weiteren Espresso und versuchte gelangweilt, den Text auf dem Schild neben dem Wandgemälde zu übersetzen.

„Moirae", sagte der Kellner, offenbar in der Annahme, dass mein Übersetzungsversuch fehlgeschlagen war. „Moirae ist ein Gott und vereint drei Personen in sich: der Spinner, der Trennende und der Unvermeidliche. Gemeinsam bestimmen sie den Verlauf des Lebens der Sterblichen. Der eine spinnt den Faden des Lebens, der andere bestimmt, wie lang dieser Faden sein wird und der dritte trennt den Faden, wenn das Leben endet."

„Warum wurde das Theater nach dieser Dreifaltigkeit benannt?"

„Wir öffnen den Vorhang nur für Künstler, die sich vor einem kritischen Publikum ausprobieren wollen. Diejenigen, die hier im Zuschauerraum sitzen, können ihre Bewunderung, aber auch ihre Unzufriedenheit, mit dem was sie sehen, zum Ausdruck bringen. Es kommt manchmal vor, dass ein Künstler vom Publikum mit verbalem Getöse von der Bühne verwiesen wird. In diesem Theater wird der Glaube, den ein Künstler an sich selbst hat, entweder gestärkt oder ihm genommen."

Der Kellner nahm die leere Espressotasse vom Tisch und zeigte dann auf die Fotowand. „Das ist unsere *Hall of Shame*. Wenn dein Foto dort hängt, dann hat dich der Auftritt in diesen Mauern deinen Kopf gekostet."

Ich stand auf und stellte mich vor die Bilderwand und betrachtete die Porträts genau. Die meisten Künstlerinnen und Künstler lächelten selbstbewusst, in manchen Augen las ich die Unsicherheit, das Unbehagen, vor der Linse zu stehen. Doch keiner der Künstler sah aus wie jemand, der mehr oder weniger aus einer Welt ausgegrenzt worden war, zu der er gehören wollte.

Der Kellner stellte sich neben mich und schien meine Gedanken zu erraten. „Wir machen das Foto vor der Aufführung, wenn die Künstler noch bereit sind, vor die Linse zu treten. Sie nehmen das Urteil des Publikums immer sehr persönlich. Ich frage mich manchmal, wie Schauspieler oder Sänger sich selbst betrachten. Sie verstehen doch, dass der Künstler und der Mensch hinter dem Künstler nicht dieselbe Person ist. George Clooney ist nicht derselbe Mann, wenn er in einem Film mitspielt, oder?"

Ich wollte Einspruch erheben, aber genau in diesem Moment ging das Saallicht aus und die Scheinwerfer an. Ich setzte mich an meinen Tisch und zuckerte den Espresso.

Eine weibliche Stimme erklang aus den Lautsprechern. „Meine Damen und Herren, ich möchte Ihnen Jean-Pierre Sandrois, Zauberkünstler und Illusionist, vorstellen. Heute noch unbekannt, aber..."

Es gab hoffnungsvollen Beifall.
Illusionist! Pah!

DAS RÄTSEL

Cannes - November 2020

Plötzlich passte alles zusammen. Jean-Pierre Sandrois entpuppte sich als dickbäuchiger Mann, der sich aber erstaunlich geschmeidig bewegte, seine Assistentin war eine dünne, ultrakleine Person, die wie eine Schwangere mit Beckenbodeninstabilität über die Bühne lief. Ein wundervolles Paar, das es nicht schaffte, auf der Bühne wundervoll zu sein. Der Magier zog ostentativ einen Blumenstrauß aus dem Ärmel seines Mantels, ließ einen Zauberstab erscheinen und verschwinden, leerte einen Salzstreuer in seine Faust, zerriss eine Zeitung in Fetzen und faltete sie dann zu einem intakten Stück Papier zusammen. Der Auftritt kam nicht über das Niveau einer Kinderparty hinaus und innerhalb von zehn Minuten wurde das Duo von der Bühne gebuht. Der korpulente Magier zeigte dem Publikum den Mittelfinger seiner rechten Hand und nahm seine kleine, mit den Beinen strampelnde Assistentin, unter den Arm, als wäre sie eine Requisite. Ich war der Einzige, der nicht lachte.

Die Musik wurde leiser, die Saalbeleuchtung ging an.

„Du lächelst ja nicht einmal", hörte ich sie hinter mir sagen.

Ich drehte mich mit einem Ruck um. Da stand sie endlich vor mir. Sie trug eine Schürze und hatte ein Tablett in der rechten Hand. Sie hatte sich die Haare schneiden lassen und das leuchtende Blond gegen ein warmes Haselnuss ersetzt. Die Brille sah der von Venice sehr ähnlich, aber Julia war unverkennbar Julia, nur mit dem Aussehen einer Französin, entsprungen aus einem Film noir.

Sie gab dem Barkeeper ein Zeichen und nahm an meinem Tisch Platz. Wir sahen uns etwa zehn Sekunden lang direkt in die Augen. Ich wollte wütend auf sie sein, meine Hände um ihren Hals legen und meine Finger zusammenpressen, aber ich erstarrte unter ihrem durchdringenden Blick.

„Ich habe nicht viel Zeit. Höchstens zehn Minuten. Mein neuer Chef ist kein Wohltäter. Wir haben zehn Minuten."

Ich antwortete nicht und starrte Julia an.

„Du musst wütend sein."

„Wenn du nach deinem Verschwinden in der Umkleidekabine gewesen wärst, hätte ich dir wahrscheinlich eine Ohrfeige gegeben."

Sie lächelte. „Aber ich war nicht da."

„Ich habe dich stundenlang gesucht, in allen Räumen des Theaters, im Lastwagen, zwischen den Kulissen, im Käfig, bis mich der Wachmann aus dem Theater gejagt hat."

Julia presste ihre Augenlider zusammen. „Du bist sauer auf mich", sagte sie. „Das ist offensichtlich, aber ich spüre deine Wut nicht. Das geht mir nicht in den Kopf." Sie hielt kurz inne. „Wenn du willst, kannst du mich immer noch schlagen. Vielleicht habe ich ja etwas davon. Ich habe das Bedürfnis nach ein wenig Emotionen von dir."

Unter dem Tisch ballte ich meine Hände zu Fäusten. „Du hast mein Leben zerstört." Ich schlug mit der Faust auf die Tischplatte. Die Espressotasse fiel um, rollte vom Tisch und zerschmetterte auf dem Holzboden. Der Barmann lief auf uns zu, aber Julia stand auf und machte eine abwehrende Geste. Er drehte sich um und ging zurück zu seinem Platz hinter der Bar. Schaulustige beobachteten, wie Julia die Scherben aufhob und sich wieder neben mich setzte.

Sie lächelte, strahlte so viel Ruhe aus. „Dein Leben ist nicht zerstört, Victor."

Ich beschloss, keinen Moment länger zu warten. „Wie hast du es gemacht? Ich habe ein Recht darauf, die Lösung des Rätsels zu erfahren."

Wieder das Lächeln. „Du bist immer so geschäftsmäßig, Victor."

„Ihr glaubt, das Leben ist ein Spiel, du und deine Schwester."

Julia neigte ihren Kopf. Die Geste berührte mich. Zum ersten Mal wurde mir klar, dass sie ihre Zwillingsschwester verloren hatte und dass dieses Wissen mich in den letzten Tagen kaum verwirrt hatte. Wie war das möglich? Hatte ich ihren Tod nicht als Verlust empfunden?

„Ich habe nichts von Miranda gehört. Sie sollte auch nach Cannes kommen, aber sie ist nicht da." Sie zuckte mit den Schultern. „Es fühlt sich nicht richtig an."

Sie weiß es nicht, dachte ich, natürlich weiß sie es nicht. Ich musste es Julia sagen, dass ihre Zwillingsschwester getötet wurde und dass ich sie als Venice Reese beerdigen ließ. Ich musste ihr von Banks erzählen, sobald sie mir zuerst erzählte, wie sie aus dem Käfig entkommen war. Julia würde es verstehen. Sie wusste, wie wichtig die Geheimhaltung war.

„Ich werde dir sagen, warum ich es getan habe", sagte sie.

„Ich würde lieber von dir hören, wie du es gemacht hast!"

Julia strich sich die Ponyfransen zurück, aber die kurzen Haare fielen ihr sofort wieder in die Stirn.

„Vielleicht erinnerst du dich an das Gespräch, das wir hatten, kurz nachdem ich erfahren hatte, dass mein Bruder unheilbar krank ist?"

„Ist es das, worum es hier geht? Ist das deine Rache nach all den Jahren?"

Wieder dieses Lächeln. So selbstsicher. „In den Wochen nach dem Tod unseres Bruders und ermutigt durch die Haltung, die du eingenommen hattest, begannen wir zu erkennen, dass sich unser Leben verändert hatte. Das wurde mir während der Beerdigung klar. Ich weiß, dass du unsere Umarmung am Grab gesehen hast. Wir weinten um Will, aber auch um uns selbst."

Julia hielt einen Moment inne und betrachtete das Gemälde der Dreifaltigkeit. „Wir haben uns immer als eine Einheit gesehen, nicht als zwei Menschen, die eng miteinander verbunden sind. Wir waren *eine* Person, Miranda die linke Hälfte und ich die rechte, oder umgekehrt. Eine Seele, ein Herz, zwei Körper. Als wir am Gymnasium entdeckten, dass wir einfach austauschbar waren, wurde dieses Gefühl nur noch verstärkt. Unser ganzes Leben lang haben wir alles zusammen gemacht und wir waren uns so nah, dass ich fühlen konnte, was Miranda fühlte und sie wusste, was ich dachte. An dem Tag, an dem wir dich in unserem Ballettclub auftreten sahen, hatten wir beide den gleichen Gedanken: Dieser Junge ist unsere Chance, unser Leben damit zu verbringen, was wir gerne tun würden, nämlich zu verschmelzen, indem wir austauschbar sind."

Julia schwieg einen Moment lang und schien auf eine Reaktion von mir zu warten. Ich klopfte mit meiner Faust auf den Tisch, sanfter als beim ersten Mal. „Wie hast du das gemacht, Julia? Wie bist du von der Bildfläche verschwunden?"

Julia seufzte. „Durch Wills Tod wurden Miranda und ich wie siamesische Zwillinge durch eine Operation getrennt. Am Ende dauerte es Jahre, bis unsere Trennung eine Tatsache war, und es geschah mehr oder weniger unbemerkt. Die blanke Ironie: Während du versucht hast, uns davon zu überzeugen, dass wir nichts tun können, was unser Geheimnis verraten würde, dass Miranda und ich ein und dieselbe Person bleiben mussten, um die Illusion aufrechtzuerhalten, wurde uns klar, dass es eine Illusion war, das zu wollen. Schon damals wurde uns klar, dass unsere Zusammenarbeit begrenzt war."

Plötzlich brach mir der Schweiß auf der Stirn aus. „Sag mir, verdammt nochmal, wie du es gemacht hast. Ich muss es wissen."

„Vielleicht vollzog sich der größte Teil der Trennung in Mirandas Kopf. Sie beschwerte sich immer öfter bei mir, dass ich Entscheidungen für uns beide traf, dass ich stets die Initiative ergriff." Julia zupfte nervös an ihrem neuen Pony. „Mehr und mehr stellten wir fest, dass die Zusammenarbeit nicht mehr funktionierte. Wenn wir nach einer Probe zusammen nach Hause fuhren, stritten wir uns über belanglose Dinge."

Ich wischte mir den Schweiß von der Stirn. „Mir sind keine Unstimmigkeiten aufgefallen, Julia."

„Du hast kein Einfühlungsvermögen, keine Antenne für Emotionen, Victor. Du läufst mit Scheuklappen durch das Leben. Du siehst nur das, was du dir selbst erlaubst zu sehen. Wenn du genauer hingesehen hättest, wirklich hingesehen hättest, dann hättest du damals gesehen, dass es nicht mehr zwischen uns stimmte."

„Ich will wissen, wie du es gemacht hast, Julia. Wie bist du von der Bühne verschwunden? Hattest du Hilfe? War es The Shadow? Natürlich war es The Shadow."

Julia lächelte wieder, dieses Mal etwas wehmütig. „Wir waren von heute auf morgen fertig miteinander, denn die Aussicht, in den nächsten Jahren jeden Tag zusammenarbeiten zu müssen, lastete schwer auf uns. Das Tragische daran, ein Zwilling zu sein, ist die Tatsache, dass man irgendwann im Leben an den Punkt kommt, an dem man erkennt, dass man nicht das ist, was man zu sein glaubt. Das wirst selbst du herausfinden."

„Wie meinst du das?"

„Das wirst du selbst herausfinden, wenn du deine Augen öffnest."

Mir wurde schwindelig und meine Fingerspitzen kribbelten. Sie wird es mir nicht sagen, dachte ich. „Wie zum Teufel hast du das gemacht? Bitte, sag es mir?"

Julia schüttelte plötzlich genervt den Kopf. „Am Ende hat das alles weniger mit dir zu tun, als ich anfangs dachte. Du bist nur an den Folgen beteiligt, aber das Ganze ist eine private Angelegenheit, eine Angelegenheit zwischen mir und Miranda. Wir mussten einen Weg finden, uns voneinander zu lösen, und damit auch von dir. Deshalb wollten wir als ersten Schritt in diese Richtung unseren eigenen Trick verkaufen. Mit dem Geld könnten wir beide ein neues Leben im Ausland beginnen. Das konnte ich dir letztes Jahr nicht sagen. Du warst nicht offen für eine Veränderung, für einen Neuanfang."

Julia legte ihre Hand auf meine, aber ich zog sie zurück.

„Du warst der komplizierende Faktor in unserer Affäre. Ohne den Vertrag wäre es weniger peinlich gewesen."

„Der Vertrag?"

„Dieser verdammte Vertrag, den Miranda und ich mit dir geschlossen haben. Dieser Vertrag war die Idee deines Onkels, Noah hat uns nicht nur aneinander, sondern auch an dich gebunden, und dich aber auch für immer an Noah. Ist dir das eigentlich klar? Wir waren naiv, als wir ihn unterschrieben haben, geblendet von unseren Ambitionen. Wir haben die ganze Zeit an eine Illusion geglaubt, aber sie verschwand, als Miranda und ich entdeckten, dass wir uns nicht genügen konnten, und am Ende nicht gut füreinander waren. Wir wussten, dass du alles in deiner Macht stehende tun würdest, um zu verhindern, dass unser großes Geheimnis gelüftet wird. Deshalb wolltest du im vergangenen Jahr dem Verkauf nicht zustimmen, weil gerade der Trick ‚die Täuschung' unsere gesamte Palette an Geheimnissen offenbaren würde."

„Vergiss bitte nicht: Das Geheimnis existiert nur mit…"

„Um von dir wegzukommen, mussten Miranda und ich…", unterbrach mich Julia.

„Mich zerstören? Ich habe dich unterstützt, als dein Bruder starb. Ich habe Fehler gemacht, das gebe ich zu, aber am Ende habe ich dir doch geholfen."

„Du hattest Angst, Victor, dass wir deiner Karriere schaden könnten, nur deshalb hast du Schadensbegrenzung betrieben. Deshalb hast du bei unserem Tausch auf der Beerdigung mitgemacht."

„Erspar mir die Sentimentalität. Ich muss wissen, wie du es gemacht hast. Hat Noah dir geholfen? Das ist es. Natürlich, du hast ihm die Gelegenheit gegeben, sich an mir zu rächen."

„Rächen?" Julia zuckte mit den Schultern. „Warum sollte Noah sich an dir rächen wollen? Er ist mit dir verwandt und hätte ahnen können, dass du eines Tages ohne seine Hilfe weiterziehen würdest."

Julia schwieg einen Moment. „Du spürst es jetzt noch nicht, aber bald wirst du mir dankbar sein. Ich habe dir einen Gefallen getan, indem ich verschwunden bin. Tommy Cooper starb auf der Bühne und wurde unsterblich. Unser Erfolg entglitt uns langsam, aber mein Verschwinden beschert uns ein legendäres

Ende unserer Karriere. Es ist unser eigener Victor Horus-Moment."

„Wie hast du es gemacht, Julia?"

„Es ist an der Zeit, dich anderem zu öffnen, vielleicht jemandem, mit dem du den Rest deines Lebens verbringst. Du brauchst jemanden um dich herum, der deinem Leben eine Richtung geben kann. Jemand, der dir die Augen öffnet, um die Welt so zu sehen, wie sie wirklich ist. Anscheinend bist du selbst nicht dazu in der Lage. Deshalb wusste ich, dass ich dich nie darum bitten könnte, unseren Vertrag aufzulösen, deshalb wusste ich, dass ich von einem Moment auf den anderen nicht mehr vorhanden sein durfte und dass es für jeden klar sein musste, dass ich fort war. Du willst, dass alles so bleibt, wie es war. Aber nichts ist mehr, wie es war. Sieh dich einfach selbst an."

„Das Geheimnis muss bewahrt werden, Julia. Solange niemand unser Geheimnis lüftet, werden wir die Besten der Welt bleiben."

„Glaubst du das wirklich? Wie viele Geheimnisse hat Houdini mit ins Grab genommen? Unzählige. Das macht ihn, nach deiner Definition, besser als uns, also waren wir nie die Besten der Welt. Du nimmst dein eigenes Leben viel zu ernst."

Ich schaute Julia irritiert an.

Sie stand auf und schaute auf ihre Uhr. „Ich muss zur Arbeit, mein Chef ist kein Wohltäter, wie ich schon sagte."

Sie nickte in Richtung der Bar. „Erinnerst du dich an letztes Jahr in Cannes, als ich dir von einem Mann erzählt habe, der sich nachts neben mich auf die kleine Mauer gesetzt hatte?" Sie nickte wieder in Richtung der Bar. „Er ist süß, aber er ist auch mein Chef. Ich glaube nicht, dass er mich als *Lovely Julia* erkannt hat. Vielleicht existiert ein Geheimnis nur durch die Gnade des Geheimnisträgers."

Ich stand auf und starrte an Julia vorbei zu dem Mann, der mit einem Geschirrtuch über die Bar wischte. Erst als ich wieder in Julias Augen blickte, wurde mir klar, dass wirklich alles vorbei war.

„Ich muss es wissen, Julia."

„Alles, was ich zu sagen hatte, wurde gesagt."

„Es ist mir egal, warum du das getan hast, und ob du mir glaubst oder nicht, es ist mir sogar egal, dass du es getan hast. Ich will von dir nur wissen, wie du das geschafft hast. Wie bist du von der Bühne verschwunden? War es ein Loch im Boden? Oder ein zusätzlicher Doppelboden? Wer hat dir geholfen? War es The Shadow? Noah? Dein Vater? Sag mir wenigstens, dass es nicht dein Vater war?"

Julia lächelte amüsiert. Sie führte ihre Hand zu meinem unrasierten Kinn und strich über die Bartstoppeln. „Wie siehst du überhaupt aus? Hast du mal in den Spiegel geschaut? Nimm dir in den nächsten Wochen die Zeit, dich selbst zu betrachten. Glaube mir, es ist an der Zeit, sich von Victor Horus zu verabschieden. Victor Adams muss sich selbst finden."

Sie drehte sich um, aber ich umklammerte ihren Oberarm. Julia versuchte, sich meinem Griff zu entziehen.

Nach zwei Sekunden standen zwei breitschultrige Männer neben mir und schoben mich zum Ausgang des Café Theatre Moirae.

„Ich muss es wissen!", schrie ich verzweifelt.

Am Eingang sah ich mich selbst in der verspiegelten Tür, las die Panik in meinen Augen.

Ich fiel nach vorne auf den Bürgersteig. Die Tür knallte hinter mir zu und öffnete sich Sekunden später wieder.

Julia stand in der Tür, lehnte ihre Schulter gegen den Türpfosten und musterte mich.

„Bitte, ich muss es wirklich wissen", sagte ich wieder. „Wie bist du entkommen?"

Wieder zeigte sie dieses zufriedene Lächeln. „In diesem Fall gilt die Grundregel eins, Victor Adams. Grundregel eins."

Sie drehte sich um und hielt wieder inne. „Suche bitte Noah auf. Es geht ihm nicht so gut und er muss unbedingt mit dir sprechen."

Sie ging zurück ins Theater. Die Tür glitt langsam ins Schloss.

TANZ, MINI, TANZ

Canterbury - November 2020

Ich wollte in einem Rutsch zurück nach Canterbury fahren, so wie ich die Fahrt in den Süden in einem Zug hinter mich gebracht hatte. Doch kurz nachdem ich Cannes verlassen hatte und in Richtung Westen durch die Provence fahren wollte, wurde mir unwohl. Es war, als würde das Leben sich aus meinem Kopf fortstehlen, ich nahm die Gegend nicht wirklich wahr. Ein kalter Schleier legte sich über meinen Schädel, meine Lippen kribbelten und mein Unterkiefer hing schwer in meiner Haut.

Ich riss das Lenkrad herum, hielt auf dem Parkstreifen am Strand. Erst jetzt bemerkte ich, dass mir die Tränen über die Wangen liefen. Ich weinte, nicht wegen dem, was hinter mir lag, sondern wegen dem, was noch vor mir lag. Eine halbe Stunde lang saß ich zitternd und wehleidig hinter dem Lenkrad. Keiner der Autofahrer, die mich zittern sahen, hielt an, um zu helfen.

Der Boulevard glitzerte in der Sonne, die zwischen den Wolken hindurchdrang. Ich stieg aus und machte einen Spaziergang. An einem Kiosk kaufte ich einen Regenschirm und lauschte dem Meer. Es war schön, einen Moment lang allein dazustehen und an nichts zu denken. ...

Ich wachte von der Kälte auf. Der Wind blies gegen meine nackten Arme, an meinen Händen war körniger Sand. Überrascht erhob ich mich aus dem Strandkorb. Hatte ich wieder eine Amnesie gehabt? Dies war nicht Canterbury.

Du bist in Frankreich, Mini.

In einem Strandkorb am Strand von Cannes. Das Letzte, woran ich mich erinnerte, war die grelle Sonne. Die Geschäfte waren noch geschlossen. Ich musste mich demnach am Strand in einen Korb gesetzt haben, denn die Sonne war nun untergegangen. Ich hatte ein paar Stunden verloren.

Schließlich ging ich zu meinem Wagen und lenkte ihn auf ein Hotel direkt an der Autobahnausfahrt zu.

„Waren Sie schon einmal hier?", fragte die Rezeptionistin. „Sie kommen mir irgendwie bekannt vor."

Ich schüttelte den Kopf.

„Sind Sie sicher? Ich vergesse nie Gesichter. Moment mal, Sie sind dieser Illusionist. Victor Horus, nicht wahr?"

Wieder schüttelte ich den Kopf. „Mein Name ist Adams. Victor Adams."

Ich legte mich im Hotelzimmer sofort hin und schloss die Augen. Ich hatte Hoffnung, ich hatte immer noch das Gefühl, dass alles gut werden konnte. Mit diesem Gedanken schlief ich ein.

„Tanz, Mini, tanz!"

„Victor hat keine Lust zu tanzen. Seine neuen Schuhe schmerzen und er ist müde."

„Lass ihn in Ruhe", sagt jemand. „Er war doch krank."

„Das hat seinen Füßen nicht geschadet. Es waren die Hände."

„Das ist falsch", sagt eine Stimme in meinem Ohr. „Sieh es dir an, völlig falsch, Victor."

Ich schaue auf meine Schuhe, aber die Schnürsenkel sind nicht locker.

Plötzlich fängt jemand an zu lachen. „Es sind zwei rechte Schuhe!"

Sie ziehen ihm die Schuhe aus und er tanzt in seinen Socken. Sie klatschen nur für ihn.

Ich wachte auf, meine nackten Füße standen auf dem Teppichboden des Zimmers. Ich ging ins Bad, um mir ein Glas Wasser zu holen. Mein Herz raste, als hätte ich an einem Marathontanzwettbewerb teilgenommen.

Im Bett steckte ich meine kalten Füße tief unter die Decke. Schnell schrieb ich die Fragmente des Traums auf ein Blatt Papier. Dann stand ich wieder auf, um die Tür zum Balkon zu überprüfen. Alles war fest verschlossen. Kein Grund, nicht wieder einzuschlafen.

Denk an schöne Dinge, bevor du einschläfst, war der Ratschlag meines Freundes Steve gewesen.

Es gab keine schönen Dinge, von denen ich träumen konnte. Ich sollte lieber an das Meer denken, oder an die Berge, an einen Ausflug ins Grüne, an den Jogger.

Mein Atem beruhigte sich, während ich mir Schritt für Schritt Julias Verschwinden aus dem Käfig durch den Kopf gehen ließ. Ich kam einfach nicht auf die Lösung.

Am nächsten Morgen, als ich meine Schuhe anzog, dachte ich an den nächtlichen Traum mit den Schuhen. Ich wollte ihn sofort vergessen.

DIE WAHRHEIT

Canterbury - November 2020

Nach meiner Rückkehr fand ich keine Ruhe. Ich musste dieses Haus finden. Julias letzte Worte hallten in meinem Kopf nach wie ein unerschütterlicher Alarm. *Suche bitte Noah auf. Es geht ihm nicht so gut. Er muss unbedingt mit dir sprechen.*

Ich musste zu ihm, auch um noch einmal über den Diebstahl und andere Dinge zu sprechen. Doch vorher wollte ich das Treppenhaus aufsuchen. Ich war mir sicher, dass dort die Ursache für meine Albträume lag. Das Treppenhaus hatte Priorität. Dieses Mal fuhr ich mit dem Wagen nach Rochester. Ich fuhr langsam durch den Stadtteil mit dem Treppenhaus und hielt an den Gleisen an. Ich schloss sofort die Augen wie nach meinem ersten Besuch beim Zahnarzt. Fünf Minuten später öffnete ich sie wieder. War ich zu weit gefahren? Nein, da – der Park, die Bäume, der Spielplatz. Ich stieg aus.

Heute dirigierte mich mein Gedächtnis. Ich überquerte die Straße und ging auf das Treppenhaus Nummer neun zu.

Auch jetzt drang aus einem offenen Fenster der Geruch von Curry.

Auch jetzt beleuchtete eine einzige schmucklose Glühbirne die Eingangstür vom Treppenhaus Nummer neun.

Ich klingelte.

Auch jetzt wurde die Tür von einer Frau geöffnet.

Ich sah die Überraschung in ihren Augen, hörte ihre Worte.

„Da bist du endlich wieder, Mini. Ich habe schon so lange auf dich gewartet. Komm doch herein. Ich sehe es dir an, dass du viele Fragen hast."

Ich folgte ihr ins Wohnzimmer.

Sie sah seltsam aus, wie eine Fremde, als sie mir einen Platz auf ihrer Couch und eine Tasse Tee anbot. Es lag an der samtbraunen Haut der Asiatin, an einer Stärke in ihren geraden Schultern, der Sicherheit in ihren Gesten. Kein Zweifel, keine Entschuldigung, allenfalls Ungeduld.

Ich öffnete meinen Mund, weil ich eine Erklärung von ihr hören wollte, sagte aber nur: „Wer sind Sie?"

„Ich bin Senya Adams, Noahs Ex-Frau."

Erstaunt sah ich sie an. „Ich wusste nicht, dass Noah verheiratet ist."

„Wir waren verheiratet, aber das ist sehr lange her. Heute sind wir befreundet."

„Warum haben Sie mich vorhin *Mini,* genannt, Mrs. Adams?"

„Bitte, nenn mich Senya. Das hast du früher immer getan. Mini war dein Kosename, weil du als Baby so unglaublich winzig warst." Sie musterte mich von oben bis unten. „Du bist jetzt noch dünn wie eine Bohnenstange. Isst du auch genug, Mini?"

„Unregelmäßig", antwortete ich.

„Ich wusste, dass du eines Tages wieder hierherfinden würdest", sagte sie sanft.

„Aber warum? Ich verstehe das Ganze nicht. Ich bin neulich hier gewesen und konnte mich nicht erinnern, was ich hier wollte, warum ich hierhergekommen war. Nach einer Zahnwurzelbehandlung stieg ich in den falschen Zug und kam hier vorbei. Welche Bedeutung hat dieses Treppenhaus für mich, Senya? Seitdem ich es gesehen habe, plagen mich Albträume und Halluzination."

Senya sieht mich erschrocken an. „Was denn für Albträume?"

„Im Traum habe ich stets blutige Hände."

Sie atmet erleichtert auf. „Dafür gibt es eine Erklärung." Sie nippte an ihrem Tee. „Du wurdest in diesem Haus geboren", fuhr Senya fort. „Deine Mutter war dem Anschein nach eine starke Frau, aber auch wenn sie nach außen hin nichts zu erschüttern schien, so wusste ich, wie Ann in Wirklichkeit war: eine junge Frau ohne Selbstvertrauen, die ihre Traurigkeit und Verzweiflung über eine verlorene Liebe mit gespielter Fröhlichkeit verschleierte. Unter dieser Schale, unter der rissigen Schicht war alles in ihr nach deiner Geburt bereit zum Einsturz.“

Mum eine Frau ohne Selbstvertrauen? Mir wurde übel. Was kam da aus der Vergangenheit auf mich zu? Am liebsten würde ich die Augen schließen.

„Du warst das, was man ein Kuckuckskind nennt; Mini. Dein Vater, John, wollte nicht, dass du unter seinem Dach lebst, dass er jeden Tag an den Fehltritt seiner Frau erinnert wird. Deshalb hat deine Mutter dich nach deiner Geburt bei mir gelassen, so dass Noah und ich uns um dich kümmern konnten. Es war eine andere Zeit, weißt du, die Leute tratschten und waren so verdammt spießig. Dein Dad war der Meinung, dass er sich das damals nicht leisten konnte. John war so feige.“

Ich wich erschrocken zurück und starrte Senya an, als hätte ich ein Gespenst gesehen. Meine Identität starb mit ihren Worten. „Mein Vater ist demnach nicht mein leiblicher Vater?“

„Nein, ich für meinen Teil fühlte damals sofort eine Abneigung gegen ihn. Für mich war John eine fleischfressende Pflanze und Ann seine kleine Fliege. Aber das ist subjektiv. Egal.“

„Und Ihre Rolle in all dem?“

„Ich war vier Jahre lang deine Ziehmutter, Mini, für John ein unbedeutender Schatten. Deine Mum hat dich und Noah oft hier besucht. Du warst in diesen schweren Zeiten ihr Licht. Ich habe Noah in allem unterstützt, weil ich ihn nicht verlieren wollte. Aber dann geschah etwas Schreckliches. Du hattest an den Gleisen einen Unfall, als du dort mit deinem Drachen spieltest. Du bist schwer gestürzt und hast dir die Hand verletzt. Wir mussten dich ins Krankenhaus bringen.“

Ich zeigte auf meine Hand. „Stammen daher diese feinen Narben?“

Sie nickte. „Ja, die Ärzte konnten im Krankenhaus deine Hand retten. Es war nicht so schlimm, wie es ausgesehen hat. Es hat nur schrecklich geblutet. Dieser Unfall änderte aber alles. Deine Mutter wollte dich keine Sekunde mehr aus den Augen lassen und brachte dich nach Rochester. Sie hat John unter Druck gesetzt und am Ende gab er nach. Sie hätte ihn sonst wohl verlassen."

Dad verlassen?

Mit einem Mal verstand ich die oft devote Haltung meiner Mutter. Sie hatte all die Jahre Existenzängste gehabt.

„Ich hatte immer das Gefühl, dass ich in Wahrheit für Dad ein unsichtbarer Junge war, und er Mum an einer Weiterentwicklung hinderte. Aber … Aber wenn er nicht mein Vater war, wer war es dann?"

„Du weißt es doch, Mini, du hast es instinktiv immer gespürt. Noah ist dein leiblicher Vater. Noah musste deiner Mutter versprechen, dass er es dir niemals sagen würde. Sie wollte für dich ein intaktes Zuhause."

Ich zuckte mit den Schultern und dachte an die Grundregel Nummer eins: Die Geheimhaltung bewahren. Meine Mutter und ich waren uns anscheinend doch ähnlicher, als ich angenommen hatte. „Ein intaktes Zuhause. Mum lief tagein, tagaus in ihrer Schürze durchs Haus und gehorchte dem Patriarchen. Nennen Sie das intakt?"

„Das stimmt nicht, Mini. Deine Mutter hat John gemocht."

„Aber warum habe ich das nicht gespürt? Mein Dad... Mein Ziehvater war immer so …"

„Belehrend?" Senya lachte laut auf. „Das liegt in der Natur der männlichen Familienmitglieder. Noah gab mir auch immer gute Ratschläge, als wir noch verheiratet waren."

Ich rutschte unruhig auf dem Stuhl hin und her. „War ich der Grund, warum Sie geschieden wurden, Senya?"

„Nein. Unsere Ehe war schon immer schwierig. Als Noah damals aus den Staaten zurückkehrte und deine Mutter kennenlernte, war alles zu spät. Er war verrückt nach deiner Mutter. Sie haben sich abgöttisch geliebt. Aber damals war deine Mutter schon mit John verheiratet."

Sie haben sich abgöttisch geliebt. Hatte Mrs. Stewart das nicht auch behauptet?

„Aber warum hat sie sich dann nicht von Dad getrennt?"

„Noah wollte das nicht. Er war geschäftlich oft monatelang unterwegs und konnte sich nicht um deine Mutter und dich kümmern. Und deine Mutter wollte nur das Beste für dich."

„Das Beste …." Ich lächelte. „Ja, Mum war sehr fürsorglich. Ich habe so viele Fragen."

„Ich weiß, frag doch einfach, Mini."

„Habe ich früher getanzt?"

Sie lachte laut auf. „Und wie. Seit du die ersten Schritte machen konntest, hast du stets auf das Radio gezeigt. Wir sollten es anmachen, weil du zur Musik tanzen wolltest. Kommt das in deinen Träumen vor?"

„Ja", antwortete ich.

„Das sind gute Träume."

„Meine Holzpuppen kommen auch darin vor. Es sind seltsame Träume."

„Dein Vater hat dir irgendwann verboten, Holzpuppen zu schnitzen. Du wolltest früher unbedingt ein Spielwarengeschäft eröffnen."

„Ach ja?" Mir wurde warm ums Herz.

„Sprich mit Noah. Er kann vieles erklären."

„Mir wird jetzt einiges klar. Auch, dass ich Dad nie wirklich eine Chance gegeben habe."

„Du hast Noah in ihm gesucht."

Ich nickte stumm.

Nachdem ich mich von Senya mit dem Versprechen verabschiedet hatte, sie bald wieder zu besuchen, stieg ich ins Auto, startete den Motor und dachte an Noah. Ich hatte ihn immer vermisst. Er war es, der mich immer verstanden hatte, mich immer tröstete, beruhigte und ablenkte, wenn die Wut mich übermannte.

Hatte die Betäubung während der Zahnwurzelbehandlung tatsächlich eine solche Wirkung auf mich gehabt, dass ich wissen wollte, was in meiner Kindheit geschehen war? Oder war es nur die zufällige Begegnung mit dem Treppenhaus gewesen?

Ich hatte mich immer Noah näher gefühlt als Dad. Ich hätte es spüren müssen, sehen müssen. *Noah und meine Mutter.* „Deine Mutter ist eine wunderbare Frau", hatte er einmal gesagt.

Senyas Worte sangen in meinem Kopf herum. Ich öffnete den Mund und ließ den Kiefer knacken. Meine Ohren nahmen keine Außengeräusche mehr wahr. Ein plötzlich einsetzender Tinnitus quälte mich mit seinen hohen Tönen. Ich ließ mich im Autositz zurückfallen, der Himmel kreiste über meinem Kopf. Ich dachte an nichts mehr. Da war nur noch Leere und Verzweiflung. Ich hatte nicht nur meine Existenz, sondern auch meine Identität verloren, als hätte Senyas Worte sie weggekippt, sie versenkt. Und ich hatte meinen leiblichen Vater bestohlen und betrogen.

Noah...

Ich musste zu ihm.

DUNKELHEIT

Rochester

Mein Wagen wurde immer schneller. Ich musste zu Noah. Ein Blick auf den Tacho: Einhundertfünfzig Stundenkilometer. Das ging schneller. Ich gab Gas.

Die Gedanken an meinen leiblichen Vater konnte ich nicht mehr zurückhalten, und die an Julia und Miranda, an Senya, an Mum und Dad ebenso wenig. Sie lauerten in jeder Hirnwindung, verbargen sich nicht mehr, ich sah, wie sich ihre Schatten heranschlichen. Ich hatte ihnen aus mangelnder Empathie seelische Schmerzen zugeführt und sie in unangenehme Situationen gebracht. Die Auseinandersetzungen waren immer kurz und heftig gewesen, ihre Gefühle hatte ich stets negiert. Am meisten belastete mich, dass ich nicht auf der Jubiläumsfeier meines Dads aufgetreten war, dass ich Noah bestohlen hatte.

Du hattest dich nach innen gekehrt, Mini.

Einhundertsechzig Stundenkilometer. Der Wind peitschte, rüttelte am Wagen. Regen zog auf. Die Wolkendecke war nah und tief.

Achte auf die Straße, Mini!

„Es ging immer nur um mich!", schrie ich. Was vor meinen Augen geschah, wurde übersehen oder ignoriert, wie die Trauer meiner Eltern wegen meines Fernbleibens und die zunehmende Distanz zwischen uns, wie der Konflikt zwischen den Zwillingen. Wie Noahs Schmerz, als er meinen Betrug in der Fernsehübertragung gesehen haben musste.

Ich blickte wieder zum Tacho. Einhundertsiebzig Stundenkilometer.

Meine Gedanken zermarterten mein Hirn wie kantige Steine, ich konnte mich kaum noch auf die Straße und den Verkehr konzentrieren.

Und dann Senyas Worte: Noah ist dein leiblicher Vater.

Vielleicht hatte ich es schon immer gespürt.

Ausfahrt Rochester. Einhundertachtzig Stundenkilometer.

Ich keuchte. Meine Lungen brannten.

„Sie haben ihr Ziel erreicht", sagte die Navigationsstimme.

Ich parkte den Wagen auf dem gegenüberliegenden Parkstreifen vor Noahs Haus, das hell beleuchtet war, und stieg aus. In der Werkstatt brannte kein Licht.

Plötzlich setzte der Regen ein. Die Wolkendecke brach. Ich blieb stehen und ließ den Regen über mich strömen, während ich auf Noahs Haus starrte. Ich hatte keinen Regenschirm dabei, spürte die Nässe und die Kälte.

Ich machte einen Schritt vorwärts, langsam zogen meine Beine meinen Körper mit.

Noah ist mein Vater.

Dann rannte ich plötzlich los, gegen den Wind, der mächtiger war als erwartet. Ich sah nichts, hörte nichts.

Auch nicht das näherkommende Fahrzeug, das mich Sekunden später mir Wucht erfasste.

Kein Regen, keine Kälte, nur Dunkelheit.

IRRITATIONEN

Canterbury - Dezember 2020

Diese ganzen Irritationen und Verwirrungen. Noah, und all die Fragen, die nur schwer zu beantworten waren.

Die ersten Wochen nach meinem Unfall waren die schwersten, ich verlor die Tage aus den Augen. Noah war immer an meinem Bett und kümmerte sich um mich und meine Wiederherstellung. Erst als ich das Krankenhaus verlassen konnte, begann auch meine seelische Rehabilitation, mein Leben bekam wieder etwas Struktur. Für Noah und mich war es ein Herantasten, eine vorsichtige Wiederbelebung der Beziehung – jetzt unter dem Aspekt einer Vater-Sohn-Beziehung.

Wir redeten stundenlang und Noah half mir, alles zu verstehen. Er zeigte mir Babyfotos von mir, Fotos von ihm und meiner Mutter. Ich sah ihre Liebe, spürte sie in jeder Pore meines Körpers beim Betrachten der Bilder.

Die Tage und Nächte gingen ineinander über. Die seelische Kälte verschwand, die Ungläubigkeit blieb. Und meine Fassungslosigkeit, als Noah mir die Wahrheit über den Tod meiner Eltern gestand, nahm zu. Meine Eltern wurden in der Dunkelheit von einem umgestürzten Baum getötet.

Ich verscheuchte den Gedanken aus meinem Kopf. Trotzdem hatte ich tagelang das Bild immer wieder vor Augen. Mum in ihrem Sonnenblumenrock, Dad in seinem korrekten Anzug. Mums Haar auf dem Asphalt, die Augen weit offen. Mum, die mich nie wieder zärtlich ansehen würde. Dad, der mir nie wieder seinen Stolz zeigen konnte. Mir wurde bewusst, dass Dad immer mein Dad bleiben würde. Aber Noah war mein Vater und das machte mich am Ende stolz.

Ganz sicher stand ich jetzt vor meiner Deadline, ein letzter Versuch, endlich authentisch zu werden, was auch immer

Noahs und der Wunsch meiner Eltern gewesen war, und nicht abhängig zu sein von äußeren Anreizen, die den Erfolg brachten. Noah hatte mich oft darauf hingewiesen, mich nicht nach innen zu kehren, wie auch Dad es getan hatte, doch ich hatte ihnen nie wirklich zugehört. Ich war jahrelang blind vor Ehrgeiz.

Jetzt wollte ich nur noch für Noah ein Sohn sein, der ihn mit Stolz erfüllt.

EPILOG

Canterbury
Wie es endete

Februar 2021

Einen Monat später saß ich im Notariat von Arthur Austin, der kurz vor seinem Ruhestand war und meine Familie schon immer betreut hatte. Mir gegenüber saß Percy Banks.

Der Notar saß am Kopfende des Tisches über den Vertrag gebeugt und las den Inhalt der Vereinbarung Wort für Wort mit monotoner Stimme laut vor.

„Vor dem Notar Arthur Austin sind folgende Personen erschienen: Mr. Victor Frederik Adams, geboren am 16. Februar 1975 in Rochester und Mr. Percy Banks, geboren am 19. Juni 1968, in Paddock. Mr. Adams erklärt, dass er in dieser Angelegenheit als Vertreter des Unternehmens DonnerMagic Ltd. mit Sitz in Rochester und Hauptgeschäftssitz in London handelt…"

Als ich die Worte hörte, schaute ich Banks an, der aber nur mit den Schultern zuckte.

Der Notar las unbeirrt weiter, aber ich hörte nicht mehr auf den Rest des Textes, schaute nicht mehr zu Banks, der sich im Notariat wegen des Ereignisses unwohl zu fühlen schien, sondern spielte mit einer Münze unter dem Tisch, die ich zwischen meinen Fingern rollen ließ, als würde sie von einer Stufe kippen. Es war ein Taschenspielertrick, der bestenfalls Bewunderung hervorrief.

Als der Notar den Vertrag vollständig vorgelesen hatte, schob Banks mir einen gepolsterten Umschlag über den Tisch.

„Sobald Sie unterschreiben, gehört das Geheimnis der Illusion Ihnen, Mr. Horus. Machen Sie damit, was Sie wollen."

Ich kritzelte meine Unterschrift unter den Vertrag und nahm das Päckchen entgegen. „Adams ist der Name, wie Sie gerade hören konnten."

Der Umschlag war verschlossen. Ich öffnete ihn. Er enthielt ein Notizbuch und eine DVD.

Banks setzte seine Unterschrift neben meine.

„Enthält er alles, was er enthalten sollte? Ein Notizbuch mit der Beschreibung und ein Video?", erkundigte sich Austin.

Ich öffnete den Umschlag und nahm beides heraus, nickte nur und steckte alles wieder ein.

Austin stand auf und schüttelte mir die Hand. „Herzlichen Glückwunsch zu dem Neuankömmling. Jetzt brauchen Sie nur noch eine neue Assistentin, sagte er feierlich und zwinkerte mir zu. Das wär's dann, meine Herren. Ich lasse Ihnen die beglaubigten Verträge dann mit der Post zukommen."

Vor dem Notariat verabschiedete ich mich von dem Percy Banks. Ich hoffte, ihn nie wieder zu sehen und den Namen Venice Reese nie wieder hören zu müssen. Ich schüttelte seine ausgestreckte Hand.

„DonnerMagic?", erkundigte ich mich.

„Ich hielt es nicht für richtig, das Geld auf meinem Privatkonto zu haben. Meine Frau macht zu Hause die Kontenbetreuung. Sie würde einen Anfall bekommen, wenn sie das viele Geld sieht. Dann müsste ich erklären, was ich nicht erklären möchte – dass ich ein verdammt korrupter Bulle bin – es ist in unser beider Interesse, verstehen Sie?"

„Sie bitten einen Magier, das zu verstehen?"

„Sie haben Recht: Sie sind der Illusionist oder der Magier. Worin besteht faktisch der Unterschied?"

„Das sind zwei verschiedene Begriffe für dasselbe Kunststück, Mr. Banks. Der Unterschied beruht auf dem Gefühl, das davon abhängt, inwieweit der Magier sich selbst ernst nehmen will."

Das Gespräch verstummte. Banks schaute auf seine Uhr, ich auf die Fassaden der Treppenhäuser. In den vergangenen

Tagen hatten im Haus Nummer Neun viele Gespräche stattgefunden. Noah und ich hatten uns einige Male mit Senya getroffen, um über die Vergangenheit zu sprechen. Kein Gespräch davon war so leer wie das jetzige. Ich hatte ein Geheimnis gekauft, das ich mehr oder weniger selbst erfunden hatte, um ein altes Geheimnis zu bewahren. Ein altes Geheimnis, das mir am Ende nichts anderes gebracht hatte als den Verlust dessen, was ich so sehr hatte bewahren wollen.

„Ich habe noch etwas für Sie", sagte Banks und überreichte mir einen kleinen Beutel. „Machen Sie ihn aber erst auf, wenn Sie das Video gesehen haben."

Ich nickte. „Viel Glück für das Leben, das vor ihnen liegt, Mr. Banks. Genießen Sie das Geld, ich glaube, Sie werden nie wieder arbeiten müssen."

Ich drehte mich um und ging ein Stück entlang dem River Medway.

Im Auto beugte ich den Rückspiegel meines Autos zu mir und betrachtete mich. Im Laufe der letzten Wochen waren die Tränensäcke unter meinen Augen allmählich verschwunden, wie meine Albträume, und das Weiß um meine Pupillen hatte seinen roten Schimmer verloren. Ich lächelte mich selbst an, wobei die Falten unter meinen Augen einen Moment lang sichtbar wurden.

War der Mann, der mich ansah, glücklich? Ich kannte die Antwort auf diese Frage besser als je zuvor. Ich hatte verloren, was mir lieb und teuer war, aber dieser Verlust machte Platz für neue Erkenntnisse. Noah gehörte wieder zu meinem Leben – und Tim.

November 2020

Banks hatte mich am Morgen nach meiner Rückkehr aus Cannes angerufen. „Ich habe gute Nachrichten für Sie", begann er.

„Sie ist in Cannes", antwortete ich.

Schweigen.

„Woher wissen Sie das, Mr. Adams?"

„Ich habe vorgestern mit ihr gesprochen."

„Und Sie hielten es nicht für nötig, das zu melden?"

„Ich habe nicht darüber nachgedacht."

„Na ja, egal. Das spielt keine Rolle mehr. Sie wurden entlastet und werden nicht mehr verdächtigt, etwas mit Julias Verschwinden zu tun zu haben."

„War ich ernstlich ein Verdächtiger?"

„Die Akte wurde geschlossen und liegt hinter uns. Nach dem Notarvertrag in Sachen Venice sind wir miteinander fertig. Lassen sie uns nicht darüber streiten, was passiert ist."

„Ich möchte morgen dabei sein."

„Wie meinen Sie das?"

„Die Beerdigung. Ich möchte mich von Miranda verabschieden, auch wenn sie nicht unter diesem Namen unter die Erde kommt."

„Kommt nicht in Frage." Banks klang entschlossen.

„Dann möchte ich ein Foto von dem Grab machen. Für Julia. Ich möchte ihr das Foto schicken. Sie hat ein Recht darauf zu wissen, dass ihre Schwester..."

„Niemals. Dies ist unser Geheimnis, und niemand darf jemals davon erfahren. Nicht einmal Julia. Sie haben Erfahrung im Bewahren von Geheimnissen, also wird es Ihnen keine Probleme bereiten zu schweigen. Wir werden uns bald beim Notar sehen und, was mich betrifft, danach nie wieder."

Banks brach die Verbindung ab und ich beschloss sofort, alles zu vergessen.

In den darauffolgenden Wochen fiel mir das überraschend schwer. Ich brauchte Ablenkung und stürzte mich in die Gartenpflege. Tim hatte recht: Es war an der Zeit, zur Gartenschere zu greifen.

Ich versuchte, die Buchsbaumhecken in Form zu bringen, den Rasen zu mähen, die Beete des Vorgartens zu jäten und das Laub aus dem Teich zu fischen. Aber je mehr ich tat, desto deutlicher wurde das Ausmaß der überfälligen Pflege. Ich brauchte Tim, um optimale Ergebnisse zu erzielen.

Anfang Februar wagte ich es, das Gartencenter anzurufen, um einen Kostenvoranschlag für die Instandhaltung anzufordern, aber als ich Tim am Apparat hatte, wusste ich sofort, dass ein Kostenvoranschlag überflüssig war; ich war bereit, jeden Preis zu zahlen.

Am selben Nachmittag kam Tim vorbei, um die Gartenarbeiten zu begutachten. Zu meiner Enttäuschung hatte er einen Kollegen mitgebracht. Tim durchquerte mein Anwesen, als wäre er schon immer hier gewesen. Ich folgte den beiden Männern durch die Baumreihen, am Teich entlang, um das Theater herum, und die ganze Zeit dachte ich an nichts. Es gab keine Täuschung, keine Suggestion, aber ich erfuhr mehr Magie als je zuvor. Ich sah, wie Tims Hände auf abgestorbene Bäume zeigten, auf Büsche, die ihre Form verloren hatten, auf den Rasen, der gedüngt werden und auf Hecken, die geschnitten werden mussten.

Eine halbe Stunde später schüttelte ich seine ausgestreckte Hand. Sein Griff war fest, aber nicht unangenehm. „Wir werden Ihnen den Kostenvoranschlag so schnell wie möglich zusenden. Vielleicht bringe ich ihn selbst vorbei."

„Ich bin einverstanden."

Er lächelte. „Wir haben noch keinen Preis festgelegt."

„Ich werde trotzdem zustimmen, unter der Bedingung, dass ich mithelfen kann. Ich habe die kommenden Monate nichts vor und möchte zu Ende bringen, was ich angefangen habe."

Tim warf mir einen irritierten Blick zu.

„Es wird Zeit, mich wiederzufinden. Vielleicht könnten wir dieses Jahr Weihnachten gemeinsam verbringen?"

Ein Lächeln erschien auf Tims Gesicht.

Eine Woche später fuhr Tim mit seinem Kleintransporter auf mein Grundstück. Er stieg aus und das Erste, was mir auffiel war, wie groß und massiv er in seiner Arbeitskleidung aussah.

Er trug seine Gartengeräte zu den Bäumen. Tagelang sägten und schnitten wir Sträucher und Bäume, schleppten gemeinsam die heruntergefallenen Äste auf die Freifläche vor dem Theater, wo wir das Holz in kleine Stücke sägten. Tim erledigte die Arbeit schweigend, aber ab und zu warf er mir einen Blick zu. Wir arbeiteten in der Regel bis sieben Uhr abends, machten danach ein kleines Lagerfeuer und tranken ein Bier.

„Sie haben ein ziemliches Chaos angerichtet", sagte Tim, als wir am ersten Abend im Gras saßen und das Feuer beobachteten. Er gab mir einen Klaps auf die Schulter und reichte mir die Hand.

Ich schaute ins Feuer, weil ich es nicht wagte, zur Seite zu blicken. Noch nicht. Alles, was ich sah, war wirklich da, und alles, was verschwand, war wirklich fort. Die Wärme von Tims Hand liebkoste meine Haut.

Ich lächelte bei der Erinnerung, klappte den Rückspiegel in seine ursprüngliche Position zurück, ließ den Motor an und griff nach dem Schalthebel. In diesem Moment fiel mir der Umschlag auf, den ich auf den Beifahrersitz gelegt hatte. Ich legte den Leerlauf ein und nahm das Notizbuch aus dem Umschlag. Hatte sich Banks wirklich die Mühe gemacht, ein paar Skizzen anzufertigen, um den Kauf realer erscheinen zu lassen?

Ich schlug das Heft auf und las auf der ersten Seite: *„Was haben Sie wirklich gesehen?"*

Diese Worte wurden ganz bewusst dorthin geschrieben. Ich blätterte in dem Notizbuch, aber es enthielt keine weiteren Notizen. Ich legte es beiseite und nahm die DVD aus dem Umschlag. Mit einem dünnen, kaum sichtbaren und daher absichtlich aufgetragenen Stift schrieb ich auf das Etikett: *Was habe ich nicht gesehen?*

Ich ließ die DVD in den Umschlag gleiten.

Was habe ich wirklich gesehen und was habe ich nicht gesehen?

Ohne mich zu beeilen, verließ ich Rochester in Richtung Canterbury, eine Stunde später betrat ich das Theater auf meinem Anwesen. Im Technikraum legte ich die DVD in den Player.

Das Bild war eine Zeitlang schwarz. Als ich den Player ausschalten wollte, erschienen zwei Wörter aus der Dunkelheit: *DIE ILLUSION.* Kurz darauf erloschen sie wieder, und eine Filmaufnahme der Fassade des Café Theatre Moirae in Cannes flackerte auf.

Zwei Minuten lang geschah nichts Auffälliges. Menschen betraten das Theater, andere kamen heraus. Dann folgte die Szene, wo ich aus dem Theater gedrängt wurde, wenig später zu meinem Auto stolperte und davonfuhr.

Die Kamera schwenkte nach links, wieder in Richtung Café Theatre Moirae. Vor der Fassade stand Julia zusammen mit dem Barkeeper. Sie schüttelte ihm die Hand und drückte ihm einen Kuss auf die Wange. Er umarmte sie fest.

In diesem Moment kam der Kameramann auf die beiden zu. Julia übernahm die Kamera. Im Bild erschien jetzt Sally. Sie lächelte direkt in die Linse und ging ein paar Schritte zurück.

Als sie mir am Küchentisch gegenüber gesessen hatte, zeigte sie mir eine der Skizzen, die ich angefertigt hatte und auf die sie das Wort *WIE* geschrieben hatte.

Ich drückte die Pause-Taste.

Was hatte Sally in Cannes gemacht?, fragte ich mich. Hatte sie auch eine Rolle bei Julias Täuschungsmanöver gespielt? Ich schloss meine Augen und sah sie am Küchentisch sitzen. Was war ihre Rolle? Sie hatte eine Anspielung gemacht, dass ich an meinen Qualitäten als Illusionist zweifeln müsste, wenn ich Julias Verschwinden nicht durchschauen könnte. Natürlich hatte sie mich angespornt, darüber nachzudenken, wie Julia den Trick bewerkstelligt hatte. Sie hatte die Journalisten auf Distanz gehalten, Notizen auf meinen Skizzen gemacht, und *WIE* in Großbuchstaben darauf geschrieben. Sie hatte sich nicht nur als meine Assistentin angeboten, sondern war demnach die Assistentin der Zwillinge, die Handlangerin, die die Ablenkung herauf beschwor, während die Täuschung Wirklichkeit wurde.

Ich spulte den Film zum Anfang zurück. Die Kamera schwenkte weiter nach rechts. Sally verschwand und Julia tauchte wieder auf. Sie stand einfach vor der Kamera und schaute mich fast drei Minuten lang erwartungsvoll an. Ab und zu zuckte sie mit den Schultern, manchmal drehte sie ihren Zeigefinger im Kreis.

„Ja, Miststück", murmelte ich. „Ich denke nach, aber ich weiß nicht, was du mir sagen willst."

Ich spulte die DVD bis zu der Stelle zurück, an der der Kameramann zwischen den Autos hervorkam und die Rücklichter meines Wagens filmte. Dann schwenkte die Kamera nach links. Julia und der Besitzer erschienen im Bild, der Kameramann ging auf die andere Straßenseite, wo Julia jemandem die Kamera abnahm. Dann tauchte Sally mit der Skizze auf, und die Kamera glitt wieder zu Julia.

Ich drückte sofort die Pausentaste. *Das kann nicht sein, das ist nicht möglich!*

Wenn Julia die Kamera an sich genommen hatte, konnte sie nicht gleichzeitig filmen *und* im Bild erscheinen. Dann hätte jemand die Kamera von ihr übernommen. Aber das war hier wohl nicht der Fall.

„*Sie* ist nicht tot", murmelte ich. Wie war das möglich? Inspektor Banks hatte mich zu ihr geführt. Ich hatte Mirandas entstellte Leiche doch gesehen.

Wir haben sie für viel Geld beerdigen lassen.

Ich drückte erneut die Play-Taste und erhielt sofort Antworten auf meine Fragen. Langsam betrat Banks die Bühne: Die Kamera folgte ihm in mein Haus. Er ging die Treppen rauf und runter, im Keller legte er vier Holzpüppchen auf die Werkbank. Dann neue Szenen: Immer wieder stand ein Wagen vor dem Haus geparkt. Ich hatte es mir also nicht eingebildet. Banks stieg aus dem Wagen aus, drehte sich um und ging auf die Kamera zu, grüßte mich und hielt eine Visitenkarte vor die Linse.

Langsam versank das Bild in dunkler Schwärze. Ein Lächeln der Bewunderung erschien auf meinen Lippen.

Julia und Miranda hatten es gut gemacht: Venice Reese hatten sie symbolisch beerdigt, sie hatten das Geld von mir erhalten, auf das sie glaubten, einen Anspruch zu haben, und wenn ich meine eigene Glaubwürdigkeit als Illusionist bewahren wollte, konnte ich sie nicht mehr verpflichten, mit mir zu arbeiten. Eine Rückkehr würde nur den Publicity-Gag bestätigen, eine Enttäuschung erster Güte für die Öffentlichkeit. Das ganze Gespräch im Café Theatre Moirae war geplant, Julia hatte es inszeniert. Offensichtlich war ich in meinen Reaktionen vorhersehbar.

Es folgte eine weitere Szene. Julia stand in der Garderobe des Theaters in Canterbury. Ich erkannte den Raum sofort. Sie stand an ihrem Stuhl – ihre Handtasche hing bereits am Geländer – und ging vor der Kamera – ich vermutete Sally – durch den Korridor zur Bühne und weiter in den Lagerraum, wo alle meine Attribute für die Show bereitlagen. Vor dem Käfig, aus dem sie später verschwand, blieb sie stehen. Sie zeigte mir ihre Uhr. Es war halb sechs, der Zeitpunkt, als ich ihr Kündigungsschreiben verfasste. Ihre Hand ging zum Käfig, und in diesem Moment wurde das Bild wieder schwarz. Und blieb schwarz.

Ich hielt die DVD an.

Keine Frustration schwappte über, und weder Wut noch ein Gefühl der Ohnmacht kamen mir in den Sinn. Es war in Ordnung. Ich war fertig mit all den Geheimnissen. Es war Miranda, die mit mir die Bühne betreten hatte und als Venice, mit Brille und Perücke aus dem Käfig gekrochen war und das Theater unbemerkt verlassen konnte. Vermutlich hatte Julia am Theatereingang im Wagen auf sie gewartet.

Wenig später verließ ich das Theater. Als ich die Tür ins Schloss zog, beschloss ich, alles in meiner Macht stehende zu tun, um das Geheimnis unserer größten Illusion an *The Shadow* zu verkaufen und ihm zu helfen, die Illusion zu einer Weltnummer zu machen. Ein Teil des Erlöses würden die Zwillinge erhalten, als Applaus und als stehende Ovation von mir für diesen genialen Akt der Täuschung.

Im nächsten Schritt würde ich einen Spielwarenladen in Canterbury eröffnen, einen mit Needful Things wie die schönen Holzpuppen.

Ich ging auf dem Kiesweg zurück zu meinem Haus und betrachtete den Garten, in dem ich so hart gearbeitet hatte. Auf dem Rasen vor dem Theater befand sich ein großer Brandfleck. Es gab noch so viel zu tun, und mein Garten war noch lange nicht perfekt. Aber was kümmerte mich das? Wenigstens war jetzt alles gut.

Ich griff in meine Jackentasche und fühlte den Beutel von Banks. Ich hatte das Geschenk völlig vergessen. Ich öffnete den Beutel und nahm das Holzpüppchen heraus, das einst an einem Baum neben einer imaginären Leiche baumelte.

Ich grinste. Dieser Mann hatte wirklich einen makabren Humor.

Am Sonntag wollte Tim vorbeischauen, um zu helfen. Diesmal nicht im Garten. Er hatte versprochen, die Fensterläden im Obergeschoss noch vor Heiligabend zu reparieren. Danach würden sie sich endlich wieder öffnen lassen. Es war ein vorsichtiger Start in ein neues Leben. Schritt für Schritt. Tim bedeutete, das Leben völlig neu zu erleben: behutsam, bewegend, humorvoll..

Manchmal hatte ich den kleinen Jungen vor meinem inneren Auge, aber dann wurde er von Noah hochgehoben und liebevoll umarmt. Ich brauchte Zeit, um loszulassen, war mir aber sicher, dass ich es eines Tages schaffen würde.

„Alles, was von Bedeutung ist, braucht Zeit und Schönheit", hatte Noah mich einst gelehrt, und alles, was Noah mich lehrte, würde ich nie vergessen.

ÜBER DIE AUTORIN

Das Spezialgebiet der Bestseller-Autorin sind Suspense-Thriller, Thriller, Psychothriller und literarische Romane. Sie schreibt außerdem Kurzgeschichten und Drehbücher.

Ihre Thriller erreichten alle die Top-Ten-Bestsellerlisten vieler Plattformen. In USA wurde sie mehrfach ausgezeichnet und erreichte mit mehreren Thrillern und Romanen das Finale der Int. WriteMovies Contest, Los Angeles.

In USA sind „Jay Is Gone" und „Poppy" erschienen.

Mehr über Astrid Korten unter: **www.astrid-korten.com,** Facebook und Instagram.

DANKSAGUNG

Wie immer entsteht ein Buch nicht allein in der „Stille". Die Recherchen zu „Die Täuschung" haben mich dieses Mal in die Welt der Magie geführt.

Lieber Hans, ich danke Dir für die vielen Stunden, in denen Du mir die Welt der Magier und Illusionisten erklärt und mir viele Tricks gezeigt hast. Das Geheimnis dahinter hast du bewahrt, wie der Protagonist in *DIE TÄUSCHUNG*. Begeistert hat mich Deine Feuerschale, die immer wieder Gummibärchen herbeigezaubert hat.

Ganz herzlich danke ich dem Schauspieler *Tom Heuser* für seine Rolle als Lehrer in dem Präventionsspot POPPY und das damit verbundene Engagement in Sachen Kindesmissbrauch. Ich wollte Tom schon immer als Dank in eine Romanfigur integrieren, was ich mit dem gewieften Inspektor Banks in diesem Thriller getan habe.

Ebenso möchte ich *Uwe Donner* und das Team *donnerTV / MEDIA TV- & Filmproduktion* für die vielen schönen Projekte danken, die wir schon gemeinsam produziert haben. Nicht zuletzt besonders für den Spot „POPPY". Immer wieder gern, Uwe.

Mein Dank geht auch an Angelika Hörner und Susanne Paraquin für den ersten und zweiten Blick

Zum Schluss bedanke ich mich bei Ihnen, liebe Leser. Danke, dass sie mein Buch gekauft und gelesen haben. Ich hoffe, Sie wurden gut unterhalten.

Gerne können Sie mir schreiben unter:

astridkorten@arcor.de. Und wenn sie Lust haben, dann schauen sie bitte auch mal auf meiner Webseite **www.astrid-korten.com** vorbei. Dort finden Sie viele Infos über meine Bücher.

Da *DIE TÄUSCHUNG* um die Weihnachtszeit erschienen ist, wünsche ich Ihnen allen eine schöne Advent und ein besinnliches Weihnachtsfest.

Liebe Grüße mitten ins Herz
Ihre
Astrid Korten